高名凯译文集 7

单身汉的家事

《独身者》三部曲之三

（法）巴尔扎克 著

海峡出版发行集团 THE STRAITS PUBLISHING & DISTRIBUTING GROUP | 海峡文艺出版社 Haixia Literature & Art Publishing House

献　给

法兰西研究院评议员阿尔森拿尔图书馆馆长
诺地埃·查礼先生

亲爱的诺地埃，这是一部满充着家庭的秘密而违反法律的事实的著作。但是在这里，一般人所常称谓的“偶然”，其实就是上帝的旨意却代替了人类的判断。在这里，一个嘲笑家所谓的“道德”却并不是没有明显的教义。依我的意思来说，这结果其实是家庭和母爱的大教训。往昔存在有一种力量，只能在死了父亲的时候停止作用，这种力量是判断家庭罪恶的唯一的法院，而在许多大事情之中，也只有这父道的势力才可以执行其判词。无论母亲是如何的温存和善良，她总不能够代替这种父道的势力，正如一位女人不能够代替国王坐上宝座一样。如果居然有例外发生的话，结果就有一个怪物的产生。也许我并没有绘画过比这个更清楚的图像，能够让我更明白的指出欧洲的社会是如何的不可缺乏情意难解的婚姻，女性的弱点有哪一种的不幸，没有控制的个人的自利观念会产生哪一种的危险。完全建筑在金钱力量的基础之上的社会看见公理不能够管制，但问成功不问手段的制度，这社会是会颤动的！这社会能够立刻到天主教那里去请求援助，用宗教的情绪和世俗以外的教育来净化民众。在《军旅生活之场景》中，将要光耀着相当完美的人物，相当伟大而高贵的献身，这允许我在这里来指示出人性的变迁是如何的使一部分人觉得战争是必要的，他们在私生活里敢于和在战场上一样的举动。您已经给我们的时代投来一道慧眼，您的哲学在您的雄伟的文辞里不只表视过一次的苦思，您比任何人都更了解四种不同的政治在我们国家的精神上所产生的损害。所以，我不是能够把这篇故事放在更有判断力的权威的保护之下吗？也许您的名字可以防卫这部著作，因为对于这部书的责骂总是免不了的；外科医生给病人取去了最剧烈的苦痛之上的绷带，然而病人却忍着痛不作声，这种病人在哪儿呢？我很快乐能够给您献上这个《场景》，同时很骄傲能够赢得您对我的恩情，因为我还在这里自称为

您的一个诚恳的崇拜者

巴尔扎克

一七九二年，伊苏当的中产阶级有福气出了一位叫做鲁志的医生，这位医生渐渐的变成了一位非常狡猾的人。几位大胆的人说他使他的妻子相当的不幸，虽然她是城里最美丽的一位女人。无论朋友们如何的查问、旁人如何的造谣、妒忌的人如何的谩骂，这家庭的内幕都是外间人所不大认识的。鲁志大夫是那些通俗所谓的“不和气”的人之中的一个。所以，在他活着的时候，人家都不敢说他什么，人家都对他和和气气的。妻子是德斯高恩家的一位小姐，年少的时候就是相当弱质多病的（有人说这就是大夫所以娶她的一个原因），她先生了一个男孩，后来又生了一个女儿。女儿是在哥哥之后十年才出世的，人家还说，她并不是大夫所等待的，虽然他是一位医生。这位姗姗来迟的女儿名叫阿佳德。这些事太乎简单、太乎平常，似乎没有任何的理由可以让一位历史家在这故事的起点来叙述；但是如果不知道这些事情的话，这样果敢的大夫一定要被人认为是一个怪物、一个无道的父亲，因为他有许多恶劣的癖性，是一般人在“大丈夫得有个性”这句可怕的格言的隐蔽之下做出来的。这句偏袒男性的格言是产生许多女人的不幸的原因。岳父母德斯高恩夫妇是毛织品的代售商人，同时又负责替业主售卖，替商人收买柏利的金羊毛，从两方面得到手续费。因为这个职业，他就变成了富有而吝啬的：吝啬是很多的人德性。小德斯高恩，鲁志夫人的弟弟不大高兴住在伊苏当，他到巴黎去寻找财宝，而在圣奥恼利街开了一间杂货铺。这是他的损失。但是，有什么办法呢？杂货铺商人是被一种力量吸引到他的商业上面去的，这吸力是和推他离开艺术家的拒力有同样的力量的。我们还没有相当研究过组织各种不同职业的社会的力量。决定一个人去当纸业商人而不当面包商人，儿子不像埃及人一样的承继父亲的职业，这种力量研究起来颇有意思。爱情帮助了德斯高恩决定他的职业。当他看见非常美丽而过度爱慕的女主人时，他就一边说别的事一边对自己说：“我，我也要当一个杂货商！”他只是在忍耐和父母所送来的金钱的帮助之下娶了他的前时的东家毕克西乌老板的寡妇。一七九二年，德斯高恩的事业非常的兴旺。两位老德斯高恩这时候还活着。从毛织品里赚到的钱，他就把他拿来购买国家财产：另外一种金羊毛！差不多马上就要使妻子痛哭流涕的他们的女婿就把他们的女儿送到巴黎他的大舅的家里去，一方面让她观光京城，一方面则有狡猾的用意。德斯高恩没有孩子。比她丈夫大十二岁的德斯高恩夫人身体很强健；但是她却和收成葡萄之后的画眉鸟同样的肥胖，而狡猾的鲁志也懂得相当的医药的学识，可以让他预料到德斯高恩夫妇会和神仙故事所叙述的道德行为不同，总是快乐的、没有孩子的。这个家庭可以对阿佳德发生感情。原来鲁志大夫要废除他的女儿的承继权，他自夸说能够在使她消除乡下气之中达到他的目的。这位年青的女郎是全伊苏当最美丽的女人，她不像她的父亲，也不像她的母亲。她的出生是鲁志大夫和他的知友前任副议员陆士铎两人之间所以永远不和的原因。当一个家庭迁居外地的时候，伊苏当这样诱人的地方的自然环境是有权利寻找一个这样过分行为的理由的。据一般用文雅的语句来说话的人讲，这位喜欢报仇的鲁志先生曾经喊叫过陆士铎只好死在他的手中。在一位医生身上，这句话颇有炮弹的作用。当国民大会取消委派副议员的时候，陆士铎就走了，永远不再回到伊苏当来了。自从这一家走了之后，鲁志夫人就整天的到前任副议员的姐姐何仓夫人家里去过日子，何仓夫人是她的女儿的干妈，可以让她吐露苦痛的唯一的女伴。所以全伊苏当城对于这位美丽的女人所知道的少数的事情都是这位好太太说出来的，并且都是在她的丈夫死了之后才传出来的。

当大夫对她说要把阿佳德送到巴黎去的时候，鲁志夫人的第一句话就是："我再也看不见我的女儿了！"

"不幸得很，他的办法是对的。"可敬的何仓夫人就这样说。

可怜的母亲于是就变得和木瓜一样的发黄，她的状况也不能够否认外间所传鲁志在慢性的杀害她的那句谣言。他的儿子的大傻气应当是这样被冤枉的母亲所以变成不幸的原因。没有节制的，也许是因为父亲的怂恿，这位无论哪一方面都是呆笨的孩子，不但没有做儿子的人对于母亲所应有的心意，而且也没有尊敬母亲的心情。鲁志·约翰—约克在坏的方面很像他的父亲，而这位大夫在身心两方面都已经不大好。

美丽的阿佳德的到来并没有给她的舅舅德斯高恩带来快乐。一星期之内，更正确的说，一旬之内（共和政府已经成立了），他就因为罗布斯皮尔对福基尔—丹维尔所说的一句话而被下了狱。不小心谨慎而相信有人为的饥荒的德斯高恩很愚笨的对许多主顾说出了这个意见，以为是给他们服务。杜布莱女公民，这位替罗布斯皮尔管理家务而让这伟大的公民住在家里的磨粉工人的妻子非常的崇拜她的顾客，这位柏利人；这在德斯高恩是一桩不幸的事。这位女公民认为这位杂货商人的见解是对马克西美连一世（即罗布斯皮尔）的侮辱。这位耶可宾俱乐部的著名女代表对于德斯高恩早就不大满意，她认为德斯高恩女公民的美丽是一种贵族主义。她用德斯高恩的话重复的在她的温和的主人面前激怒他。杂货商就在完全负责这个通俗的罪状之下被捕了。德斯高恩坐了监狱，他的妻子努力想要恢复他的自由；但是她的举动未免太乎笨拙，甚至于有一位人听见她对公证人说到这命运的时候还以为她要干干脆脆的离开他。德斯高恩夫人认识罗布斯皮尔的一位秘书，内务部总务局长布里都。布里都是一切接任这一部的部长的左右手。她叫布里都来营救这位杂货商人。这位非常清廉的长官，这位总是对于利益不大感觉兴趣的容易受骗的好人并不贿赂那些手中操着德斯高恩的命运的人们：他想方法指导他们！那时代要指导人，就等于劝他们复兴布尔崩王朝。反对罗布斯皮尔的吉龙丹派的部长就对布里都说："你为什么要管这闲事呢？"

一切被这忠厚的领袖所激动的人们都对他重复的说这句残酷的话："你为什么要管这闲事呢？"布里都就聪明的劝告德斯高恩夫人固守缄默，不要多话；但是，她却不跟这位罗布斯皮尔的佣妇和解，反而点上了火，烧着这位告发人。她走去见一位国约会议的议员，这位议员就不禁为自己战栗起来，对她说："我以后再跟罗布斯皮尔谈这个吧。"

美丽的杂货商女主人一点儿也不懂得这句话的意思，自然这位保护人也就万分的沉寂了。其实只要把几块甜面包、几瓶好酒送给杜布莱女公民，就可以救得德斯高恩。这小小的事情可以证明在革命的时候，为着拯救自己而用忠厚的好人和用小人是有同样的危险的：人家只好靠自己。如果德斯高恩掉了生命的话，他至少却有和陈匿埃·安德利同上断头台的光荣。这里无疑的是杂货商业和诗章的第一次的接吻，因为这两者从那时候起到将来为止总有秘密的关系。德斯高恩的死所产生的感觉是比陈匿埃·安德利还要重大的。得有十年的时间才可以使人认得法兰西之损失陈匿埃是在其损失德斯高恩之上。罗布斯皮尔的措置有他的好结果，因为一直到一八三〇年为止，被恫吓的杂货商人再也不敢参与政治的问题了。德斯高恩的铺子和罗布斯皮尔的住宅只有一百步的距离。这位杂货商的承接人就在那里做下极不顺利的买卖。毕骆都·西撒，这位著名的香料商人就在这地方建立他的商业。但是，好像断头台曾在那里种下不可解释的不幸的传染，“苏丹女王双料膏油”和“去风药水”的发明家也在那里毁灭了。这问题也只有希望占相科学来解决。

当长官访问了几次这位不幸的德斯高恩的妻子时，他非常注意到鲁志·阿佳德那冷静而诚实的美丽。当他来慰问这位难于安抚而不继续后夫的买卖的寡妇的时候，他终于就在一旬之间，这位父亲意外的到来之后，娶了这位动人的女儿为妻。医生喜出望外的看着诸事的顺利，因为他的妻子可以变成德斯高恩的唯一的继承人，他就赶紧跑到巴黎来，一部分是来参加阿佳德的结婚典礼，大部分则是来随意的起草契约。布里都公民对于利益之心的淡薄和他的过分的热爱就把全权交给这位无信的医生，鲁志也就这样的利用着、开发着女婿的盲目。这我们可以在后段的故事中看得出来。鲁志夫人，其实是医生本人，就承继了两年之内先后死亡的德斯高恩老太爷老太太的一切产业，动产和不动产。然后，鲁志先生就觉得他的妻子是有道理的，然而他的妻子却于一七九九年春天死去了。他有了葡萄田，又买了农场，得到了钢铁厂，他有出售的毛织品！他那心爱的儿子是什么也干不了的；但是他却把他训练成一个业主，他让他的儿子在富裕和愚笨之中长大，确信这位孩子懂得好好的活着、好好的死去。一七九九年之后，伊苏当的会计师都认为鲁志老先生已经有三万佛郎的年收。妻子死了之后，大夫总是过着放荡的生活；但是他也总还能够管束这生活，不让人家知道的关在家里逍遥。这位富有个性的医生就于一八〇五年与世长辞。天晓得伊苏当的中产阶级如何的谈论这个人的财产，对他的私生活有多少的传说的！他对于他的儿子终于用严厉的方法使他知道他的愚笨。鲁志·约翰—约克还是一个童男，这原因却很悲惨。关于这桩事的解释，也就是这篇故事的重要的部分。他的独身主义一部分是他的父亲的错误所生的结果，我们可以在下面看得出来。

现在，我们应当研究一下这位父亲对于他所不承认而法律上又是属于他的女儿所加的报复的效果。在伊苏当，没有一个人注意到这件可以使后代的人堕入没有任何的科学方法所能拯救的地狱的怪事。阿佳德很像鲁志大夫的母亲。根据通俗的看法，正如风痛可以跳过一代而从祖父传到孙子身上一样，和风痛一样的遗传并不是罕见的事。

所以肖似母亲的阿佳德的长子就有了一切他的祖父鲁志大夫的性格。我们无妨放下这个问题，让二十世纪的微生物学来解决，我们的后人也许要和那些已经写过这莫名其妙的问题的学术团体一样的写上一些傻话。

鲁志·阿佳德引起了一般群众的爱慕，因为她有一副圣母玛利亚一般的脸孔，总是贞洁的，甚至于结婚之后也是如此。她那还存在于布里都工作室里的肖像显露出一个完全的椭圆形，在微小的红黄斑中的不可改变的白皙，虽然她的头发是黄金色的。不只是艺术家，凡是观察过这只洁净的额头、谨慎的小嘴、细微的鼻子、好看的耳朵、修长的睫毛、深蓝色而带有无限柔媚的眼睛，这温和的脸孔的人们现在都要问一问我们的画家：“这是从拉发埃尔的头面抄袭下来的吗?”任何的事情都比不上这位局长纳娶这位年青的女郎更能灵感人。阿佳德实现了理想的外省的高等主妇，她从来没有离开过她的母亲。信教而却没有当虔诚的信女，她却除了教会的教育以外没有受过任何其他的教导。所以，她之所以称为完善的妻子只是通俗的意义，因为她对于生活上的知识的缺乏给她产生了不止一次的不幸。“她装饰房屋而看守家园。”这句称赞一位著名的罗马女人的墓志铭刚刚好可以拿来形容这位纯洁简单而沉静的人物。自从总裁政府建立以来，布里都过于信任的亲近拿破仑，拿破仑就在一八〇四年、鲁志去世的前一年，委他为总务局长。布里都有一万两千佛郎的薪俸和许多丰富的赏金，他对于在伊苏当所举行的那次阿佳德什么也得不到的可耻的清算拍卖的结果是毫不在意的。老鲁志临死之前的六个月，他曾把一部分的财产卖给他的儿子，其余的财产则以赠予和承继的名义授给约翰—约克。结婚条约所许给阿佳德的十万佛郎的继嗣就是代表她的母亲和她的父亲的承继的部分。布里都是皇帝的崇拜者，他以忠实的参谋的资格给这位近代的“半神”所有的强力的观念效劳，“半神”看见这整个毁坏了的法兰西，想要把他组织起来。总务局长从来没有说过“够了”。计划啦、记录啦、报告啦、研究啦，他负起最重大的责任，非常快乐的辅翼皇上；他把皇上当做人来喜欢他，当做君主来尊敬他，一点儿也不批评他的行动和他的计划。自一八〇四年至一八〇八年，总务局长都是住在福禄泰尔堤岸的一间高大而美丽的寓所里，离开他的衙门和杜伊勒利花园都只有两步。一位女厨和一个男仆就形成了布里都夫人的全盛时代的整个的家仆集团。阿佳德总是第一个先起床的，她就在女仆的陪伴之下到菜市去，仆人整理寓所的时候，她就监督着女厨做早饭。布里都从来都是到十一点钟才到衙门去。自从结缡之后，他的妻子总是同样快乐的给他预备丰盛的早饭，这是布里都所喜欢吃的唯一的一顿饭。无论什么季节，无论什么时候，只要他一出门，阿佳德总要在窗口探望着她的丈夫，瞧着他走到衙门，一直等到他在巴克街转弯的时候才回转她的头。然后她就撤收杯盘，看了看寓所里的情形，再穿上衣服，和她的儿女游戏，带他们去散步，或是在等待布里都回来的时候去看看朋友什么的。当总务局长报告一些紧急的工作的时候，她就走到他的办公室来，坐在他的桌边，好像雕像一样的沉默，一边编织，一边看着他工作，他醒她也醒，他睡了一会儿她也睡了一会儿。有的时候，夫妇两个人就到戏院看戏去，坐在官员的厢位里。这种日子，夫妇就在饭馆里吃饭；饭馆的景象也总是给布里都夫人产生了那些没有看见过巴黎的人所有的强烈的快乐。常常因为接受人家给尽责的管理内务部一部分职务的总务局长的邀请去出席盛宴，阿佳德就随俗穿了当时的奢华服装；但是回来的时候，她就快乐的脱下了这富贵的排场，重新在家里穿上外省女子的简朴的服装。布里都每星期一次，星期四，招待他的朋友。最后，他就在星期二食肉节开了一个大跳舞会。这短短的几句话是这对夫妇所有的整个的生活史，他们的生活只有三桩大事故：距离三年的两位孩子的诞生和一八〇八年当皇帝要任命他为督监兼伯爵和国家参赞的时候因为勤劳而去世的布里都的死亡。那时候，拿破仑特别专心于内政的改革，他给布里都加上许多的工作，终于毁坏了这位不屈不挠的官员的健康。布里都从来没有问过拿破仑什么东西，拿破仑却来调查他的习气和他的财产。当他听说这位忠实的臣子只遗下他的职务的时候，他就承认布里都是一位提高而鼓励他的行政的一个不可腐化的灵魂，他也要用光耀的补偿来使布里都惊异。想要在皇帝出发到西班牙去之前完成一个庞大的工作，这欲望杀害了总务局长，使他患了热症而至于不起。当皇帝回到巴黎几天准备一八〇九年的战役而听到这个损失的时候，他说："有的人是永远也没有方法找人来替代的！"受到了这个在他对于兵士所有的任何的奖赏以外的忠诚的感动，皇帝就决定创办了一个为内政的官员而设的奖令，正如他曾为军人设立光荣骑士勋章一样。布里都的死对于他所生的印象使他想出了"结合勋章"；但是他没有时间完成这种贵族政治的制度，这个勋章整个的被忘记了；提起了这个昙花一现的勋章，大多数的读者都要问一问他到底是什么样子：他是悬在一条蓝色的缎带上的。皇帝称这勋章为结合勋章，因为他想和西班牙朝廷的金羊勋章和奥地利朝廷的金羊勋章相混合。一位普鲁士的外交家曾经说过："上帝会阻止这种亵渎神明的东西。"皇帝关心布里都夫人的景况。两位孩子都在御立中学校里得到了一笔完全免费的奖金，皇帝也负起全责来维持他们的一切教育费。他又给布里都夫人四千佛郎的养老金，无疑的又给她注视两位孩子的财产。自结婚起到丈夫去世为止，布里都夫人都和伊苏当一点儿关系也没有。正在她快要分娩第二个孩子的时候，她损失了她的母亲。她的父亲（她知道父亲不大爱她）死去的时候正是皇帝登极的当儿，而皇帝的加冕也给布里都许多的工作，使她不愿意离开她的丈夫。自从离开伊苏当之后，他的哥哥鲁志·约翰—约克就没有给她写过一封信。因为家里对她的无形的弃绝而生的苦痛，阿佳德终于对于这些整个不想她的人也很少的想到他们了。她每年都收到干妈何仓夫人的一封信，然而她却粗莽的回答她，没有研究这位超越而信教的女人在她的公开的字句里所表露的意见。鲁志大夫死前不久，何仓夫人就给她的干女儿写了一封信，说是如果不给何仓先生送委托状去，她就得不到父亲的任何的遗产。阿佳德不愿意使她的哥哥苦恼。也许因为布里都认为这抢夺是合法的，而且是和柏利的风俗相符合的。也许因为这个廉洁而公正的人要和他的妻子一同对于利益的问题提出伟大而不在乎的态度，他不愿意听他的法律公证人罗干的话来利用他的地位，去否认鲁志大夫不承认他的女儿的合法的承继的契约。夫妇两个人就让人家在伊苏当随意干他们的事情。不过，在这种环境之下，罗干总算是让总务局长对于他的妻子的利益的受损加以注意。这位高尚的人物想：如果他死了的话，阿佳德什么财产也没有。于是，他就要研究他的事业的实况；他发现自一七九三年到一八五〇年，他的妻子和他已经从老鲁志给他女儿的五万佛郎的实额之中用去了差不多三万佛郎，他就把所剩下的两万佛郎存放在国债的大账簿上。那时候的利息是百分之四十；阿佳德可以从国库中拿到差不多两千佛郎的息金。所以当了寡妇之后，布里都夫人也可以用她的六千佛郎的息金来过她那使人敬重的生活。她总没有改变她那外省的女人的习惯，她要送走布里都的仆人，只留下她的女厨，而且还搬了家；但是坚决认为是她的舅母的她的知友德斯高恩夫人却卖了自己的家具，离开自己的寓所，到阿佳德家里来居住，把已故的布里都的办公室改为她的卧室。这两位寡妇的收入合在一起可有一万两千佛郎的年金，来维持生计。这种举动好像是简单而自然的。但是在生活之中，任何的东西都比不上看来自然的事情那样的容易引起人们的注意，人们总是不相信非常的事态；所以，您可以看一看富有经验的人们：法律代言人、审判官、医生和教士都对人们所认为琐小的简单的事情看得非常的重要。花下的毒蛇，是古代人用来比况我们的行为的最美妙的神话。为着原宥自己的眼睛和别人的眼睛起见，愚夫们是多少次的喊叫过：

“这是太简单的，所以大家都上了当了！”

一八〇九年，向来不肯说自己的年龄的德斯高恩夫人已经六十五岁了。那时候她被人家加上一个雅号，叫做“美丽的杂货店老板娘”，她是时代所尊敬的一个稀罕的女人，用异装奇服来保持她的美丽，然而这美丽却经不起严厉的察究。中等的身材，肥胖而新鲜的，她有两个好看的肩膀、浅红的脸色。虽然有德斯高恩的惨剧，她那金栗色的头发还是一点儿也没有改变过。她特别的好吃，喜欢自己做些小菜；但是，虽然她似乎常常想到烹调，她却也崇拜戏剧，同时也养成了一种非常神秘的恶习：喜欢赌彩！神话所告诉我们的诸位达乃伊德小姐的无底桶，不就是这恶习的无底窖吗？德斯高恩老板娘——我们应当提起这位赌彩票的女人的名字——也许是花费太多于她的服装，正如一切有长期不老的幸福的女人一样；但是除了这些小缺点以外，她总算是最适合于生活的女人。她老是附和大家的意见，从来没有逆忤过任何的人，她用一种温和而容易感动的快乐来取悦人家。她特别赋有一种巴黎的性质，能够诱媚退休的伙计和年老的商人：她懂得说笑话！……如果她并没有第三次结婚的话，这无疑的是时代的错误。欧洲战争的时候，要结婚的人太容易找到美丽而富裕的少女，他们实在没有寻找六十岁高龄的老妇的必要。德斯高恩夫人要使布里都夫人快乐，她常常叫她到戏院里去，坐在车里，她给她预备许多佳美的小餐，她甚至于想方法要她和自己的儿子毕克西乌结婚。可叹得很！她对她承认了她和已故的德斯高恩以及他的法律公证人所严守的可怕的秘密。自称年纪三十六岁的漂亮的德斯高恩有一位三十五岁的儿子，名叫毕克西乌，毕克西乌已经是鳏夫，他是二十一路军的参谋，而以上校的衔头死在特勒斯德，留下一个独生的儿子。德斯高恩美妇只在秘密的地方看到他的孙子，因为她告诉人家她的孙子是她的丈夫的前妻的儿子。她的机密是一个谨慎的行为：和两位布里都的儿子一同在御立中学校里受教育的上校的儿子也得到了一半的免费奖金。这位在中学时代就很精细狡猾的儿童后来是有画家和聪明人的大名声的。阿佳德在世界上只喜欢她的两个孩子，只要为他们而生活，她拒绝再醮，一方面因为理智的教导，一方面则因为对她丈夫的忠实。但是叫一位女人当一位好妻子，是比叫她当一位好母亲来得容易的。一位寡妇有两个互相矛盾的责任：她是一位母亲，然而却得施展父亲的权力。很少的女人有相当的力量来了解和耍玩这双重的功能。所以可怜的阿佳德虽然有德性，却做下了不少的不幸的事情。阿佳德没有那么多的狡猾，她总和一般好人一样的对人有信仰，结果她就当了德斯高恩夫人的牺牲品，德斯高恩夫人把她推进了一个大不幸的深渊里。德斯高恩美妇抽了许多的彩数，然而彩票却没有给他的股东任何的贷金。因为她管理家务，所以她也居然能够把家庭上所有的生活费拿来下注，她也因此而渐渐的欠债，希望能够使她的孙子毕克西乌、她的亲爱的阿佳德和两位小布里都发财。当债务到达了六千佛郎的时候，她就注下更多的数目，希望九年以来没有遇过的中彩能够填满亏空的深坑。从此之后，债台更是越快的高筑起来了。到达了二万佛郎的数目的时候，德斯高恩美妇就昏乱了，得不到双三。于是，她就想用自己的财产来偿还她的外甥女；但是她的法律公证人罗干就告诉她这厚意是办不到的。已故的鲁志，当他的妻弟死去的时候，就想方法不顾德斯高恩夫人的私利，于加重德斯高恩·约翰—约克财富的使用收益权中取得妻弟的承继权。任何放高利贷的人都不愿意在利息最高不到百分之十的时代，于取得差不多四千佛郎的使用收益权之中，给一位年龄六十七岁的老妇人借款两万元。一天早上，德斯高恩美妇跑到她的外甥妇女面前，跪在地下，一面唏嘘涕泣，一面对她承认事情的真相。布里都夫人没有对她加上任何的责备，她辞退了男仆和女厨，卖了无用的家具，卖了国债的四分之三，付清了一切的欠账，而和她的寓所告别了。

巴黎的一个最可怕的角落无疑的就是马萨林街那一带的地方，自格纳古街起一直到这条街和研究院后面塞纳街的接联处。马萨林主教给巴黎所建立的学校和图书馆的高墙（后来的法兰西研究院就是设置在这里头的）就在这条街的角落里投下冰冷的暗影；阳光很少射到那里，北风却刺骨的吹打。被毁了的穷寡妇就来住在这潮湿黑暗而寒冷的角落里的一间房子的第四层楼。这间房子的前面高高的耸立着研究院的建筑物，那里有许多的“猛兽”，是中产阶级所叫做“艺术家”、工场里所叫做“笨劣的画工”的。人家进去的时候是笨劣的画工，但是出来的时候却能够到罗马去当政府的官费生。一年之中，在人们把竞争者关在这些住宅里头的季节，这种动作并不是没有非常的喧噪而发生的。为着得到考试的奖赏起见，在一起的时间之中，他们之中学雕刻的就得用陶土做一个塑像的模特儿，学绘画的就得画一张您可以在美术学校里看得到的画，学音乐的就得做一首配合乐谱的诗章，学建筑的就得做一个建筑物的计划。当我们写这几行话的时候，这个动物园已经从这些黑暗而冰冷的房子搬到几步远的漂亮的美术宫去了。眼睛可以从布里都夫人的窗口看到这些用铁栏关闭的住房，这景象是非常悲惨的。在北方，视线能够看到研究院的圆顶。走上街道，眼睛可以用排列在马萨林街上面的马车来做消遣。所以，这位寡妇终于就在她的窗户上放下三个土箱，培植了一个空中的花园（这是警察的命令所禁止的），这空中花园的种植可以增加日光和空气。这间房子的背后还有一间朝向赛纳街的房子，其深度的有限也就可想而知了。扶梯是螺形的。这第四层楼就是最后的一层楼。三个窗户，三间屋子！其中的一间是饭厅，一间是小客厅，一间是卧房；对面，在梯头的那一边，是一个小厨房；上边是两间下房和一个没有用处的大仓库。布里都夫人选择这个住所却有三个理由：便宜，房租四百佛郎，所以她就订了九年的合同；近于学校，距离御立中学校只有几步路；还有，可以留在她所习惯的区域之内。寓所的内部和这间房子很调和。铺有一张绿花小黄纸而没有擦过石地板的饭厅只有一些最必要的物品：一张桌子、两个碗橱、六张椅子，都是从旧居带来的。客厅是用一张乌布桑的地毡装饰的，这地毡是在换新部里公家的用具时赐给布里都的。这寡妇又在那里安置了一个桃木的家具，带有埃及人的头像，是德马尔泰尔于一八〇六年大量的制造的，饰有一块带着白色玫瑰形的绿绸。在安乐椅的上面，由一只朋友的手用彩色铅笔画成的布里都的肖像可以立刻吸引人们的视线。虽然不够精彩，然而总还可以从额头上看出这位微贱的大公民的毅力。甘美而骄傲的沉静的眼睛是画得很入神的，谨慎的嘴唇所表现的敏锐和他那诚实的微笑、皇帝所谓的“公正和坚毅的”这个人的神气都活跃纸上，如果不是画得有气韵，至少也是正确的。考察过这个肖像的人们总可以看出这个人是尽过他的责任了。他的姿势表现出人家给共和政府的人物所加的刚强廉洁的批评。对面在牌桌的上边发亮着一个设色的皇帝肖像，画着拿破仑很快的骑马过去，后面跟着许多的仪仗。阿佳德耽好两只大鸟笼，一只满充着黄雀，一只满充着印度鸟。在她蒙了一般人所无法补救的损失之后，她就养成了这个嗜好。至于这位寡妇的卧室呢，每三个月的尽头，都是和不得不离开这里的那个不祥的日子一样的紊乱，是任何的描写都理不清的。许多的猫就在靠背椅子上做了他们的窝，有时恢复自由的黄雀就在一切的家具上留下斑点。穷苦的善良的寡妇就在那里许多的地方放下一些黍珠和鹅鸟菜。猫在破茶托里觅到佳肴。衣服到处的扔。这间房子使人闻出外省和忠实的气味。已故的布里都所有的一切的东西都很谨慎的保留在那里。他的办公的器具得到了骑士的寡妇加在骑士的武器上的同样的爱护。每一个人只要一看这些事就可以懂得这位女人的动人的酷爱。她包藏了一支笔，而在封包上写了这句话：“我亲爱的丈夫所用的最后一支笔。”他最后所喝的茶杯就放在壁炉上面的玻璃酒杯之下。帽子和假发就套在保存这些珍贵的遗物的玻璃球之上。自从布里都死了之后，这位年纪三十五岁的年青的寡妇没有留下任何的艳装的痕迹，也没有做过任何妇女们所关心的事情。离开了她所认识、尊敬、爱慕而没有给她任何忧愁的唯一的男人之后，她已经不觉得自己是女人了，一切的东西对她都是无关紧要的；她不再讲究服装了。没有东西比这夫妇的分离和艳装的消除更为简单、更为完全。有的人是在爱情之中得到转移自我到他人身上的力量；而且当对方被抢夺去的时候，他们也就不能够再生活了。只能够为儿子而生存的阿佳德看到她自己的破财对于他们有多少的影响，就生出了无限的悲愁。自从迁往马萨林街的新居之后，她的姿态就带有一种悲哀的色调，使她变成动人的。她很想依靠皇帝，但是皇帝却不能够再给她做些更多的事：每年在奖学金之外，他又给每一个孩子拿了六百佛郎。

至于焕发的德斯高恩美妇呢，她就在第三层楼占了一个和外甥女所有的同样的寓所。她因为偏爱布里都夫人，就委托她在自己的使用收益权中取出一千厄古。罗干法律公证人已经给布里都夫人把这桩事记在簿上，但是为着补还这不幸的亏空就得有七年的光景。负责去建立一万五千佛郎的年金的罗干就陆续把这储蓄的数目存了起来。只剩下一千五百佛郎的德斯高恩就很节省的和她的外甥女生活在一起。这两位忠厚而羸弱的女人只在早晨雇用一个女仆。喜欢做菜的德斯高恩负责做饭。晚上，几位朋友，当日在布里都手下的部里的职员，就来陪伴这两位寡妇聊天玩耍。德斯高恩总是玩着她的彩票，然而据她说这彩号却倔强的不肯出来。她想要一下子还清她从外甥女处所借到的钱。她爱两位小布里都是在自己的孙子毕克西乌之上的。因为她觉得她对不起他们，同时又因为她钦佩她的外甥女的大方，就是在最苦痛的时候她也没有给自己最轻微的责难。所以，您得相信约瑟和菲力都是被德斯高恩美妇所疼爱的。好像那些有叫人宽恕的恶习的人们一样，这样法兰西皇家彩票公司的女股东就给他们预备许多富有美味的餐饭。然后，约瑟和菲力就能够最容易的从口袋里拿出钱来，弟弟买木炭笔、铅笔、纸和雕刻画，哥哥买苹果色的短袜、球、绳子和刀子。她的嗜好使她满意每月只用五十佛郎，而把其余的都拿来赌博。

在她方面，布里都夫人因为有爱子的心，也不允许自己的花费太为提高。为着责罚自己对人的过于信任，她就很英勇的退保自己的小快乐。正如一切胆小的人和知识有限的人一样，一个受了伤的感情和她那被唤醒的疑惑就可以引她去大大的发展一个缺点，甚至于使她认为是和德性相符合的。她对自己说，皇帝会忘记他们，皇帝可以死在战场之上，她的养老金也可以随之而停发，她看到自己的孩子们会一点儿财产也没有的留在世上，不禁战栗了起来。当罗干告诉她在七年之内从德斯高恩夫人的使用收益权中所得到的三千佛郎的岁收可以恢复卖掉的国债的时候，她无论如何也不懂得这问题，她不相信法律公证人，也不相信舅母，也不相信国家；她只相信自己和自己的苦境。每年都从她的养老金中拿出一千厄古放在一边，十年之后她就可以有三万佛郎，这已经可以给一个孩子建立一千五百佛郎的年息。三十六岁的年纪，她有权利相信可以再活上二十年；为着实现这计划起见，她就得给他们限制最必要的用品。这两位寡妇就这样的从一个假的豪富走到一个自愿的穷困的生活之上，一个受了恶习的诱导，一个在最纯洁的德性的旗帜之下。这一切的琐事都是可以使人了解这篇故事的深刻的教训，这篇故事叙述生活中最平常的兴味，但是他的重要性却只是与日俱增。住所的外观，街中游荡的笨劣的画工，安慰这终年潮湿的街角的景象所生的恐惧而必得仰看天空，这个充满着灵魂和伟大的肖像（虽然是嗜好者所画的），丰富而老旧的调和的颜色和这内心的温柔平静，空中花园的种植，家庭的贫穷，母亲对于长子的偏爱，她对于次子的嗜好的反对，总之，这一切的事物、这一切的环境都是这篇故事的绪言，也许就是现代法兰西学派的大画家布里都·约瑟所以能够成功的原因。

布里都的长子菲力触目的肖似他的母亲。虽然他是金栗发、蓝眼睛的孩子，他却有一种吵闹的脾气，很容易变成活泼而勇敢的。和布里都同时入部的老蔻拉巴郎是晚上到这两位寡妇家里来聊天的一个忠实的朋友，他每个月总给菲力拍了两三次嘴巴，对他说："这是一位眼睛冒火的果敢的孩子！"

被刺激的孩子就虚张声势的鼓起了勇气。一旦他的性格有了这个倾向，他就对于一切体格上的运动都变成灵巧的。因为在中学里喜欢用力和人家打架，他就感染这种大胆和轻蔑苦痛的习惯，这两种习惯可以产生军事的价值，但是也养成了对于读书最感厌恶的脾气，因为公共的教育永远解决不了身智同时发展的问题。阿佳德认为菲力在身体上和她的相似也包括有道德上的相同，她坚信将来有一天情感的细腻可以由男性的力量而发展在他的身上。母亲迁居马萨林街的悲惨的寓所时，菲力有十五岁的年龄，这年纪的儿童的可爱也证实了母亲的信仰之不误。约瑟年纪小了三岁，他很肖似他的父亲，但却是在外观的粗陋方面。先说，他那丰满的黑头发总是蓬乱而没有梳整齐的，然而他那顽皮的哥哥却是很漂亮的。再说，不知道因为什么偶然的变化（但是太常的偶然的变化是会变成习惯的），约瑟不能够保留任何的清洁的衣服：新的衣服一穿在身上，不久就会变成旧衣。由于自尊的心情，长子对于自己的事情颇为关怀。不知不觉之中，母亲也惯于斥骂约瑟，拿他的哥哥来做榜样。所以，阿佳德对于她的两位孩子并不是露出同样的脸色；当她找他们去的时候，她总说约瑟："他给我把自己的事情弄成什么样子呢？"

这些小事情把他的心绪投进母亲的偏爱的深渊里。在这两个寡妇的交游之中，平常的人没有一个注意到约瑟的观察的倾向，不论是老布吕埃尔也好、老蔻拉巴郎也好、德斯罗慈也好、甚至于阿佳德的忏悔师罗路方丈也好，他们都没有注意到。受了嗜好的统治，这位未来的设色画家一点儿也不注意到一切关于他的事物。自从童年以后，这脾气就已经根深蒂固了，这使他的父亲对他未免有些忧虑。头盖的特殊的容量、宽阔的额头，使他恐惧这孩子得了什么水肿症。他那苦闷的脸色、这奇异的色调，在一般不认识身姿的精神价值的眼睛看来，会以为是丑陋的。自从童年以来，他就相当的坏脾气。后来渐渐发展的脸纹好像是收缩的，而儿童对于事物所加的深刻的注意也越加的使其卷缩。所以菲力取悦了他的母亲的一切的虚荣，而约瑟却得不到她的丝毫的称赞。菲力口中常常发出快乐的话语，使父母们相信他们的儿子将要变成伟人的流利的应对，然而约瑟却是寡言的、沉思的。母亲对于菲力抱有极大的希望，一点儿也不期待约瑟。约瑟的先天的艺术才能是于一个最平常的机遇中发展起来的：一八一二年复活节的假期，他从学校回来和他的哥哥跟德斯高恩夫人到杜伊勒利花园去散步，他看见有一个学生在墙上画了一张关于先生的讽刺画，钦佩的心情把他钉住，站在这张巧妙的粉笔画的前面。第二天，孩子站在窗口，看着学生们从马萨林街的门走了进去，他就偷偷的下了楼，溜到研究院的庭中。在那里，他看见了许多的塑像、半身雕刻、刚动工的云母石、烧过的泥土、石膏像等等。他狂热的欣赏着，因为他的本能被唤醒了，他的天禀激动着他。他走进了一间半开着门的低室，看见有十几个年青人在那里画一个肖像，而变成了他们的嬉笑的对象。

“小子！小子！”看见他的第一个人嚷着，拿了面包碎，对他掷了过去。

“谁的孩子？”

“好家伙！多丑的孩子啊！”

总之，在一刻钟之中，约瑟是在大雕刻家楚德的工作室里蒙受了大难了；但是给他开了许多玩笑之后，这些学生们却惊异他的坚毅、他的身姿，而问他到底要做什么。约瑟回答说他很羡慕能学画，对于这个问题大家都鼓励他。受了这个友谊的腔调的感动，孩子就告诉他们他是布里都夫人的儿子。

“噢！你是布里都夫人的儿子！”工作室的一切的角落里都喊

叫了起来，“那么，你一定会变成一个伟人。布里都夫人的公子万岁！——你的母亲，她好看吗？如果得用你这一团球来判断她好看不好看的话，她一定是不错的！”

“啊！你要当艺术家，”一个年纪最大的学生说着，离开座位，走向约瑟说出一句难堪的话，“你知道当艺术家得有一个脑袋，得经得起极大的穷苦吗？是的，有许多的试验都可以打断你的手臂和你的大腿。你所看见的这些小蛤蟆，他们没有一个不是经过许多的试验。那一个，你瞧，他曾七天没有吃过东西！让我们瞧瞧你是不是可以当艺术家？”

他就拿了约瑟一只手臂，把他直直的竖在空中；然后又安置了另外一只手臂，好像约瑟要打一个拳似的。

“我们管这个叫做传信机的试验。如果你能够这样的保持一刻钟，不放下，不改变你的四肢的地位的话，好，这就证明你有一个骄傲的脑袋。”

“去吧，小子，勇敢一点。”其他的学生说，“啊！当艺术家得受苦。”

在十三岁孩子所有的意志的支持之下，约瑟镇静不动的保持了五分钟，一切的学生都严肃的看着他。

“噢！你低下来了。”一个说。

“呃！支住吧，小家伙！”另外一个说。“拿破仑皇帝就像那边一样的支住了一个月。”一位学生说着，给他指了楚德所塑的雕像。

皇帝站着，拿着御杖，这塑像是于一八一四年从圆柱上倒下来的。到了十分钟的尽头了，汗液和珠子一样的在约瑟的额头上发亮。正在这个时候，一位秃头苍白而病态的短小的人物走了进来。最尊敬的寂寞就跟着统治了全工作室。

“好，孩子们，你们做些什么呢？”他说着，瞧了瞧工作室中的殉道者。

“立定的是一位小小的好好先生。”安排约瑟的大个子学生说。

“你们作害一位可怜的小孩子都不害羞吗?”楚德说着，拉下了约瑟的两只手臂。“你在那里多少时候啦?”他问约瑟，在约瑟的颊上轻轻的拍了一下，表示友爱的意思。

“一刻钟啦。”

“是谁带你到这儿来的?”

“我要当艺术家。”

“你从哪儿出来的？从哪儿来的?”

“从妈妈家里来的。”

“噢！妈妈!”学生们喊叫了起来。

“安静，画你们的去!”楚德高声斥责，“——你妈妈是干什么的?”

“她是布里都夫人。我的爸爸，他死了，他是皇帝的朋友。所以，如果您愿意教我学画的话，您要多少学费，皇帝都会给我交的。”

“原来他的父亲就是内务部的总务局长。”楚德叫了起来，受到一个回忆的打击，“——你已经想当艺术家了?”

“是的，先生。”

“你喜欢来这里可以随便来，人家一定让你在这儿玩！给他一个画稿、一些纸、铅笔，让他干他的。——坏东西，”雕刻家说，“你们得知道他的父亲对我很有恩典。——拿着去，井绳，找一些饼、糖果、好吃的东西来。”他说着，给欺负约瑟的那个学生一些钱。“——看你嚼菜的样子，我们以后可以看出你到底是不是一位艺术家。”楚德接着说，摸抚着约瑟的颌部。

然后，他就巡视一下他的学生所做的工作，这位孩子也跟着他看望，倾听而力求理解。糖果买回了。整个的工作室，雕刻家自身和这位孩子都开始运用牙齿。约瑟也就用受到人家的欺负时所有的同样的态度来受人家的疼爱了。这一个幕景是满充着嬉戏而表露了艺术家的心肠的。这幕景是他的本能所了解的，对于他有一种奇异的印象。楚德是一位早逝的雕刻家，他因为皇帝的保护而显得光荣。这时候，楚德的出现在约瑟看来简直是一个幻梦。孩子没有对他母亲说过关于这一次的逃学的任何的话；但是每星期日和每星期四他都到楚德工作室去，在那里逗留三个钟头。使这两位可爱的小孩有幻想的方便的德斯高恩美妇从此之后就送给约瑟许多的铅笔、赤色笔、雕刻刀和图画纸。这位未来的艺术家就在御立中学里绘画先生们和同学们的肖像，用炭笔描绘宿舍，在图画班上特别引起人们的注意。御立中学教员勒米尔不但惊奇约瑟的天资，同时也惊叹他的进步；他就来告诉布里都夫人她的儿子的癖性。阿佳德是外省的女人，她不大懂得艺术，正如她不大懂得理家一样，所以听了这句话，她就害怕起来。勒米尔走了，这寡妇却哭了起来。

“啊!”当德斯高恩美妇来的时候，她就这样的说，“我完了！我要约瑟当一位机关的职员，他在内务部是有门路的，受了他的父亲的阴灵的保护，他可以在二十五年内当一位总务局长，然而他却要当画家，和一位叫花子一样。我早就知道这孩子只有给我苦头吃!”

德斯高恩夫人承认几个月以来她曾鼓励约瑟的嗜好，而庇蔽他星期日和星期四偷跑到研究院去。她曾带他到沙龙里去，在那里，这位小小的好好先生对于图画的注视是和注意神迹一样的。

“如果他十三岁就懂得图画的话，亲爱的，你的约瑟一定会变成一个天才。”

“是的，您看天才把他的父亲带到那儿去！四十岁就劳瘁死了!”

秋天的最后几天，正在约瑟将要十四岁的时候，阿佳德不顾德斯高恩美妇的恳切的劝阻，走下楚德的家里，反对他败坏了她的儿子。她看见楚德穿着蓝布工作衣，在雕塑他的最后的塑像；他差不多是不大客气的接待当日曾把他应用在一个相当危急的环境之中的人的寡妇；但是因为在他的生活之中他已经是被攻击的，所以他就用了可以在几分钟之内实行几个月不易做到的奋激来争辩；他找到了一个久在寻觅之中的东西，他用暴乱的动作来运用他的凿子和陶土。这些动作在阿佳德看来，就好像有奇癖的人所有的动作一样。楚德是另一种禀性的人，他发笑了；但是当他听见这个母亲咒诅艺术、埋怨他引诱了她的儿子而请求他不要再让她的儿子到工作室里来的时候，他却发出了一个神圣的怒气。

"我应当报恩您的丈夫，我要在鼓励他的儿子看守您的小约瑟走进一个最伟大的事业的最初的步伐之中来偿清我的责任！"他喊了起来，"是的，太太，如果您不懂的话，您应当知道一位大艺术家就是一个国王，还不止是一个国王：因为第一，他比国王还要快乐，他是独立的，他是自由生活的；第二，他统治幻想的世界。您的少爷有美丽的前途！像他那样的天资是很稀少的，这些天资只是在吉奥土、拉发埃尔、迪田、吕崩、穆里罗之类的身上才这样早表现出来的；因为我觉得他更应当当画师，不应当当雕刻师。上天在上！如果我有同样的儿子的话，我一定会跟皇帝同样的快乐，封他做罗马王！总之，您的儿子的命运是操在您的手中。去吧，太太！如果您把他弄成一个傻子，一个只知道走路的时候走路的人，一个可怜的书记生的话，您就是杀害他的凶手了。我很希望不论您如何努力的制止他，而他都会变成一个艺术家。神召比一切人们用来反对效力的障碍都更有力！神召就是呼唤，呃！这就是上帝的选择！可是，您要把您的儿子弄成不幸的！"

阿佳德找到楚德，看见他穿着蓝布工作衣，在雕塑他的最后的塑像。

他就把没有用的陶土狠力的投在小木桶里，然后，对他的模特儿说：

“今天够了。”

阿佳德仰起眼睛，她看见一位裸体的女人坐在工作室一个角落里所有的一张凳子上，这是她的眼睛所还没有看到的；这景象使她狼狈的跑了出去。

“你们不要接纳小布里都到这里来，你们这班人，”楚德对他的学生们说，“这逆忤他的母亲的意向。”

“嘍!”当阿佳德关门的时候，学生们这样的喊了起来。

“原来约瑟就是到这么样的地方来!”被她的见闻所惊吓的可怜的母亲心里这样对自己说。

自从雕刻和绘画的学生们知道布里都夫人不愿意她的儿子变成一位艺术家之后，他们的最快乐的事情就是吸引约瑟到他们那里去。虽然他的母亲曾从这位孩子的嘴里得到他不再到研究院去的许诺，这位孩子还是常常溜到工作室里来。这工作室是雷诺尔所曾在那里工作过，而人家也鼓励他来粗画绫绢的。当这寡妇埋怨的时候，楚德的学生们就对她说雷诺尔先生并不是楚德；并且她并没有让他们来看守她的儿子，并没有叫他们给他成千的笑谑。这些残忍的笨劣的画工就编制了一首关于布里都夫人的一百三十七变调的诗歌，唱了起来。

这个悲惨的日子的晚上，阿佳德拒绝打牌，她留坐在靠背椅子上，心中万分的悲愁，甚至于不时不时的在她的眼眶里涌出一些泪珠。

“您怎么啦，布里都夫人?”老蔻拉巴郎对她说。

“她以为她的儿子将来要当叫花子，因为他有绘画的天才。”德斯高恩夫人说，“但是我，我却对我的儿子小毕克西乌的前途一点儿顾虑也没有，他也有喜欢图画的癖嗜。男子汉是生来去打天下的。”

“太太说得对。”干脆而残忍的德斯罗慈说，这位先生是怎么样也不能够变成副局长的，虽然有才干，“我，幸亏我只有一个儿子；因为我的一千八百佛郎和一位好不容易售卖印花纸才赚到一千二百佛郎的妻子，我能够变成什么呢？我让我的孩子在一位法律代言人处当小书记，他每个月赚得二十五佛郎和每天一顿午饭，我得给他津贴一半；他在家里吃晚饭、睡觉：就是这么回事，我们得让他去，让他走自己的路！我给贱子所预备的事业比送他到学堂去还要好，他将来可以当法律代言人；当我给他买一张戏票的时候，他就快乐得和当皇帝一样，他吻我；噢！我管他管得严，他给我报告他是怎么样的用钱。您对您的孩子们太好了。如果您的儿子要吃疯牛的话，您也就让他去吧，他可以变出一点儿东西来。”

“我，”刚退休的老总务局长布吕埃尔说，“我的孩子只有十六岁，他的母亲喜欢他；但是我没有听见过这么早的年纪就有什么神召。这完全是幻想，一个应当取消的嗜好！依我看来，孩子们是应当加以指导……”

“您，先生，您是有钱的，您就是一个人，您也只有一个孩子。”阿佳德说。

“说实话，”蔻拉巴郎接着说，“孩子们都是我们的暴君（心理上的）。我的孩子真让我发疯，他把我弄穷了，结果我是什么也不管他了（独立）。好，他却变成更快乐的，我也变成更快乐的。他的淘气，是他的可怜的母亲所以死去的一部分的原因。他自己去当跑腿伙计，他找到了他的运气；他一早就出去，不愿意留在家里，他从来不能够安坐在一个地方，他什么也不愿意学；我所要求于上帝的，就是死的时候不会看见他侮辱我的名字！没有孩子的人不会知道快乐，但是他们也避免许多的苦痛。”

“这些人原来都是如此的父亲!”阿佳德对自己说，又重新的哭了起来。

“我所对您说的，亲爱的布里都夫人，就是要让您知道应当让您的儿子当画家；不然的话，您一定要空费时间……”

“如果您能够训责他的话，”酸酷的德斯罗慈接着说，“我就要告诉您来反对他的嗜好；但是我看您对您的儿子们很软弱，我劝您还是让他乱涂乱画去吧。”

“完了!”蔻拉巴郎说。

“怎么，完了?”可怜的母亲叫了起来。

“可不是嘛!我的心理上的独立，这一根德斯罗慈的火柴真是把我烧完了。”

“您别发愁，阿佳德，”德斯高恩美妇说，“约瑟会成为一个伟大的人物。”

在这和一切人类的争论相同的讨论之后，寡妇的朋友都归结到同一的意见上，然而这意见却并没有结束她的困难。人们都劝她让约瑟去跟随他的神召。

“如果他不是一位天才的话，”逢迎阿佳德的布吕埃尔对她说，“您总可以随时把他安放在政界里。”

在扶梯的上面，德斯高恩美妇送走了这三位老官吏，她叫他们做“希腊的三位贤者”。

“她未免太过分的发愁了。”布吕埃尔说。

“她太高兴她的儿子要做一些事情。”蔻拉巴郎还这样的说。

“如果上帝还给我们保留我们的皇上的话，”德斯罗慈说，“约瑟总还有靠山!她还发愁什么呢?”

“关于她的两位儿子的事情，她是什么都怕的。”德斯高恩夫人回答说。“——好吧，好姑娘，”她说着回来，“您瞧，他们是一致的；您为什么还哭呢?”

"啊！如果是菲力的话，我就什么也不怕了。您不知道在这工作室里干些什么！艺术家们在那里还有裸体女人哩。"

"但是他们在那里发挥天才，我希望。"德斯高恩美妇说。

几天之后，莫斯科的惨败发生了。拿破仑回来组织新的力量，而向法兰西要求更多的牺牲。可怜的母亲于是又生了许多其他的忧虑。学堂所不喜欢的菲力绝对愿意给皇上效劳。菲力参与了拿破仑在杜勒伊利所举行的最后一次的检阅，这检阅真使菲力迷住了。那时代，军队的壮丽、军服的外观、肩章的权威，在一部分的年青人身上是有一种不可抵抗的诱惑的。菲力相信自己对于军役有弟弟对于艺术的同样的天资。他就瞒着母亲给皇帝上了一张表：

"陛下，小臣是陛下的布里都的儿子；小臣年纪十八岁，有五尺六寸的身材、结实的腿、强壮的体格和当兵的志愿。小臣恳求陛下的保护，准予入伍。"

皇帝就在二十四小时之内把菲力从御立中学送到圣锡尔军官学校去，六个月之后，一八一三年的十一月，他就叫他出来当骑兵的少尉。冬天的一部分时间，菲力留在补充队里；但是当他学了骑马之后，他就满充着狂热的出征去了。在法兰西平原的战役之中，他的勇猛在一个前锋的职务里救活了他的上校，于是也就升为中尉了。皇上任命菲力当上尉到费尔—仑柏诺瓦斯去打仗，在那里皇上用他当传令官。受了这种高升的鼓励，菲力就在孟特罗得到了十字勋章。他参加了拿破仑在方登布鲁向士卒所举行的告别礼而受到这个幕景的感动，所以也就拒绝给布尔崩王朝服务了。当他于一八一四年回到母亲家里的时候，他发现她是窘迫的。人家取消了约瑟的假期的奖学金，而于国库里领到养老金的布里都夫人也曾落空的请求过内务部来登记这笔款。比什么时候都更有画家风度的约瑟却很高兴有这些事情的发生，他请求母亲让他到雷诺尔先生那里去，而且答应能够赚钱养活自己。他说他已是修辞级前一级的好学生，能够升到修辞级。十九岁就当上尉而得到勋章的菲力给皇上当了两次战役的传令官之后，大大的刺动了母亲的自尊心；所以，虽然他是粗鲁的、吵闹的，事实上除了通俗武夫的勇敢以外没有其他的专长，但是在她看来他却是一个天才；然而约瑟却是短小而清瘦的、穷乏的，宽野的额头，酷爱和平和安静，梦想艺术家的光荣，在她看来却只有给她苦痛和忧愁。一八一四到一八一五年之间的冬天，受到德斯高恩美妇和毕克西乌的秘密的保护的约瑟是最顺利的，这位葛洛的学生就到这个制造许多才士而使他结交施纳的工作室来。三月二十日的政变发生了。布里都上尉到里昂去投效皇上，陪着皇上到杜伊勒利来，皇上任命他当禁卫军的队长。他在滑铁卢受了轻伤，而得到了光荣骑士军官的十字勋章。在滑铁卢战役之后，他就在圣登尼斯地方达芜元帅的身边，不参加罗瓦尔军队。所以，因为达芜元帅的保护，他还能保持他的十字勋章和他的级衔，但是他只领到退伍军人的半薪。忧虑前途的约瑟在这时期是用热烈的情调来研究的，这样的用功甚至于使他在这政潮的风涛中生了好几次的病。

“这是图画的气味，”阿佳德对德斯高恩夫人说，“他应当好好的离开这个妨碍他的健康的情况。”

那时候，阿佳德的一切忧虑都是加在那位当中校的儿子身上。她又看着他从一位禁卫军司令官所领的差不多九千佛郎的薪俸上落到每月领取三百佛郎的半薪的地步；她给他布置厨房上面的屋顶楼，节省一点儿费用。菲力是一位最常来这真正宪政党的集中地冷不浪咖啡馆的波拿巴特派；他在那里排出了领半薪的军官的习惯、态度、风尚和生活。并且，正如一切二十一岁的年青人一样，他过度的夸张波拿巴特派，而对布尔崩派发出一种严厉的致命的仇恨，一点儿也不肯再入军队；他甚至于不接受人家使他保持中校的原衔到军队去工作的机会。在他母亲的眼中，菲力简直是在发展一个大事业。

“他的父亲并不比他干得好。”她说。

半薪已经够得菲力的费用，他没有花费家里的钱，然而约瑟却整个的依靠两位寡妇来负担。从这时候起，阿佳德对于菲力的偏爱就表显出来了。一直到这时候为止，这种偏爱都只是秘密的；但是人们对于皇上的忠实的兵士所加的迫害，这位可爱的孩子所受的伤痕的回忆，他接受这穷困生活的勇气，这虽然是自愿的，然而在她看来总是一种高贵的穷困，这一切的一切都使阿佳德显露出她的溺爱。只这句“他真不幸！”就够得证明一切了。约瑟有艺术家的灵魂在生命的开端时所富有的素朴的性格，他对于他的哥哥相当的钦佩，而且并不介意他的母亲的偏爱，甚至于同意她来崇拜这位在两个战场上给拿破仑传令而在滑铁卢受伤的勇士。他明明看见哥哥是在禁卫军的绿金色的制服之中指挥一队兵士到五月的战场上去，他怎么能够怀疑他的哥哥的卓绝呢？虽然她有所偏爱，然而阿佳德的确显得是一位难得的母亲：她爱约瑟，不过不是盲目的爱他罢了；她不了解他，如是而已。约瑟崇拜他的母亲，而菲力却让她来崇拜他。他总算是对她温和了许多兵士的粗暴；然而他一点儿也没有消除他对约瑟的轻蔑，虽然是用友爱的态度来表达的。看着他的弟弟高盖着强大的脑袋而被恒久的工作弄得清瘦，十七岁的年龄就这样的软弱多病，他就管他叫做“小子！”。他的态度好像是抚慰的，但是在艺术家的不在意之中却带有伤刺的成分，约瑟总相信在粗暴的兵士的神气之下藏有好意。这可怜的孩子，他还不知道一位真正有才干的军人也是和其他的上流社会一样的温和客气。天才是到处一样的。

“可怜的孩子！”菲力对他的母亲说，“不要叫他苦恼，让他玩他的去吧。”

这种轻蔑在母亲的眼中却像是兄弟之情的证明。

“菲力一定会永远爱他的弟弟而保护他。”她想。

一八一六年，约瑟得到他的母亲的允许，把接连他的屋顶楼的仓库改为工作室，德斯高恩美妇也给他一些钱购置画师的职业所不可缺少的物件；因为在这两位寡妇的家中，图画只是一种职业。神召的感觉再加上聪明和热烈，约瑟就亲身把一切的东西安排在这可怜的工作室里。经过德斯高恩夫人的坚请，房东就在屋顶上挖了一个洞，装上一个窗格。这个仓库就变成一个大厅，由约瑟用咖啡色的颜料漆上；他在墙上挂了几张画稿；阿佳德并不是没有抱歉的在那里给他放上一个铁炉，约瑟可以在自己家里工作，然而也没有忽略到葛洛和施纳的工作室去。领半薪的军官和波拿巴特派的宪政党那时候正好包围国会，借用大宪章的名义起了暴动（这大宪章其实是什么人也不要的），暗地里计划着许多的阴谋。参加这团体的菲力被捕了，然而因为没有证据也就被释放了；但是作战部却取消了他的半薪，把他的名字登记在所谓“须加纪律训练”的簿上。法兰西是不可居住的了，菲力终于牺牲在一些煽动者所排布的陷阱里头。那时候人家常常谈到煽动者。当菲力在这令人怀疑的咖啡馆里打台球、消磨时间、学会啜饮各种不同的酒浆的时候，阿佳德却对家庭的伟人有一种致命的恐怖。“希腊的三位贤者”太惯于每天晚上走着同一的路，登上这两位寡妇的扶梯，等着让她们来询问当日的事情所有的印象，永远不离开她们，总是到这小小的绿客厅里来交际。一八一六年举行内部肃清的内务部保留了蔻拉巴郎，这位老头儿是那些低声报告《劝世报》的新闻而加上说“不要连累我！”的懦夫之中的一个。在老布吕埃尔之后退休的德斯罗慈还在争求养老金。这三位眼看着阿佳德的忧愁的朋友就劝告她把中校送到外国去。

“人家讲到阴谋，您的儿子的性格一定会使他当了人家的牺牲品，因为出卖朋友的人总是有的。”

“真是好孩子！他是皇上预备制造元帅的材料，”布吕埃尔轻声的说，瞧了瞧他的周围，“他千万不要放弃他的国家。他应当给国家服务兵役到东方，印度……”

“然而他的健康呢？”阿佳德说。

“为什么他不谋一个地位？”老德斯罗慈说，“现在新组织的有许多特殊的行政机关！我，我要到一家保险公司去当经理，只要我的退老金的问题解决了之后。”

“菲力是个军人，他只喜欢打仗。”好战的阿佳德说。

“所以他得乖一点儿，请求服务兵役……”

“给这些人服务兵役？”寡妇叫了起来，“噢！我绝不会劝他干这个。”

“您错啦，”布吕埃尔接着说，“拿发林公爵刚给我的儿子派了一个位置。布尔崩王族对于那些诚意重集的军人是很好的。他们一定要派您的儿子到某个联队去当中佐去。”

“人家在骑兵队里只要一些贵族，何况他也做不到上校哩。”德斯高恩美妇喊道。

受了惊的阿佳德就请菲力到外国去投效任何优待皇上传令官的强国。

“投效外国人？”菲力怨恨的叫了起来。

阿佳德真情流露的吻着她的儿子，一边说：“这简直就是他的父亲的神气。”

“他说得对，”约瑟说，“法兰西人对于他的军队是很骄傲的，他不会到别国去入伍。说不定拿破仑还要来一次哩！”

为着使母亲欢心起见，菲力就想出一个好主意，要到美洲合众国去会合拉尔曼将军，帮他建立亡命营，这是用爱国的名义而组织的一个最可怕的团体。阿佳德把省下来的一万佛郎拿给他，又花了一千佛郎陪着他到哈佛尔去上船。一八一七年年底，阿佳德只用国债账簿上所有的六百佛郎的利息来生活；然后，突然的灵机一动，她立刻就把节省所余下的一万佛郎存了起来，又得到了另外的七百佛郎的利息。约瑟愿意参加这种忍耐的工作——他穿得和保镖一样的走着路：大鞋，蓝袜子。他拒绝带手套，自己生炉子，烧煤球。他吃面包，喝牛奶，吃勃利的干酪。这位可怜的孩子只受到老德斯高恩夫人和毕克西乌的鼓励，毕克西乌是他的同学，同时又是工作室的同伴，他当时画了许多极可钦佩的讽刺画，在部里当了一个小差事。

“我是多么高兴的瞧着一八一八年的夏天到来啊！”当布里都叙述他当年的穷困的时候，他常常这样说，“太阳给我省了许多买煤的钱。”

在设色方面，他已经和葛洛一样的熟悉，他已经只是偶尔到师长处去请教了；那时候，他想要打破古典派的面甲，冲断希腊的规条和关闭自然的艺术的限制，极力想象他的创造和他的幻想。约瑟预备挣扎，这挣扎自从一八二三年发现在“沙龙”之后，就没有停止过。年头太可怕了：德斯高恩夫人和布里都夫人的法律公证人罗干带着七年来从使用收益权所得到的进款卷逃了。这进款应当已经生产两千佛郎的利息。这惨剧之后的三天，从纽约寄来了菲力中校向他母亲汇取一千佛郎的汇信。正如一切被人欺诈的孩子一样，这位可怜的孩子在亡命营里丢掉了他的一切。这封使阿佳德、德斯高恩夫人和约瑟流泪的信讲到中校在纽约如何的由穷朋友的保证而欠下了许多的债务。

“都是我逼着他上船。”可怜的母亲叫了起来，她很巧妙的解释菲力的错误。

“我并不劝您，”老德斯高恩夫人对她的外甥女说，“让他常常去做这一类的旅行。”

德斯高恩夫人是勇敢的。她总给布里都夫人一千个厄古，但是她也总抽着自从一七九九年之后老不肯出来的彩号。差不多这个时候，她已经开始怀疑政府的好意了。她责备政府，她相信政府是很巧妙的在抽签柜中取消了这三个号数，去引起股东的愤怒的下注。快速的研究财源之后，不是售卖一部分的国债似乎没有方法凑上一千佛郎。两位妇人就讨论要把银器、一部分的台布和剩余的家具拿去售卖。被这提议所惊愕的约瑟就跑去找热拉尔，告诉他实在的情况，这个大画家也居然能够在部里替他请求从王宫里摹画两张路易十八的肖像，给他每张五百佛郎。虽然是不大慷慨的，葛洛也带他的学生到一家颜料店去用他的名义取了一些必要的材料。但是这一千佛郎却只能够在画好之后付钱。于是，约瑟就在十天之内在画架上画了四张图，卖给商人，给他的母亲带来一千佛郎，让她还清这汇票。一星期之后又来了第二封信，中校就在这封信里告诉他母亲他已经得到船长的允许坐他的邮船回来。菲力说他在哈佛尔下船时至少需要一千佛郎。

"好!"约瑟对他的母亲说，"我可以画完这两张肖像，你也可以给他带这一千佛郎去。"

"亲爱的约瑟!"阿佳德满面流泪的吻着他说，"上帝会祝福你的。你爱这可怜的被虐待的人吗？他是我们的光荣，他是我们的前途。这么年青，这样勇敢，然而却这么不幸！一切都是反对他的，至少让我们三个人拥护他吧。"

"你看得清楚图画也是有用处的。"约瑟叫了起来，他很高兴居然能够得到母亲的允许，让他当一位大画家。

布里都夫人跑去迎接她的心爱的儿子菲力中校。一旦到达了哈佛尔，她就每天到佛兰苏一世所建筑的圆塔那一边去等候美国的邮船，一天一天的生上许多最残酷的忧虑。只有做母亲的人才知道这种苦痛是如何的提起了母爱的心情。邮船于一八一九年一个美丽的十月的清晨不前不后的到达了。在一个最粗野的人身上，祖国的空气和慈母的脸孔总可以产生一种作用，特别是在一个满充着穷苦的旅行之后。菲力就表现出一种情感，使阿佳德想到：“啊！他是多么爱我的呀！他！”不幸得很！这位军官在这世界上只爱一个人，而这一个人也就是菲力中校他自己。他在美国德克萨斯所受到的穷困、他在纽约的居留（在纽约，投机和个人主义是达到最高的程度；名利的粗野甚至于走到了无耻的地步；完全被隔断的人们不能够用自己的力量来行走每一时刻、来判断自己的理由，礼义不存在了），还有这一次旅行的最小的事故都在菲力身上养成了恶劣的老兵的脾气：他变成粗暴的、嗜酒的、嗜烟的、自私自利的、无礼的；穷困和身体上的苦痛使他腐化了。并且，中校也自以为是受到人家的欺迫。这种意见的结果把一切没有智慧的人都看做迫害者和没有涵养的人。在菲力看来，宇宙是以他的头顶开始的，而以他的脚跟结束的，太阳只是为着他而光照。总之，由于这位好动的人加以解释的纽约的景象是从他身上夺去了一切的道德的疑虑了。在这种人类之中，只有两种存在的方式：他们不是相信，就是不相信；他们不是有一切忠厚人的道德，就是在需要的要求之下放弃了一切；还有他们习惯于建立一切的利益和暂时的必要的嗜好。在这种制度之下，人们可以走得很远。中校保持有圆滑的态度、坦白的精神和军人的疏忽，但这只是表面上的。所以他是非常危险的，他好像是儿童一样的天真；但是他只是为自己设想，他从来没有不加思虑的做过一件事，正如一位狡猾的检察官思虑高密律师的思路一样；话语是不费钱的，人家相信多少他就可以说多少。如果不幸有人不接受这用来解释他的言行的矛盾的语言的话，精于手枪术，可以和最有本领的武艺教师挑战而有一切视死如归的人的冷静的中校就用最短促的尖锐的语言来追问您的理由；但是，在等待的时候，他却显得要走上违法的道路的样子，在这些道路的后面，任何的调解都是不可能的。他那魁巍的身材是肥胖的，他的脸色是在居留德克萨斯时变成棕黑的，他保留着那样简短的语句和被迫在纽约的居民之中要让人尊敬的人的严厉的声调。这么样的结构，简单的服装，可以看得出的那只因为最近的穷困而硬化的身躯，这一切都使菲力的母亲把他看成一位英雄；但是他却只是简简单单的变成人们相当坚毅的称谓的无赖。惊看着爱儿的一无所有，布里都夫人就在哈佛尔给他制了一套新衣。听着他叙述他的不幸，她没有力量阻止他喝酒、吃东西、耍荡，好像一位从亡命营里回来的人都应当喝酒、耍荡似的。当然，用帝国的军队去征服德克萨斯，这是一个好主意，但是这不但缺乏东西，而且更缺少人才，因为现在的德克萨斯已经是一个前途远大的共和国了。这种复辟时代的自由主义可以有力的证明他的兴味完全是自私的，而不是为国的；是为政府的，而不是为别人的。无论是人物也好、地方也好、思想也好、效忠也好，没有不是错误的，然而这个虚伪的政党却有庞大的数目，不过，如果真的要重新建立帝国的话，他们却一个钱也不肯拿出。像阿佳德这一种的主妇是有见地可以使她们猜透这种政治上的欺骗的。可怜的母亲立刻就从儿子的叙述中瞥眼看出实在的情形；因为为着这位被放逐者的利益起见，她曾在他出国的时候倾听着那些宪政派的报纸所登载的冠冕堂皇的宣传而注意到这个说是必须有六百万而好不容易才弄到十五万佛郎的著名的募捐运动。自由党的领袖马上就看到他们是给路易十八效劳，把我们的军队之中最光荣的残物运出法兰西国外，放弃了最忠实、最兴奋、最热心而走到前面的人。阿佳德没有法子给儿子解释他不但是一位被迫害的人，而且是一位被欺骗的傻子。因为对于她的偶像的信仰，她就用无知来给自己解释，叹息打击菲力的时代的不幸。事实上，到现在为止，在他的一切穷困之中，大部分都不是他的错误，而是做了他的好性格、他的毅力、皇帝的失败、自由党的二心、布尔崩王朝对于波拿巴特派的狂热的反对的牺牲品。停留在哈佛尔的这个花费极多的一星期之中，她不敢对他提议叫他和王家政府讲和而自荐到作战部里去：她已经费了九牛二虎之力才把他拉出哈佛尔，带到巴黎来，因为她只剩下旅费了。在王家轮船公司的院中等待着这位被放逐的人的下船的德斯高恩夫人和约瑟都惊异的看着阿佳德的脸孔的变化。

“你母亲这两个月就好像老了十年似的。”在人们互相接吻卸下两个行李箱的时候，德斯高恩夫人对约瑟说。

“您好，德斯高恩老太。”这是中校对老杂货铺老板娘所说的一句温和的话。约瑟平常很亲热的管她叫做“德斯高恩姥姥”。

“我们没有钱雇马车。”阿佳德叹息的说。

“我有。”年青的画家回答她说。“——哥哥的脸色真好!”他看见菲力就嚷着说。

“是的，我熏得和黑烟管一样。但是，你，你并没有改变，小孩子。”

那时候约瑟二十一岁，他而且是那些在试验的时期中支持他的朋友们所赏识的他觉到自己的力量，相信自己的才能；他把他的图画呈给一个由几位爱好科学、爱好文艺、爱好哲学的人所组织的文社；所以哥哥的姿势所表达出来的轻蔑未免使他伤刺了：菲力绞转他的耳朵，就好像对付一位小孩子一样。阿佳德看出德斯高恩夫人和约瑟对于他们的情热所继续表达的冷淡，但是她就对他们叙述菲力在外国所受到的苦痛来弥补一切。要给她所谓的勇敢而低昧的孩子的归国举行一个庆祝会的德斯高恩夫人就预备了一顿最好的宴席，老蔻拉巴郎和年老德斯罗慈也在被请之列。所有的家庭的朋友都得来，事实上也都于晚上来了。约瑟通知了吉罗·黎昂、阿尔太斯、克里斯特恩·米赤儿、李达儿·福尔庄斯和毕安仓，这些文社的朋友。德斯高恩夫人对所谓的她的前夫的儿子毕克西乌说年青人要玩一种埃卡儿德牌。因为父亲的坚决的意志而考得了法学士学位的年青德斯罗慈也参加这夜会。布吕埃尔、蔻拉巴郎、年老德斯罗慈和罗路方丈都在研究着这位态度粗鲁、因为喝酒而变了声音、谈吐鄙俗而有使他们惧怕的目光的被放逐的人。所以，当约瑟布置牌桌的时候，最忠实的朋友就围住阿佳德，对她说："您打算让菲力干什么呢?"

"我不知道，"她回答说，"但是他总不肯给布尔崩王朝当差事。"

"他在法兰西不容易找到地位。如果他不到军队里去，他不会马上就在行政机关里找到位置。"老布吕埃尔说，"当然，您只要让他懂得他不能够像我的儿子一样用编剧的方法来发财也就够了。"

由阿佳德用来回答的眼睛的转动之中，每一个人都明白菲力的前途是如何的使她发愁；而且因为每一个朋友都没有什么方法，大家也就都缄口无声了。被放逐的人、年青德斯罗慈和毕克西乌三个人玩埃卡尔德牌，这是当时的一种流行的牌戏。

"德斯高恩姥姥，我哥哥没有钱打牌。"约瑟跑来，朝着良善而高卓的女人的耳朵说。

王家彩票公司的股东就去找了二十佛郎来，交给艺术家，艺术家又偷偷的把这二十佛郎交到他的哥哥的手中。一切的客人都来了。那里有两桌的波斯顿牌，夜会非常的热闹。菲力显得是一个没有多大本领的赌徒。最初赢了很多之后，他又输去了；然后在十一点钟左右，他反欠了年青德斯罗慈和毕克西乌五十佛郎。埃卡尔德牌桌上的喧噪和争吵不只是一个声音的回响在波斯顿牌桌上那些偷看菲力的清静的赌徒的耳朵里。这位被放逐的人给人家证明了他的恶劣的性情，结果就在半斤八两的年青德斯罗慈所参加的最后一次吵闹发生的时候，虽然他的儿子是有道理的，老德斯罗慈却强派他的儿子的不是，禁止他打牌了。德斯高恩夫人也同样的禁止了她的前夫的儿子，因为毕克西乌开始说许多菲力所不懂的调皮话，这些话能够使这位嘲笑者致命，如果其中的一支有齿尖的箭矢穿透中校的迟钝的智慧的话。

“你一定很累了，”阿佳德朝着菲力的耳朵说，“你去睡吧。”

“旅行使人年青。”当上校和布里都夫人出去的时候，毕克西乌微笑的说。

夜间早眠、日间早起的约瑟没有看见这夜会的闭幕。第二天早晨，阿佳德和德斯高恩夫人在第一间房子里预备早饭，不禁想到这夜会的花费的浩大，正如德斯高恩夫人所说的，如果菲力还继续玩这纸牌的话。这位老妇人那时候已经七十六岁了，她提议出卖她的家具，把第三层楼她的寓所交还房东（这房东只要求能够收回），到阿佳德的客厅来居住，把第一间房子改为客厅，大家也可以在那里吃饭。这么一来，每年可以节省七百佛郎。这样的经济可以让她每月给赋闲的菲力五十佛郎用。阿佳德接受了这种牺牲。当中校下楼，他的母亲问他那间小房子住得舒服不舒服的时候，这两位寡妇就告诉他家庭的状况。德斯高恩夫人和阿佳德两人的收入合在一起计算只有五千三百佛郎的年收，其中有德斯高恩夫人的四百佛郎的养老金。德斯高恩夫人给他的孙子毕克西乌划出了已经答应六个月的六百佛郎的津贴费，也给约瑟划出了六百佛郎；所剩下的收入就和阿佳德的收入一样都是花在家庭的费用上。一切的储蓄都浪费殆尽了。

“你们放心，”军佐说，“我要找一个位置去，我不会使你们担负，我现在只要一些猪吃的饲料和狗住的寝舍。”

阿佳德吻着她的孩子。德斯高恩夫人给了菲力一百佛郎，让他去还清前夜的赌债。十天之内，家具的售卖、寓所的交还、阿佳德的住宅的内部的移动是用只能够在巴黎看得见的速度来完成的。在这十天之中，菲力一吃完早饭就出门，晚上回来吃饭，夜里又出去，一直等到半夜左右才回来睡觉。这是这位改变了的军人和机械一样根深蒂固的养成的习惯：他到新桥去花了两苏钱擦皮鞋，经过艺术桥，到王宫去。他在那里喝了两杯酒，看看报，一直看到中午；差不多这时候，他就从维维恩街走到那时代制造自由党政治的明勒夫咖啡馆去，在那里和旧日的军官玩了一会儿台球。无论是赢是输，菲力总有两三杯各种不同的酒喝，而在街中走来走去，逍遥的抽了六支官卖的雪茄。下午在荷兰人开的吸烟咖啡馆里吸了几口烟斗之后，他就在六点钟左右登楼去赌钱了，赌厅的伙计给他拿去一张和一根别针；他问了问一些老练的赌徒关于红点和黑点的情形，而于最恰当的时期赌了六佛郎，都以三注为限，不管是输是赢。赢的时候（这差不多是常例），他就喝了一碗五味酒，再回到他的屋顶楼来；于是他就高谈说要殴打极端派保王党、殴打国王的卫兵，而在楼梯上歌唱："请我们等着帝国的复兴!"他那可怜的母亲听见了，就说："菲力今天晚上真快乐。"

她也就上楼去吻他，而不埋怨五味酒、小杯酒和烟草的臭味。

"你很满意我吧，亲爱的母亲?"正月的下旬他对她说，"我的生活是世界上最有规则的生活。"

菲力曾经五次和他的老朋友们在饭馆里吃饭。这些老兵士大家互相通达消息，说是有建造一条水底船来渡脱皇上的希望。在这些重新逢遇的旧友之中，他对于他最初加入的军队的禁卫军上尉吉落都最有感情。这位老禁卫军是使菲力完成拉柏莱所谓的"魔车"的原因，在喝酒、抽烟、赌博之外，又加上第四个车轮。二月初旬的一天晚上，吃完饭之后，吉落都领着菲力到快乐剧院去，坐在剧院赠给他的外甥菲诺所办的一家小戏报的厢位里，他就是在这报馆里管理钱库和文件，给报馆招置而分别党徒。穿着宪政派波拿巴特军官的时髦的服装，一件带有四方形的领巾，一直扣到颔部，垂到脚踝，饰有玫瑰花结的宽阔的礼服，带着一条包铅苹果头的鞭子，由一条皮编的带子拿在手里，这两位旧日的士卒就如他们所说的一样“武装化”了，互相打开心胸说心事的走进了厢位。穿过了相当数目的酒瓶和不同的酒杯的酒气，吉落都就给菲力指着台上的一位短小肥胖而敏捷的女角色佛罗兰丁，她的温柔正如厢位一样都是由于全力的报馆而献给他的。

“但是，”菲力说，“她对你这么一个脸带灰白颜色的老兵士所有的温柔到底到什么程度为止呢?”

“幸亏，”吉落都回答说，“我从来就没有放弃过我们的光荣的军服的神通！我从来没有为着一位女人费过两个铜子儿的钱。

“怎么?”菲力叫了起来，用一个指头遮住他的左眼。

“是的。”吉落部回答说。“但是，在我们之中，报馆的力量是很大的。明天，我们可以在两行文字之中劝告政府让佛罗兰丁跳一个舞。相信我，亲爱的孩子，我是很幸福的。”吉落都说。

“呃?”菲力心里想，“不论这位可敬的吉落都的头骨如何的平滑和我的膝盖一样，不管他是四十八岁的人、他的肚皮如何的粗大、他的脸孔如何的像一个葡萄种植人，他的鼻子如何的像一颗土豆，如果他是一个女戏子的朋友的话，我总应当是巴黎第一位坤伶的朋友了。——这是在哪儿呢?”他高声对吉落都说。

“我今天晚上要让你看看佛罗兰丁的家。虽然我的杜尔心妮每月只赚得戏院五十佛郎，但是幸亏有一位老绸缎商人名叫葛尔杜的每月给了她五百佛郎，她还是穿得很好的!”

“呃，但是……”妒忌的菲力说。

“啵!”吉落都说，“真正的爱情是盲目的。”

剧终之后，吉落都带着菲力到佛罗兰丁小姐的家里来，这家坐落在离戏院两步路的克鲁梭尔街中。

“我们得当心一点，”吉落都对他说，“佛罗兰丁有她的母亲；你懂得我没有办法来给一位太太付钱，而这位好太太也的的确确是她的母亲。这位太太是一位门房老妇人，但是她却并不缺乏智慧，她名叫葛毕罗尔；你叫她‘太太’，她就赞同你。”

在那天晚上，佛罗兰丁家里有一位朋友，某个名叫高德查尔·马利的女人，和天使一样的美丽，和舞女一样的无情，而且是维斯特利的学生，她的老师预先说到她的最高的舞台的命运。那时候要在全景剧院用小马利的名义开始演戏的高德查尔小姐打算依靠一位王室大臣的保护，维斯特利好久都应当把她介绍给这位大臣。那时候还没有成名的维斯特利觉得他的学生还不够精通。富有野心的高德查尔·马利使她的假名小马利大出风头；但是她的野心而且是非常可赞赏的。她有一位兄弟，是德尔维尔的书记。兄妹两个人虽然都是穷苦的孤儿，然而却彼此互相的爱敬，他们都看到巴黎的实在的生活：哥哥想要当一位法律代言人来帮助妹妹立业，而且每天只用十苏钱来维持生活；妹妹就冷酷的决定当一位舞女，利用她的美貌和她的大腿来给她的哥哥购买一个事务所。除了他们彼此的感情、他们的利益和他们的共同的生活之外，一切的东西在他们看来都是野蛮的、异族的、仇敌的，正如古代的罗马人和希伯来人的看法一样。这种美丽的友情无论如何也改变不了，这可以让那些深知小马利的人来解释她。兄妹二人当时就住在老古寺街的一间房子的第九层楼上。小马利十岁之后就开始研究，这时候算来已经度过十六个春天了。不幸得很！因为缺乏服饰，她那藏在兔毛领巾之下、架在高跟皮鞋之上、穿着印度式而难看的衣服的小家气的美丽只能够受到那些追逐娇艳女工和不幸的美丽的巴黎人的欢迎。菲力变成小马利的情人了。在小马利眼中，菲力是一位禁卫军的司令、皇上的传令官、二十七岁的年青人，她趾高气扬的显得比佛罗兰丁更为超越的样子，因为菲力显然比吉落都高明。吉落都要使他的朋友幸福，佛罗兰丁要让她的朋友得到一位保护人，所以他们就促进菲力和小马利举行一场门户不当的婚姻。这句巴黎土话的意思就等于用来说明国王和王后的所谓贵贱混合的婚姻。出来的时候，菲力把自己的窘境告诉了吉落都，但是这位老浪子却大大的安慰他。

“我要对我外甥菲诺谈到你。”吉落都对他说，“你瞧，菲力，没有知识的平民政治和只要说话的时代已经得了势了，我们只好投降。这时代，文具箱可以办理一切的事务。墨水代替了火药，辞令代替了子弹。说到底，这些小蛤蟆编辑先生们都是些非常聪明、相当善意的孩子。请你明天到报馆来看我，我要跟我外甥说两句关于你的地位的话。你马上就可以在什么报馆里得到一个位置。这时候，小马利并不是跟你开玩笑，她要你，因为她什么也没有，她既没有契约也没有出演的可能性，我已经说过你可以为她而走进一家报馆，跟我一样的干法，小马利可以给你证明她只为爱你而爱你，你也可以相信这回事！你就学我的办法干，尽你的力量维护女戏子！我太迷于爱情，甚至于因为佛罗兰丁要跳舞我就请求菲诺设法让她出演；但是我的外甥却对我说：‘她有天才，不是吗？好，她跳舞的那一天，她就要让你去看门去。’噢！可是，这就是菲诺。你可以看得出来他是一位相当机敏的孩子。”

第二天四点钟左右，菲力跑到桑提尔街去，在一间小小的地面层里看见吉落都好像一只猛兽一样的闭在一间和猫窝一样的兽笼里，那里有一张小小的桌子、两张椅子和小木块。这个机关是由印在门上的“订报处”这几个伟大的黑字和“收款处”这几个写在铁纱窗上面的字迹指明出来的。沿着上尉的办公处的对面的墙边有一张小凳，是一位割去手臂的老伤兵吃饭的地方，吉落都管这个人叫做“老葫芦”，无疑的是因为他那埃及人一般的脸色。

“好玩!”菲力一边说，一边细察这间房子，“你这个负有可怜的查伯尔上校在欧鲁所负的使命的人，你在那里干什么呢？糟糕！真糟糕！上级的军官！……”

“哎，是的！——布隆！布隆！——一位上级的军官签写报馆的收据，”吉落都戴紧黑丝的帽子，说，“并且，我是这些笑话的负责编辑员。”他说着，拿出报纸给菲力看。

“至于我，我曾经到过埃及，现在我要到印花税局去。”残废的军人说。

“别响，老葫芦!”吉落都说，“你是站在这位在孟米莱伊战场上给皇帝传令的英雄之前，你知道吗?”

“在此!”老葫芦说，“我就在那里丢了我的臂膀。”

“老葫芦，请你看看报馆，我要上去找我的外甥去。”

两位退伍的军人走上了第五层楼，到走廊角里的一间顶楼去，那里有一个眼睛白冷的青年人睡在破沙发上。这位平民并没有离开原位的给他的舅舅和舅舅的朋友递过一些雪茄。

“朋友，”谦虚的吉落都轻声的对他说，“这就是我对你说过的皇家禁卫军的队长。”

“那么?”菲诺说着，狠狠的瞅了菲力一眼，菲力和吉落都一样的在这报界的外交家面前失去了他的气力。

“亲爱的孩子，”吉落都说着，极力要装出舅舅的尊严，“中校是从德克萨斯回来的。”

“啊！您到过德克萨斯，加入过亡命营吗？您还太年青去当农民兵。”

这句戏谑的酸味只有那些记得一大堆雕板上、屏风上、挂钟上和石膏像上所表现的农民兵，这个象征拿破仑和他的勇士的命运而做了许多杂戏材料的意思的人才能懂得的。这个意思至少产生了一百万图像。您现在还可以在外省偏僻的地方找到彩纸上所印的农民兵。如果这位年青人不是吉落都的外甥的话，菲力早已批了他两个嘴巴了。

“是的，我参加过那个团体，我在那里损失了一万二千佛郎和我的时间。”菲力接着说，强勉的微微的一笑。

“您永远爱敬皇帝吗?”菲诺说。

“他是我的天神。”布里都·菲力回答说。

“您是自由党吗?”

“我要永远当宪政党反政府派！噢！福瓦！噢！孟奴埃尔！噢！拉飞特！这些才是伟人哩！他们要从外国回来给我们解除这些穷苦!”

“那么，”菲诺冷淡的接着说，“就得利用您的不幸，因为您是自由党的牲牺品，亲爱的！如果您要坚持您的意见的话，就请您继续当自由党；但是，请您在揭破德克萨斯的黑幕方面来威吓自由党人。您从爱国的募捐中还得不到两个铜子儿，不是吗？哎，您真有一个巧妙的地位，请您跟募捐去算账去。您的情形是这样的：反政府派正在创办一家新报，是在左派的议员指导之下的；您可以当这报馆的会计，薪水一千厄古，这是一个永久的位置。只要您能够弄到两万佛郎的保证金就行了；去找这两万佛郎去，一星期之内您就可以得到这职务了。我要劝告他们，叫他们给您这个位置，免除您的麻烦；但是您得叫！叫得响响的!”

吉落都让那感激得发昏的菲力下了几步楼，而对他的外甥说：“好家伙，你还是这么坏，你！……你把我留在这里给我一千二百佛郎……”

“这报馆维持不了一年，”菲诺回答说，“这样对你是更好的。”

“糟糕!”菲力对吉落都说，“他真不是一位庸人，你的外甥！我就没有想到像他所说的那样利用我的地位。”

晚上，菲力中校就在冷不林咖啡馆和明拿夫咖啡馆里痛骂募捐而给他归罪于德克萨斯的自由党，说是自由党伪善的讲到农民兵，让勇敢的战士没有救济，让他们花了二万佛郎到外面去闲游了两年之后落在悲苦的深渊里。

“我要请求人家清算给亡命营所募的捐款的账目。”他对明拿夫咖啡馆的一位老主顾说，这后者又重复的告诉左派的新闻记者。

菲力并不回到马萨林街，而到小马利家里去，告诉她他要加入将有一万订户而能够在那里得以伸展她的舞台野心的报纸的消息。阿佳德和德斯高恩夫人吓得半死的等着菲力，因为柏利公爵刚刚被刺。第二天，吃完早饭之后一会儿，中校回来了；他的母亲告诉他如何的因为他没有回家而不放心，他却生了气，问他的母亲他到底是不是成年的人。

“糟糕！我给你们带来一个好消息，然而你们却有墓盖的神气。柏利公爵死了？好，活该！这不过是少了一个人而已。我，我要当一家报馆的会计，薪水一千厄古，你们也不至于再为我麻烦了。”

“这可能吗？”阿佳德说。

“是的，如果你们能够给我弄到两万佛郎的保证金的话；只要把你们的一千三百佛郎的利息的登记簿押在那里就行了，你们还可以照样的领取你们那半年为期的利银。”

差不多两个月来，这两位寡妇都因为要给菲力找事做、想方法来安置他而损害了健康；听到了这消息，她们实在是太高兴了，甚至于也就忘记了目前的各种悲剧。晚上，老布吕埃尔、行将就木的蔻拉巴郎、执拗的德斯罗慈，这三位希腊的贤者都一致劝告寡妇给她的儿子保证。侥幸在柏利公爵被刺之前组成报馆刚刚好没有碰到德卡西先生对于出版界所加的打击。布里都寡妇所登记的一千三百佛郎就充作保证新近被派为会计的菲力之用了。这位好孩子立刻答应每月给这两位寡妇一百佛郎，给她们付房租、吃饭，人家也就称他为最孝顺的儿子了。那些曾经对他有过不佳的揣测的人都来庆贺阿佳德。

“我们猜错他了。”他们说。

可怜的约瑟为着不要落在哥哥的后面也就尽量的努力自给，他居然能够做到这地步。三个月之后，一人兼有四人的食量和饮量的中校就在津贴费的借口之下使两位寡妇为难。他逼着她们开销饭费，连两个铜子儿也还没有拿出来。因为碍于情面，母亲和德斯高恩夫人都不愿意对他提到他的许诺。一年过去了，葛锡兰·黎昂所特别称呼为“五爪虎”的钱币就连一个也没有从菲力的钱包里跑到家里来。关于这个方面，中校的确曾经镇压过良心上的不安：他很少在家里吃饭。

“毕竟他是快乐的，”他的母亲说，“他是平静的，他有了一个位置了！”

因为毕克西乌、菲诺和吉落都的一位朋友维尔奴所编辑的一个副刊的影响，小马利并不在全景剧院出演，她到圣马丁门去献技，在柏格兰的旁边得到了成功。在这戏院的经理之中那时候有一位富裕而奢侈的将官，是一位坤伶的情人，而当了她的戏馆主人的。在巴黎常常有许多因为溺爱坤伶、舞女或歌妓而到戏院去当经理的人。这位将官认识菲力和吉落都。得到菲诺和菲力两家报纸的帮助，小马利的登台是这三位军官之中非常迅速排布好的事情，可以令人想象在疯狂的事情上一切的情感都是很团结似的。不久，狡猾的毕克西乌就告诉他的祖母和虔诚的阿佳德说，菲力会计，这英雄中的英雄爱上圣马丁门的著名的舞女。这个老新闻在这两位寡妇看来就如像是半天的霹雳：最初，阿佳德的宗教情绪使她觉得一切女戏子都是坏人；然后，这两位寡妇都觉得这种女人需要黄金来生活，她吞饮珠宝，可以破毁最大的财富。

“哎，”约瑟对他的母亲说，“您相信我哥哥那么傻，会把钱送给小马利吗？这些女人只会破毁富人。”

“人家已经说要把小马利弄到国立音乐厅去，”毕克西乌说，“但是您不要害怕，布里都夫人，外交团已经在圣马丁门出现了，这位美女不会跟您儿子亲热多少时候了。人家还说有一位大使爱上小马利，都爱得发了疯哩。还有一个新闻，蔻拉巴郎伯伯死了，明天下葬，他那当银行家的儿子不知道挥霍了多少的金银，却只给他定了最下等的葬礼。这孩子没有受过什么教育。在中国，这种事情绝不会有！”

菲力的贪欲的思想推促他对舞女提议要娶她为妻；但是在踏进国立音乐厅之前，高德查尔小姐却拒绝了他，这也许因为她猜透了中校的志愿，也许因为她觉得独立是她的发财的必要条件。这一年余下的时间，菲力每月最多不过两次来看他的母亲。他在哪儿呢？在柜台上，还是在戏院里，还是在小马利家里呢？任何的光线都不能够给马萨林街的家庭照露出他的行动。维尔奴和陆士铎看见他度着欢乐的生活。菲力参加了国立音乐厅的第一流人物杜莉椰的一切的交际会，参加了代替小马利在圣马丁门出演的佛罗兰丁、佛罗林、马蹄发、高萝丽和卡莫苏的一切的交际。自从四点钟离开他的柜台之后，他就一直玩到半夜；因为前夜总有接续的交际：什么人的请吃晚饭啦、赌博的夜会啦、宵夜的欢宴啦。那时候，菲力真是得其所哉的活着。这种经过十八个月的疯狂的节庆并不是没有忧虑的。美丽的小马利于一八二一年正月开始在国立音乐厅演唱，她征服了路易十八朝中一个最著名的公爵。菲力想方法和公爵争风；但是，不管他在赌场上曾经走过什么红运，四月开始的时候，他就不得不因为他的嗜好而取尽了报馆的钱柜。五月的时候，他欠了一万一千佛郎的债务。就在这倒霉的一个月之中，小马利利用人家在北勒提尔街的楚瓦苏公馆建筑暂时的音乐厅的时期，到伦敦去开发英吉利的贵族去了。正如常有的情形一样，不幸的菲力就走到不管小马利是如何明显的对他不忠实也要爱她的地步；但是她却只在这位孩子身上看到一位粗暴而鲁莽的军人，她所不愿意多留的第一个阶层。所以，预先看到菲力没有钱，这位舞女就懂得在新闻中获到支柱，不必再保留菲力；不过，她还有情绪给第一个替她排除梨园事业的困难的军人表示感激。

不得不让他的情妇到伦敦去，然而却不能够跟着她去，菲力又得蛰伏在他的冬居之中（这是他自己所说的话），回到马萨林街的屋顶楼来了。夜里临睡、晨间将起的时候，他想到了许多忧愁的念头。他觉得他绝不能够在一年来的生活方式之外找到其他的生活方法。小马利家里的繁华、晚宴和宵夜、台房的夜会、聪明人和新闻记者的活泼，在他身边所产生的一种声调、一切为感觉和虚荣而产生的乐趣；这种生活除了巴黎以外哪里也找不到，每日都可以供给一些新鲜的事物；这生活在菲力方面不只是要变成一种习惯而已；这生活是一种必要，就好像他的烟草和他的酒杯一样。自杀的念头掠过了他的脑海，这并不是因为人家要发现他在钱柜里挪用款项，而是因为他不能够和小马利生活在一年来他所沉醉的欢乐的空气中。满脑袋的这些忧愁的念头，他就第一次走到弟弟的工作室里来，他看见弟弟穿着蓝色工作衣，正在给一个商人摹绘一张画。

“原来图画就是这么画成的吗?”菲力说着，要这样的谈到本题。

“不，”约瑟回答说，“这只是抄摹。”

“人家给你多少钱摹这个呢?”

“呃！从来是不够的，两百五十佛郎；但是我要研究大画家的画法，我可以从这里得到经验，我抓住这行职业的秘密。那是我的一张画。”他用他的笔尖给他的哥哥指示一张颜色还很潮湿的画稿。

“那么，现在你每年在钱包里到底能够放多少钱呢?”

“不幸得很，还只有画家们赏识我。施纳支援我，他要替我到蒲勒斯罗别宫去找些图画来，让我十月左右到那里去制些阿拉伯式的装璜、镜框和一些装饰图画的东西，塞里西伯爵要给我很好的报酬。有了这些奇货和商人所定购的，从此之后，我就可以弄到一千八百佛郎或是两千佛郎，一切的费用都除外。噢！这一次的展览会，我要拿这张画去展览；如果人家欢迎这个味道的话，那我的事情就算是成功了：我的朋友们都很满意这张画。”

“我不懂得这个。”菲力用温弱的声音说，使约瑟不由得瞧了他一眼。

“你怎么啦?”艺术家看见他的哥哥脸色发白，就这样的问。

“我要知道你得多少时间给我画一张肖像。”

“但是，整天的画，如果天气光亮的话，三四天也就行啦。”

“这已经太长了，我只能够给你一天的时间。可怜的妈妈，她很爱我，我要给她留一张肖像。我们不要张声。”

“那么，你还要走吗?”

“我要一去不回。”菲力假装做快乐的样子说。

“啊，这个！菲力，我的朋友，你有什么事情?如果是严重的事情的话，我是一个男子汉，我不是一个傻子，我是可以奋斗的；如果需要谨慎的话，我是最细心的。”

“真的吗?”

“用我的名誉发誓。”

“你不会对任何人说吧?”

“不对任何人说。”

“哎，我要打破我的脑袋。”

“你！那么，你要打仗去吗?”

“我要自杀。”

“为什么呢?”

“我从报馆的钱柜里挪用了一万一千佛郎，我明天得还这一笔款，我的保证金要被人家扣去一半；我们的可怜的母亲要减少到六百佛郎的收入。这，这还不算什么，我将来还可以还她一笔大财；但是我是不名誉的！我不愿意生活在不名誉里。”

“你还了债就不会不名誉，但是你要丢了你的位置，你只剩下你的十字勋章的五百佛郎，然而有了五百佛郎你就可以生活。”

“再见!”菲力说着，快速的下了楼，不愿意再听任何的话。

约瑟离开了他的工作室，下楼到他母亲房里去吃饭；但是菲力所告诉他的秘密使他失去了食欲。他拉着德斯高恩夫人到一边，告诉她这可怕的消息。这位老太太大嘶叫了一声，让手中所提的奶锅落在地上，奔到一张椅上去。阿佳德赶快跑来。在一阵阵的叫声之中，这位母亲知道这桩事情了。

“他！没有名誉！布里都的儿子挪用了人家所付托的钱!”

这位寡妇四肢发抖，她的眼睛睁大了，渐渐的变成呆定的，她坐了下来，满面的泪珠。

“他在哪儿?”她啜泣的喊道，“说不定他已经跳进赛纳河自杀了!”

“您不要忧愁，”德斯高恩夫人说，“因为这可怜的孩子遇到了一位坏女人，她让他发了疯了。我的天哪！这是常见的事情。一直到回国为止，菲力都有许多的不幸，他没有机会幸福，让人家爱，所以他对于这位妖物的爱恋是不足为奇的。一切的感情都会引起放荡的生活！我平生也有这一类的事情让人家咒骂，但是我相信我还是一个忠厚的女人！一次的错误不会养成恶劣的习惯！说到底，只有什么都不干的人才是什么错误也没有的!”

阿佳德太忧愁了，所以德斯高恩夫人和约瑟就不得不设法来减轻菲力的错误，说是一切的家庭都有这一类的事情发生。

“然而他是二十八岁的人啦，”阿佳德喊道，“他已经不是小孩子啦。”

这是一句可怕的话，可以表现这位可怜的母亲是如何的想到她的儿子的行为。

“妈妈，我给你担保他只想到你的苦痛，想到他所给你做下的错误。”约瑟对她说。

“噢！我的天！但望他再回来！但望他活着！我就宽恕他的一切！”可怜的母亲叫了起来，她的心中浮现着从水中拖出菲力的尸体的可怕的图像。

悲惨的寂寞统治了一会儿。这一天的日子是在最残忍的变化之中过着的。他们三个人都一声不响的投向窗口，想到了许多的猜测。当全家忧虑的时候，菲力却静悄悄的排布好他的钱柜。他居然大胆的交出了他的账，说是为着害怕有不幸的事情起见，他把这一万一千佛郎的款项放在自己的家里。这怪人就于四点钟走了出去，再从钱柜里取出五百佛郎，冷静的上楼去赌博。自从他有位置以来，他都没有到这里过，因为他懂得一位会计不能够时时出入赌场。这个孩子并不是不会打算，后来的行径可以证明，他受到外祖父鲁志的遗传是比他那有德性的父亲的遗传还要多。也许他会当大将军；但是在他的私生活之中，他却是一个把事业和恶劣的行为隐蔽在法律的屏风后面、家庭的秘密的屋顶之下的大恶人。菲力在这超越的事业之中保守着完全的冷静的态度。最初，他赌赢了，一直赢到一万佛郎；但是他却受到孤注一掷来决定无常的命运的欲求所眩惑了。他从小轮盘上知道黑点出过十六次，就不再赌“三十和四十”，而在红点上压下五千佛郎的宝，然而黑点又第十七次的出现。然后，上校就把他的一千佛郎的钞票压在黑点上，这一次却又赢了。虽然有过这偶然的意外的成绩，他的脑筋总算是疲倦了；不论他如何的感觉，他总想再继续赌博；但是赌徒们所听从的忽然光焕的预卜的感觉却已经改变了。休息是赌徒的损失。敏悟和太阳的光线一样，只能够在直线上有效果，他只在眼睛没有打断视线的条件之下才能够猜想；在机会的跳动之中，他就混乱了。菲力丢了一切。在这样强烈的努力之后，最无疑虑的灵魂就和最大胆的心灵一样的失落了。所以，当他回来的时候，菲力已经不再想到他对人家所许诺过的自杀，正如他从来就没有愿望自戮过一样。他已经不再想到他所丢掉的地位，也不再想到被扣除的保证金，甚至于他的母亲，他的毁灭的原因小马利；他机械的向前走。当他进来的时候，唏嘘啜泣的母亲、德斯高恩夫人和他的弟弟都跳上抱着他的颈项，吻着他，快乐的把他带到壁炉旁边来。

“瞧!”他心里想，“宣告却有了效用了。”

这位怪物就装出因为赌场的感触而生的环境所支配之下的脸色。看见这残酷的边查民的脸色发白萎靡，这位可怜的母亲就跪了下来，吻着他的手，把他的手放在自己的心坎上，满眶热泪的看着他许久。

“菲力，”她用闭塞的声音对他说，“答应我不要自杀，我们要把一切都忘记了!”

菲力看着受了感动的弟弟和眼中含泪的德斯高恩夫人，他对自己说：“这些都是好人!”

于是他就拉着他的母亲，扶起她坐在他的膝盖上，压住她的心坎，吻着她，朝着她的耳朵说：“你给我第二次的生命了!”

德斯高恩夫人想方法预备一顿丰富的晚餐，加上两瓶陈年的葡萄酒和一些岛国的甜酒，她的老资本所购到的宝贝。

“阿佳德，你得让他抽几支雪茄。”吃点心的时候，她就这样的说。

于是，她就给菲力递过几支雪茄。

这两位可怜的妇人想：让这位孩子有一切的安乐，他就会喜欢家庭，留在家里，所以她们都想方法来迎合他所实行的抽烟的习惯。这种重大的牺牲，菲力甚至于还看不出来。——第二天，阿佳德简直老了十年了。忧愁一过去，思虑又回来，这位可怜的女人也就整夜的不能闭上眼睛。她要减低到只有六百佛郎的收入了。正如一切肥胖而好吃的女人一样，患有恶性伤风咳嗽的德斯高恩夫人已经变成笨重的；她的脚步在楼梯上就好像木块敲击的声音一般的响着。所以她能够随时死去，而随着她去的就是四百佛郎。依靠这一笔财源，这不是很滑稽的吗？怎么办呢？要弄成什么样子呢？决定要看护病人，而不愿意为儿孙担负重责，阿佳德并不想到这个问题。但是减低到只剩下光荣骑士十字勋章的五百佛郎的菲力要怎么办呢？十一年以来，每年拿出一千厄古的德斯高恩夫人差不多已经付清了两倍的欠债了，而还继续的为着布里都的家庭而牺牲了她的孙子的利益。虽然阿佳德所有的诚实而严正的情绪是在这可怕的惨剧中受到了伤害，她却对自己说：“可怜的孩子，这是他的错吗？他对他的誓约是忠实的。我，我没有给他娶媳妇，这是我的错。如果我给他找到一个女人的话，他也绝不会迷上了这位舞女。他是这么好体格的……”

年老的女商人夜里也想过拯救这家庭的名誉的方法。天亮的时候，她就离开她的睡床走到她的朋友的房子来。

“您和菲力都没有法子解决这桩多曲节的事情。”她对她说，“如果我们的老朋友蔻拉巴郎和布吕埃尔死了的话，我们还有老德斯罗慈，他有很好的判断力，今天早上我要到他家里去。德斯罗慈一定要说菲力是因为对于一位朋友的相信而当了牺牲品，因此这一类软弱的性情就使他不能够好好的管理柜台。今日所发生的事情将来还是会发生的。菲力宁可辞职，免得让人家解聘。”

从这句应酬话里看到儿子的名誉的保全，至少是遮蔽了局外人的眼睛，阿佳德就吻着德斯高恩夫人，这后者也就出去斡旋挽救这可怕的事情了。菲力却和没事一般的睡个痛快。

“她真狡猾，这位老太太!”当阿佳德告诉她的儿子为什么饭弄晚了的时候，他微微的笑着说。

这两位可怜的女人的最后的朋友老德斯罗慈，虽然他的性格是狠酷的，却总记起曾被布里都安插过地位，他就用熟识的外交家的手腕来清偿德斯高恩夫人所委托他的多曲节的使命。他来跟全家的人一同吃晚饭，劝告阿佳德第二天到维维恩街国库管理局去签订出卖那一部分国债的过户手续，取出了所剩下的那条六百佛郎的票据。这位老官僚一直等到让菲力签了字给作战部递上一张禀状请求重新入伍之后才离开这忧愁的家。德斯罗慈答应这两位妇人到作战局去查究这个禀求，同时利用公爵和菲力争夺舞女的胜利去恳求公爵的庇荫。

“到不了三个月，他就可以在莫夫利额士公爵军队里当一个中校，您也就可以不必多关心他了。”

德斯罗慈满堆着两位妇人和约瑟所给他加上的祝福出去了。至于报馆呢，正如菲诺所预见到的一样，两个月之后就停办了。所以菲力的错误在社会上并没有任何的影响。但是阿佳德的母爱却受到了最深的创痕。一旦动摇了对于她的儿子的信念，自此之后，她就生活在常定的恐怖之中，而于悲惨的预想没有实现的时候又渗着一些满足的情绪。

当那些和菲力一样有体格上的勇气而没有道德的人看到在一个使他们差不多完全损失道德的惨剧过去之后，一切东西的本性又在他们的周围恢复起来了。这时候，家庭上或友谊上的殷勤实在是他们的一种奖励。他们依赖不责罚：他们的误解的聪明、他们那满足了的欲望，就领他们去研究他们是如何能够转换社会的法律，于是他们也就变成了可怕而奸巧的。两星期之后，又变成闲荡厌烦的菲力就不能够不恢复他的生活了：坐坐咖啡馆，喝喝酒，长期的打赌五味酒的台球戏，赌场的夜会，在那里，他冒了小注的险，实现小小的胜利，够得他维持他那混乱的生活。表面上装着节俭的样子，为着欺骗他的母亲和德斯高恩夫人，他就戴着一顶差不多是污秽的帽子，顶上和边缘都脱了皮，穿着一双缝补的靴子，一件褴褛的礼服，好不容易发亮着他的玫瑰花形的小结，这小结因为久扣在钮洞里而变成棕色的，因为甜酒或咖啡水汁的沾污而变成肮垢的；他那绿色的鹿皮手套已经带得好久了；还有，一直等到硬领变成和无用的兽毛一个样子的时候他才放弃了他。小马利是这位孩子的唯一的爱情，所以这位舞女的变志使他大大的硬了心肠。如果碰巧出乎意外的得到一些钱，或是和他的老朋友吉落都一同吃宵夜的话，他就用一种对整个女性加以粗暴的轻蔑而向街头的妓女寻求欢乐的态度说了许多市井的俗话。然而他却规则化的在家里吃早饭和晚饭，每夜一点钟回家。这种可怕的三个月的生活却使可怜的阿佳德对他有了信任。至于约瑟呢？他就努力于使他成名的伟大的图画工作，他生活在他的工作室里。听了孙子的话而相信约瑟的光荣的德斯高恩夫人就不惜浪费的给这画家施予了许多亲生母一般的看顾；她早上给他送早点吃，给他奔跑，给他刷鞋。这位画家只在吃晚饭的时候才出来，他的夜间又是属于文社的。他并且念了许多的书，他培养了只能够由自己来培养而是二十岁至三十岁之间的才子所献身的教化。很少看见而不关心约瑟的阿佳德只是为着菲力而生活，只有他给她引起了许多变化无穷的惊惧、许多平静了的恐怖，这些都是富有情绪的生活，而且都是母爱和情恋所必须的。每星期一次来看当年的老友兼长官的寡妇的德斯罗慈给她许多的希望！莫夫利额士公爵已经请求菲力到他的军队里去，作战部部长叫他写了一个报告书；因为布里都的名字并没有存在于任何警察局的名单上、任何巴黎的卷宗里，来年的头几个月，菲力一定可以收到兵役和入伍的传票。为着成功起见，德斯罗慈就运用了他的一切的知识；他从警察局里所听到的消息告诉他菲力每天晚上都要到赌场去，他认为应当告诉德斯高恩夫人一个人这个秘密，叫她监视这未来的中校，因为一闹事就会损失一切；目前作战部部长并不会调查到底菲力是不是一位赌徒。一旦集结在旗帜之下，中校会放弃因为赋闲而养成的嗜好。晚上看不见任何人的阿佳德顺应潮流在壁炉旁边念诵着她的祷文；德斯高恩夫人又在卜占她的纸条，解释她的梦境，把《圣经》的解谜应用在她的压宝上面。这位固执的女赌徒少不了要抽彩：她追随着她的彩号，而这彩号却还没有出来。这彩号要到达二十一岁的年纪了，它到达了它的成年了。这位老股东对于这个幼稚的环境有许多的希望。有一个数目是彩票成立以来总是停留在转轮上面的；所以德斯高恩夫人就特别袭击这个号数和这三个数目字的一切的凑合。她的睡床的最后的褥子就做成了这位可怜的老太太的藏宝处；她拆开了线纹，在那里放下从她的必要费用中所剩下的金块，细细的用纸包好，然后再把他缝上。她要在巴黎的最后的开彩时，用她所剩下的一切的金钱，来在这可爱的彩数的凑合上冒一个险。大家所责骂的这种嗜好从来就没有加以研究过。没有人看到这里的穷苦的鸦片。彩票这世界上最有势力的仙女，它不是会发展出魔术的希望吗？使赌徒看见一大堆的金子和那只快乐的轮盘的出现只有闪电一般的一刹那的停留，然而彩票却有五天的时间让这伟大的闪电绵延。现在能够使您用四十苏的钱享受五天的幸福，给您理想的贡献出文化的一切的幸福的到底是哪一种力量呢？烟草，这比赌博高上一千倍的不道德的税收，毁坏身体，攻击智慧，他使国家迟钝；然而彩票却没有产生这一类的最小的不幸。并且这种嗜好是由开彩的时间的距离和每一个赌徒所亲爱的转轮来规定的。德斯高恩夫人只注在巴黎的转轮上面。她希望能够在这二十年来所抽的彩数里得到胜利，她尽量的节俭，使她有完全的自由给当年的最后一次的开彩下注。当她有了一些隐意的梦景的时候，因为这些梦景都和彩票的号数不相符，她就告诉约瑟，因为约瑟是唯一听她说话的人，他不但没有责骂她，而且还用了艺术家安慰疯子的柔和的腔调跟她说话。一切有大才能的人都尊重而了解真正的嗜好，他们可以解释这些嗜好，而于心中或是脑里找到这些嗜好的根源。依约瑟看来，他的哥哥喜欢抽烟喝酒，他的老德斯高恩姥姥喜欢抓彩，他的母亲喜欢上帝，年青的德斯罗慈喜欢打官司，年老的德斯罗慈喜欢钓鱼；一切的人，据他说，都有所爱好。他自己喜欢一切东西的美丽的理想；他喜欢拜伦的诗、志里高尔的图画、罗西尼的音乐、斯各脱的小说。

“各人有各人的嗜好，姥姥，”他喊道，“不过，你的彩号未免太费工夫了。”

“它一出来，你就要变成富翁了，我的小毕克西乌也要变富！”

“把一切都拿给你的孙子吧，”约瑟辩答说，“并且，您就做您所要做的吧！”

“呃！如果出来的话，我就有相当的钱给大家。你，先说，你就可以有一个好工作室，你就有钱到意大利人那儿去还清你的模特儿和你的颜料商。我的孩子，”她对他说，“你知道你没有让我在这张图画里做好事吗？”

为着经济起见，约瑟曾把德斯高恩夫人画在一张描绘一位老太太从一个威尼斯的上议院议员家里带来的一个年青的妓女的图像里。这张图像是近代画的一张杰作，葛洛本人甚至于认为就是迪田的作品，他是努力的预备让一八二三年的沙龙之中的年青的艺术家们来认识、来宣告约瑟的高卓的。

“那些认识您的人知道您是谁，”他快乐的回答她说，“您为什么发愁那些不认识您的人呢?”

十多年来，德斯高恩夫人已经变成了复活节的变形的成熟苹果的色调了。她的皱纹已经在她那丰满而变成冰冷柔软的肌肉中形成了。她那活泼的眼睛好像被年青而活跃的思想所激动，这思想能够变成贪婪的，因为赌徒的思想总有一点贪婪的成分。她那肥满的脸孔表现出一种深刻的矫情的痕迹和埋在心坎深处的深长的顾虑。她的嗜好需要秘密。她的嘴唇的动作表现她是好吃的女人。因此，虽然她是您所认识的诚实的卓越的女人，眼睛是会看错的。所以她就代表了布里都所要绘画的可敬的老太太。非常美丽而死在年华最盛的时候的高萝丽，布里都的一位诗人朋友吕崩柏礼·鲁先的情妇，给他提议画这张图像。人家批评说这美丽的绘画只是一种摹仿，虽然是三个肖像的壮丽的布局。文社的一个年青人克里斯特恩·米赤儿就把他的共和党人的脑袋来做上议院议员的模特儿，约瑟在上面加上一些成熟的色调，正如他加深老德斯高恩的脸孔的表情一样。这张引起许多争吵，给约瑟激动许多仇恨、许多妒忌、许多钦仰的图画已经起了稿了；但是因为维持生活不得不做一些应付定购的工作而间歇这画像，他就摹临了著名画家的图画，深刻的研究他们的笔法；所以他的笔最有知识。他那艺术家的感觉叫他瞒着德斯高恩夫人和他的母亲，不让她们知道他要开始收获的金钱，因为他看出她们之中的一个是毁坏在菲力之中、另外一个是毁坏在彩票之中的原因。兵士在惨剧中所发展的冷静，约瑟所发现的隐蔽在所谓的自杀之下的计算，在他所不能放弃的事业之中所做下的错误，还有他的哥哥的极微细的行为，这一切都提醒了约瑟。画家们很少没有这种聪明：整天的在工作室里忙碌，做些可以让他们有相当自由思想的工作，他们有点像女人；他们的精神能够围绕住生活的琐事，钻进隐蔽的感情。约瑟买到了一只那时候还不时髦的箱子来装饰有光亮在隐起雕中闪烁的工作室的一角，要给十六世纪的工匠的杰作加上光辉。他认识那里有一个秘密室的存在，而在那里藏贮预先准备的款项。用着他那真正艺术家的自然的信心，他就常常把每月的费用贮放在这箱子的一个格子里边的一个骷髅里。自从哥哥回到家里之后，他就发现在他的费用和这个数目之间永远是不符合的。每月的一百佛郎是意想不到的快速的失踪了。只用了四五十佛郎却一个子儿也没有了，他第一次对自己说：

“我的钱好像是寄走了似的！”

第二次，他就注意他的费用；但是正如马开尔·罗伯尔一样，他好好的数着十六加五等于二十三，但是他却再也找不到这笔钱。第三次，感觉到更大的错误，他就把这苦痛的问题告诉了德斯高恩老太太。因为他知道德斯高恩夫人是用他那善良的母亲所没有的温存、信任、诚实而同情的母爱来爱护他的。这种爱护对于艺术家的初期生活的必要，是和母鸡对于一直到羽毛丰满为止的小鸡的卫护一样的。只有她是他可以告诉这可怕的狐疑的。他的朋友们和他自己知道德斯高恩夫人当然没有拿这钱来买彩票；当他表达了这个意见之后，可怜的老妇人就弯着手；所以只有菲力会干这家庭中的小窃行为。

“为什么他不向我要他所需要的呢？”约瑟喊着，一边在他的画稿上涂上颜色，不知不觉的杂乱着一切的色调。“我不给他钱吗？”

“但是，这是抢一位小孩子的！”德斯高恩夫人叫了起来，她的脸上表现出最可怕的颜色。

“不，”约瑟接着说，“他可以，他是我的哥哥，我的钱就是他的钱；但是他得告诉我。”

“今天早上你可以放下一笔固定的数目，不要动它，”德斯高恩夫人对他说，“我可以知道谁来你的工作室；如果只有他一个人到那里去，你就可以得到一个证明了。”

就在第二天，约瑟找到证据证明他的哥哥如何的强借他的钱。约瑟不在的时候，菲力就走进他的工作室，取了他所缺少的小数目。艺术家为着他的小宝库而发抖。

“等着！等着！我要抓你去，坏人！”他对哈哈大笑的德斯高恩夫人说。

“你做得好；我们得改正他的习惯，因为我有的时候也发现我的钱包有毛病。但是，这可怜的孩子，他要抽烟，他成了习惯了。”

“可怜的孩子，可怜的孩子！”艺术家接着说，“我有一点儿赞同福尔庄斯和毕克西乌的意见：菲力不断的扯我们的腿；他当时参加了暴动，所以得把他送到美洲去，那时候他花了我母亲一万两千佛郎；他一点儿也不知道在新大陆找东西，他回来所花的钱是和去的时候一样多的。他借口曾给拿破仑对一位将军传了两句话，他就自以为是一个伟大的军人，不得不对布尔崩王朝加以白眼；在等待的时候，他玩着、旅行着，观看各地的风光；我，我并没有害他，使他有这些不幸，他也并没有到处倒霉的脸色！人家觉得我这位坏蛋有一个好地位，他却和音乐厅的一位舞女度着放浪的生活，私用报馆寄托的钱款，又费了母亲的一万二千佛郎。真的，为着和我有关的东西起见，这对我已经是很刺眼的了；然而菲力却把这位可怜的母亲弄得这样的穷困。他简直瞧不起我，因为我没有进过禁卫军！恐怕在我们的好母亲老年的时候也只有我可以养活她，这位破兵，如果他还这样的继续下去的话，我也不知道他要如何的下场。毕克西乌对我说过：‘你哥哥，他真是一个轻薄儿！’哎，您的孙子说得对；菲力要发明一种怪侠的行为来连累家庭的名誉，而且还得找出许多的一万或是一万二千的佛郎！

他每天晚上赌博；当他醉得和一个健儿会会员一样的回来的时候，他就在楼梯上丢下许多记录红点和黑点的出现的纸片。德斯罗慈老伯到处运动让菲力进军队，但是，我，用我的名誉来发誓！我相信他没有希望再奉职。您相信有这么一双好看透明的蓝眼睛、有巴耶尔骑士的神气的孩子会变成一个无赖吗？”

虽然菲力每天晚上赌博的时候都是有乖慧而冷静的态度，他总不时的有了赌徒们所谓的“丢钱”的结果。受了一个不可抵抗的欲望的推促，总希望夜里有十佛郎的赌金，他就在家里偷窃弟弟的钱、德斯高恩夫人的钱和阿佳德的钱。这位可怜的女人已经有一次在她刚刚要入睡的时候看见过一个可怕的景象。菲力进了她的房子，他在她的衣袋里取去了所有的金钱。阿佳德装着睡觉，但是她却涕泣的过了夜里所剩下的时间。她看得很清楚。德斯高恩夫人曾经说过：“一次的错误并不算是恶习。”但是，累次的连犯之后，恶习是显而易见的。阿佳德不能够再怀疑了。她最爱的孩子既不知道细心，也没有名誉。这一幕戏的第二天吃完早饭，当菲力还没有出门的时候，她就拉着他到她的房子里悲切的恳求他如果要钱的话可以向她讨。于是，他就常常向她要钱；甚至于两星期之内就把阿佳德所节省下来的一切的金钱消耗完了。她一个钱也没有了，她想做工去；她已经和德斯高恩夫人讨论好几个晚上，想要用做工来赚钱。这位可怜的女人已经到一家毛织厂去请求每日可以收到二十苏左右的工钱的织毯的工作。不论她的外甥女如何的谨慎，德斯高恩夫人已经猜出了她这用女红来赚钱的欲望。并且阿佳德的身体的变化相当的明显：她那鲜艳的脸色枯干了，皮肤粘在鬓角上、面颊上，额头也皱了；眼睛失去了透明的光彩；很明显的，她是受了内心的火焰的燃烧，她夜里哭泣；但是最使她缠扰的就是她得平静她的苦恼、她的伤痛和她的恐怖。她从来没有在菲力回家之前睡觉，她在街头等着他。她曾经研究过他的声音的各种变化，他的步伐的变易，在路上发响的他的手杖的语言；她什么都知道，她懂得菲力醉到什么程度，她战栗的听着他在楼梯上摔倒；她曾有一天晚上在他跌倒的地方捡了许多的金币；当他喝酒赌赢了钱的时候，他的声音就是哑的，他的手杖就着在地上；但是如果输了的话，他的步伐就有一点干脆、清澈、粗暴的音调；他就用清晰的声调唱歌，他就把他的手杖拿在空中，揣带军械的样子。吃早饭的时候，如果他赌赢的话，他的举止就是很快乐的，差不多是多情的；他很粗俗的诙谐，但是他是跟德斯高恩夫人、约瑟，他的母亲诙谐的；相反的，当他输了的时候，他就忧愁，他那短促而突如其来的话语、他那坚硬的眼光、他的悲愁是很骇人的。这放浪的生活和喝酒的习惯一天一天的改变了当时那样美丽的体格。脸上的血管灌上了血液，脸纹粗大了，眼睛失去了睫毛而干枯了。总之，菲力不大关心自己的身体，他吐出了咖啡馆的臭气，一种在外人看来好像是淫逸的印信的泥泞的靴子的臭味。

“您应当，”十二月初旬的时候，德斯高恩夫人对菲力说，“从头到脚换一换新的服装。”

“谁出这个钱呢?”他用酸锐的声音回答说，“我可怜的母亲一个子儿也没有了；我，我每年有五百佛郎。得有我全年的津贴费才够得做衣服，何况我已经把三年的津贴费都抵押出去哩……”

“为什么呢?”约瑟说。

“一笔名誉的欠债。吉落都拿了佛罗兰丁一千佛郎借给我……我并不浪费，这是实在的情形；但是当人家想到拿破仑在圣吓勒拿岛上售卖他的银器来生活的时候，他的忠实的兵士能够用靴统来走路。”他指着他那没有鞋跟的长靴说。

然后，他就出去了。

“这不是一个坏孩子，”阿佳德说，“他有好感触。”

“人家可以同时爱皇上，同时穿衣服，”约瑟说，“如果他对自己的身体和自己的衣服有点爱惜的话，他也不至于有叫花子的神气!”

“约瑟，你对你的哥哥应当有点仁慈，”阿佳德说，“你做你所愿意做的，你！但是他却没有位置。”

“为什么他丢了他的位置呢?”约瑟问，“如果这些布条是法兰西的布条的话，这旗上是路易十八的臭虫或是拿破仑的杜鹃又有什么关系呢？法兰西就是法兰西！我要给魔鬼画图像，我！为着爱惜战术起见，一个兵士应当打仗去，如果他是兵士的话。如果他静静的留在军队里头的话，他现在也已经是一位将军了……”

“你对他不公平，”阿佳德说，“你的父亲崇拜皇上，他曾经赞同过这个。并且他到底也同意回到军队里来了！上帝知道你哥哥认为一种背信的行为所有的悲痛。”

约瑟站了起来，要走到他的工作室里去；但是阿佳德却拉住他的手，对他说：“对你哥哥好一点，他太不幸了!”

德斯高恩夫人跟着他来，她告诉他应当管束他的母亲的感受性，叫他注意她是如何的改变，这改变所表现的有多少的内心的苦痛。当他们回到艺术家的工作室的时候，他们大大惊愕的发现菲力在那里。

“约瑟，我的小弟弟，”他态度从容的对约瑟说，“我很需要钱。我发誓！我欠了我的烟铺三十佛郎的雪茄钱，我不敢没有还钱而走过这间坏铺子。我答应他们十次了。”

“好吧，我宁可这样，”约瑟回答说，“你就到那头骨里去拿去吧。”

“可是我已经都拿了去了，昨天晚上，晚饭之后。”

“那里有四十佛郎……”

“呃，是的！这正是我的账，”菲力回答说，“我找到这些钱了。我办得不对吗?”

“不,朋友,不,”艺术家回答说,“如果你富的话,我也要跟你一样的干;只是,在拿钱之前,我一定要问你这是不是合适的。”

“问这个未免太谦虚了,”菲力接着说,“我宁可看着你和我一样的拿了去,一句话也不说的:这是更安心的。在军队里,如果一位同伴死去有一双好靴子的话,有一双坏靴子的人就给他换了一双。”

“是的,但是当他活着的时候,人家可并不拿他的!”

“噢!真小器!”菲力耸一耸肩接着说,“所以,你没有钱?”

“没有。”约瑟说,他不愿意指示他的贮藏。

“几天之内,我们就可以变成富翁。”德斯高恩夫人说。

“是的,您,您相信二十五号您的彩票可以中了巴黎的彩。您应当压下一个大宝,如果您要使我们大家都发财的话。”

“两百佛郎的彩票可以产生三百万,还不算双中彩和绝对的中彩。”

“和压下的宝相比较有一千五百倍,是的,您所需要的正是两百佛郎!”菲力叫了起来。

德斯高恩夫人咬着嘴唇,因为她说过一句不小心的话。果然,菲力就在楼梯上对自己说:“这位凶恶老太婆能够把压宝的钱藏在哪儿呢?这是等于丢了的钱,我可以好好的用了它!有了这四堆五十佛郎的本钱,人家可以赢到二十万佛郎!这并且是比彩票靠得住的!”

他就亲自寻找德斯高恩夫人的可能的藏库。节日的前夜,阿佳德到礼拜堂去,在那里停留了很久,无疑的她在那里忏悔,预备去领圣体。这一天正是圣诞节的前夜,德斯高恩夫人必得去买一些好吃的东西,预备圣诞的午夜餐;但是也许她也同时去压她的宝。彩票是五天轮流开彩的，保尔都的轮盘、里昂的轮盘、李尔的轮盘、斯特拉斯堡的轮盘、巴黎的轮盘轮流的开彩。巴黎的彩票每月二十五号开一次，每月二十四号的半夜就停止登记号数。这位兵士研究了这一切的情形而开始观察。中午的时候，菲力回到家里来了，德斯高恩夫人出了门了；但是她也带走了她的钥匙。这并不是一个困难。菲力假装着忘记了一些东西，请求看门太太去寻找一位住在两步远格纳古街的锁匠，这位锁匠就来开了门。破兵的第一个思想就想到床上：他翻了床，在询问木头之前，先摸索褥子；在最后的一张褥了里，他摸到了包在纸里的金币。他马上就拆开了布缝，拿了二十个拿破仑；然后用不着缝上就重新相当本领的铺了床，让德斯高恩夫人看不见什么痕迹。

这赌徒就用轻捷的脚急速的逃走了。他对自己提议要赌三次，三个钟头一次，每次只赌十分钟。自从一七八六年发明了公开的赌博之后，真正的赌徒，政府所恐惧而吃光庄家的钱款（这是赌徒们所说的话）的大赌徒都是这种赌法的。但是，在得到这种经验之前，人家得损失很多的财富。佃户的整个思想和他们的获得都是从他们的钱柜的无知觉，所谓“再干”的平均的机会（其中的一半是留给庄家的），只给赌徒任意维持任意付钱的政府所允许的显着的坏意之中来的。总之，不让富有而冷静的赌徒参加的赌博是吞没了那些相当愚笨让这机械的快速的运动来迷醉的赌徒们的财富。“三十和四十”的霸战的赌徒们差不多是和轮盘走得一样快的。菲力终于得到了这种总司令的镇静的态度，可以使他用明亮的眼光和清晰的智慧来观察事物的旋转。他用了一种高妙的赌博的政策，我们无妨附带的说，这政策可以使巴黎的几千能够每天晚上欣赏这地狱而不觉得头晕的人得以维持生活。有了他的四百佛郎，菲力就决定在这一天内发财。他在靴里存了两百佛郎，在口袋里留了其他的两百佛郎。三点钟的时候，他到现在王宫戏院所在的赌厅来，这里是庄家们占有大数目的款项的地方。半个钟头之后，他富有七千佛郎的出来。他去看佛罗兰丁，还了欠她的五百佛郎，请她戏后到冈拿尔岩饭馆去吃宵夜。回来的时候，菲力走过桑提尔街报馆的办公处，通知他的朋友吉落都这宴会。六点钟的时候，菲力赢得了两万五千佛郎，保守他的约言十分钟之后就出来了。丰盛的宵夜吃完之后，醺醉而有自信的菲力又于半夜的时候走到赌场里来了。和他自己所定的规则相反，他却赌了一个钟头，而加倍了他的财富。由他的赌法而被他赢了十五万佛郎的庄家们非常好奇的瞧着他。

“他要出去呢？还是留下了呢?”他们用眼色互相询问，“如果他还留下的话，他就要输了。”

菲力相信自己走了红运，他留了下来。早晨三点钟左右，十五万的佛郎又回到赌柜里去了。赌博的时候喝了相当多格乐酒的军官就醉醺醺的出去了，冷风吹着他，把他的醺醉带到最高的程度；但是一位赌厅的伙计却跟着他，扶着他，领着他到一间可怕的房子里来，房子的门上在回光灯的照耀之下可以念到这些字：“这里是人家的夜晚的寓所。”伙计替输坏了的赌徒付了房钱，把菲力和衣的躺卧在床上，一直睡到圣诞节的晚上。赌场的管理机关对于常来的顾客和大赌客颇加照应。菲力七点钟才醒来，嘴里发黏，脸孔浮肿，神经发烧。他的性格的力量让他步行到家里，他在无意之中给这家庭加上了悲哀、忧愁、穷苦和死亡。

头夜的时候，晚饭预备好了之后，德斯高恩夫人和阿佳德差不多等了菲力两个钟头。一直到七点钟才上楼。阿佳德平常差不多都是十点钟睡觉的；但是因为她要参加半夜的弥撒礼，她一吃完饭不久就去睡觉了。只有德斯高恩夫人和约瑟留在这间作为一切用途的厅里的壁炉的旁边，这位老太婆请他给她计算她那著名的彩号上的奇怪的压宝。她要压在双中彩和绝对的中彩上面，希望能够结合一切的机会。她尝味了这个变运的诗意，在她的养子脚边倾倒了她的两个丰满的钱罐，告诉他她的梦境，解说有中彩的把握，只发愁如何支持这幸运，如何一直等到明天十点钟；随后，没有看见这用以压宝的四百佛郎款项的约瑟就找到这个题目来谈论了。老太婆微微的笑着，领着他到以前的客厅、现在的她的卧室里来。

“你去看去！”她说。

德斯高恩夫人相当迅速的翻起她的卧床，找着剪刀，拆开褥子；她戴了眼镜，细细的察视褥单，发现被人翻动过，就放松了褥子。听见这位老太婆从胸坎深处吐出一口叹息，好像是流注心脏的血液扼塞出来似的，约瑟就本能的给彩票股东、这位老太婆伸出手臂，扶着她，把不省人事的她安放在一张靠椅上，一边叫他的母亲来。阿佳德爬了起来，穿着屋内的便衣，跑了出来，在蜡烛的微光之下给她的舅母施了一些通俗的治疗：鬓角上擦些香水，额头上洒些冷水；她在她的鼻子下面烧了一根羽毛，终于看见她醒活过来了。

“这些钱今天早上还在那里，但是都让他拿走了，这个怪物！”

“什么?”约瑟说。

“我在褥子里存有二十路易，是我两年的节省所剩下来的。只有菲力能拿走……”

“但是什么时候呢?”可怜的忧愁的母亲叫了起来，“吃完早饭以后他就没有回来过。”

“我很希望我是想错的，”老太婆叫了起来，“但是今天早上，在约瑟的工作室里，当我讲到压宝的时候，我就有一个预先的感觉；我不应该不下来拿走我的小积蓄，马上就去压宝去。我要这个，我不知道到底是什么阻碍了我来干这个。噢，我的天哪！我是出去给他买雪茄的！”

“但是，”约瑟说，“房门是关着的。并且这未免太不成话了，我不相信。菲力侦探了您，拆开您的褥子，预先蓄意吗？绝不可能！”

“今天早上铺床的时候我还觉得有这些钱，吃早饭之后。”德斯高恩夫人重复的说。

被恫吓了的阿佳德就下楼去问到底白天里菲力回来过没有，看门的老太婆告诉她菲力的故事，心中受了打击的母亲就整个改变的回来。和她的棉布衬衫一样的惨白，她就好像人家所想象的鬼神一样的走着，一声不响的慢慢的用一种超人而差不多是机械的力量走着。她手里拿着一支蜡烛，整个的照耀着她，显露出她那可怕而呆定的眼睛。不知不觉之中，她的头发被她的手拉向额头上的动作散乱了；这种环境把她弄成这样因为害怕而显出的美丽，使约瑟想到这个悔疚，看到这惊骇和忧愁的塑像，就呆呆的愣住了。

“舅母，”她说，“您就拿我的银食具去吧，我有六个，可以值得您的数目，因为我拿了您的钱给菲力；我以为可以在您发现之前还给您。噢！我太苦痛了！”

说完，她就坐了下来。她那干枯而呆定的目光就微微的闪烁了。

“这是他干的事。”德斯高恩夫人轻声的对约瑟说。

“不，不，”阿佳德接着说，“拿着我的食具去吧，卖了它们吧，它们对我没有用，我们可以用您的来吃饭。”

她到她的房里去，拿了放食具的匣子，觉得这匣子变轻了，她开了匣子，看见里边有一张当票。可怜的母亲不禁放出了一声可怕的喊叫。约瑟和德斯高恩夫人跑了来，瞧了瞧匣子，而这位母亲的善意的撒谎也变成无用的了。三个人都保留着寂寞，避免投射目光。在这个时候，阿佳德就用了差不多疯狂的姿势把一个指头放在嘴唇之上，嘱咐大家不要漏泄这秘密。他们三个人都回到客厅的壁炉旁边来了。

“瞧，孩子们，”德斯高恩夫人叫了起来，“我真的痛了心了：我的彩数一定要出来，我确信。我不是为我自己设想，而是为你们两个人设想！——菲力，”她对她的外甥女说，“他是一个怪物：他一点儿也不爱您，虽然您曾为他做过许多的事。如果您不小心预防他的话，这个穷鬼一定要把您弄得苦恼不堪的。让我卖掉您的国债，把它变成资本，放在终身养老金项上。约瑟的景况可以维持他自己的生活。下了这个决心之后，我的小姑娘，您就永远不必替约瑟关心了。德斯罗慈先生要栽培他的儿子。年青的德斯罗慈（那时候二十六岁）已经找到了一个律师事务所了，他可以收您的一万两千佛郎，给您养老的利息。”

约瑟从他母亲手里拿过蜡烛，快速的登上了楼，带了他的三百佛郎回来。

“拿去吧，德斯高恩姥姥，”他说着，把他的贮蓄献给她，“我们没有法子寻找您用您的钱所做的东西，我们短了您所损失的，这差不多是整数！”

“拿了你这笔苦苦的节省下来的可怜的小数目！你疯了吗，约瑟？”法兰西王家彩票公司的老女股东叫着说。很明显的，她是被她对彩号的强力的信仰跟这在她看来是一种亵渎的行为二者分为两半了。

“噢！您可以随便干您所要干的。”阿佳德说着，她的儿子的行为触动了她的眼睛。

德斯高恩夫抱住约瑟的头，吻了他的额：

“我的孩子，不要诱惑我了。你瞧，我还要输。这是傻事，这彩票！”

在私生活的不认识的悲剧里从来就没有说过这样英勇的话。

事实上，这难道不就是胜过一个根深蒂固的恶习吗？正在这个时候，宣告半夜的弥撒的钟声响了。

“而且已经没有时间了。”德斯高恩夫人接着说。

“噢！”约瑟说，“这就是你的梦境的解说了。”

仁慈的艺术家抓住了号数，奋身下了楼梯，跑去压宝。当约瑟走了的时候，阿佳德和德斯高恩夫人都溶化在眼泪之中。

“他到哪里去，这可爱的孩子？”女赌徒叫了起来，“但是这应当是给他的，因为这是他的钱！”

不幸得很，约瑟整个的不知道买彩票的地方的情景。那时候，惯买彩票的人认识巴黎的彩票售卖处，就好像现在人家认识烟草零售处一样。这位画家好像疯子一般的走着，瞧着反照灯。当他请过路的人告诉他一间彩票售卖处的时候，人家却回答他说这些铺子都关了门了，不过王宫的柏郎彩票售卖处有的时候开的时间长一点。艺术家马上飞跑到王宫去，然而铺子已经关门了。

“就差两分钟，不然的话您就可以压您的宝了。”一个站在柏郎底下叫卖彩票的人对他说，口中怒喊这些奇怪的话——“四十苏的彩票可以得一千两百佛郎”，而拿出预备好的彩票。

在回光街灯和罗当德咖啡馆的灯光的照耀之下，约瑟细察着，看看到底在这些彩票里是不是可以碰巧找到德斯高恩的号数；但是他连一张也没有看到，他就苦痛的回来，觉得是落空的做了一桩可以满足这位老太太的事，他就告诉她他的不巧。阿佳德和她的舅母一同到柏礼的圣日耳曼去做半夜的弥撒。约瑟睡觉去了。圣诞节的午夜餐算是没有举行了。德斯高恩夫人昏头昏脑的，阿佳德心上有个永久的悲哀。两位妇人都起得很晚。当德斯高恩夫人转动身体想要起来做早饭的时候，正正好打了十点钟，这顿早饭也一直到十一点半才预备好。正在这个时候，许多挂在彩票售卖处门上的长方形的框子就写上开出的号数。如果德斯高恩夫人有她的彩票的话，她一定要于九点半跑到新小场街、现在风达蒲戏院和风达蒲广场所在地的接运财政部的彩票局去询问她的命运。每次开彩的日子，好奇的人可以在这彩票局的门前叹赏一大阵的老妇人、女厨夫和老头儿所形成的一个奇怪的景象，就好像国库局发付息金的日子业主们所排成的长蛇阵子一样。

“好了，您就算是财富大王了！”当德斯高恩夫人喝着她最后一口咖啡的时候，老德斯罗慈走了进来，叫着说。

“怎么?”可怜的阿佳德喊道。

“她的彩号出来了。”他说着，拿出写在小纸上的号数单，这号数单是成百的放在彩票售卖人的柜台上的小盆子里边的。

约瑟念了这号单，阿佳德念了这号单。但是德斯高恩夫人却一点儿也不念，她好像被雷电打倒一样；在她的脸色的改变和她的喊叫的声中，老德斯罗慈和约瑟把她扶在床上。阿佳德去找一位医生。中风迷倒了这可怜的老妇人，一直等到下午四点钟她才恢复了她的知觉；她的医生老胡迪礼说虽然好了一些，还得想到她的事情和她的救治。她只吐出一句单独的话：

“三百万！”

约瑟告诉年老的德斯罗慈这实在的情形，不过是吞吞吐吐的说着罢了，这后者就引了许多赌徒做例子，说是他们常常因为当天忘记压宝而丢了财宝；但是他懂得二十年的等待而弄到这个结果是如何的足以致命。五点钟的时候，当约瑟坐在床脚、他的母亲坐在床头看守的病人等候着老德斯罗慈出去寻觅她的孙子毕克西乌的时候，当深沉的寂寞统治着这间寓所的时候，菲力的脚步声和他的手杖声就在楼梯上面响荡了。

“他来了！他来了！”德斯高恩夫人叫了起来，她在床褥中坐起，居然能够转动她那僵化了的舌头。

阿佳德和约瑟被这种给病人一个剧烈的激刺的动作感动了。

他们的难堪的等待刚刚好符合着菲力的深蓝的改变了的脸色，他那龙钟的步伐，他那四周青绿呆定无光、怒气逼人的可怕的眼睛。他患了强烈的烧热而战栗的病症，他的牙齿打响作声。

“在普鲁士的穷困！”他叫了起来，“没有面包，也没有麦浆，然而我的食道却和火一样的发烧。——哎，怎么回事呢？魔鬼总给我们捣乱。我的老德斯高恩夫人躺在床上给我瞪着茶托一般大的眼睛。”

“别胡说，先生，”阿佳德站了起来说，“至少请您尊重您所造成的不幸。”

“噢！‘先生？’……”他说着，瞧了瞧他的母亲，“亲爱的小母亲，这不好，您难道不再喜欢您的儿子吗？”

“您配得让人喜欢吗？您记得您昨天所做的事吗？请您想法子去找一间寓所吧，您不要再跟我们住在一起了……从明天算起，”她接着说，“因为在您现在的情形之下，你是很难……”

“赶我走，不是吗？”他接着说，“啊！您在这里扮演《被驱逐的儿子》这幕悲剧吗？瞧！瞧！原来您就是这样的办事吗？哎，你们都是好看的椰子。我到底做了什么坏事呢？我给老太太的褥子做了一个小小的肃清工作。钱并不会自己放在毛毡里，这是魔鬼！罪是哪儿来的呢？她不是拿了您两万佛郎吗？她！我们不就是她的债权人吗？我是一样的收回欠债。就是这么回事！”

“我的上帝！我的上帝啊！”临死的女人叫起来，握住双手，祈祷着。

“别胡说！”约瑟奔着他的哥哥，跳了过去，用手掩住他的嘴。

“四分之一的变形，变成左道了，这小画家！”菲力辩答说，用强力的手压在约瑟的肩上，转着他，把他摔在一张靠椅上。“人家不是这样触动一位禁卫军队长的胡髭的。”

“但是她都还了她所欠我的债。”阿佳德说着，站了起来，给她的儿子显露出一个愤怒的脸孔。“并且，这只关于我的事；您杀死了她了。出去，我的儿子，”她说着，做了一个用力的姿势，“永远不要出现在我的面前。您是一个怪物。”

“我杀死了她?”

“她的彩票出来了，”约瑟嚷着，“然而您却偷了她压宝的钱!”

“如果她因为彩数出来而倒毙，这就不是我杀死她了。”醉夫回答说。

“请您出去吧!”阿佳德说，“您让我害怕。您有一切的恶习！……我的上帝啊，这是我的儿子吗?”

一声微弱的喘气从德斯高恩夫人的食道里发了出来，阿佳德更加愤怒了。

“我还很爱您，您，我的母亲，您这个我所有的一切不幸的原因!”菲力说，“您就在圣诞节这一天把我驱出门外，这一天是他的生日，他叫什么? ……耶稣！您到底做了些什么让鲁志外祖父，您的父亲，赶了您出来，不给您继承呢? 如果您不是让他不喜欢的话，我们也就有钱了，我也不至于弄到最穷困的地步了。您这位好女人，您到底给您父亲做了些什么? 您知道我是一个好孩子，然而您也可以把我，我这个家庭的光荣，丢在门外。”

“耻辱!”德斯高恩夫人叫了起来。

“你出去，不然的话，你就杀死我了!”约瑟嚷着，好像狮子的怒气一样的奔着他的哥哥。

“我的上帝！我的上帝!”阿佳德说着，站了起来，要把两位兄弟隔开。

正在这个时刻，毕克西乌和胡迪礼医生进来了。约瑟正要把他的哥哥扑在地下，让他躺在地上。

“真是一个猛兽，”他说，“不许说话，不然的话，我就……”

“我记得这个。”菲力大叫的说。

“一个家庭上的争论吗?”毕克西乌说。

“扶起他,”医生说,“他和老太太一样的患病,把他的衣服脱了,让他睡,脱下他的长靴。”

“这很容易,”毕克西乌嚷着,“但是得割断他的靴子,他的腿肿得太大了……”

阿佳德拿了一只剪刀来。当她剪开靴子的时候(当时这靴子是穿在裤褶上面的),十个金币就滚到石板上来了。

“在这儿,她的钱!”菲力呻吟的说,“我真傻,我忘记了我的准备金。我也损失了我的财富!”

菲力因为狂热的发烧而昏迷了。忽然来了的老德斯罗慈和毕克西乌都帮着约瑟,他居然能够把这位不幸的人抬到房里去。胡迪礼大夫只好写一封信向慈善医院要一件疯人穿的坚质衣服,因为烧狂增高的程度使人害怕他要自杀:他变得非常的激怒。九点钟的时候,平静又在家中恢复了。罗路方丈和德斯罗慈设法安慰阿佳德,阿佳德不断的在她舅母的床头啜泣;她摇着头倾听着,保守着一个绝对的缄默;只有约瑟和德斯高恩夫人懂得她的内心的创伤的深度和广度。

“他会改变的,妈妈。”当老德斯罗慈和毕克西乌走了的时候,约瑟终于说了。

“噢!”这位寡妇叫了起来,“菲力说得对!我的父亲咒了我。我并没有权利……在这儿,钱,”她对德斯高恩夫人说,把约瑟的三百佛郎和在菲力身上找到的两百佛郎凑在一起。“你去看看你哥哥要不要喝水。”她对约瑟说。

“您要保守您在一个死人床前所说的约言吗?”德斯高恩夫人说着,她感觉到将要迷失的智慧。

“是的,舅母。”

“好吧,请您给我发誓把您的钱存在小德斯罗慈处做养老金。

您就要领不到我的养老金，而且依据我所听见您说的话，您要让这位无赖吃到最后一个子儿……”

“我对您发这个誓，舅母。”

年老的杂货店老板娘就于十二月三十一日死去了，这正是老德斯罗慈无意中给她带来一个打击之后的第五天。家里所剩下的唯一的五百佛郎好不容易够得付还埋葬德斯高恩夫人的费用。她只留下一些银器和家具，布里都夫人就把这些东西的价值送给她的孙子。阿佳德只减低到八百佛郎的养老金，是小德斯罗慈给她的。小德斯罗慈确定的把他当做空名的存款来看待，就是负责给钱而没有主顾的名义，他就拿了这一万两千佛郎的资本。因此阿佳德就把第四层楼的寓所退还房东，而把一切无用的家具出售了。一个月之后，当这位病人病好了的时候，阿佳德就冷淡的对他解释说一切的现款都已经治病花光了；从此之后，她只好用工作来谋生，她就用最富情爱的态度叫他去服务兵役，去自谋生计。

“您居然能够爱惜这篇大道理。”菲力说着，用毫不关心的冷淡的眼睛瞧一瞧他的母亲，“我看得很清楚，无论是您也好，是我弟弟也好，你们都不爱我了。我现在是世界上的独身人：我倒喜欢这个！”

“请您得有感情，”心坎深处受到创伤的可怜的母亲回答说，“然后我们也就可以用感情来回报您。”

“真是傻话！”他打断的叫着说。

他拿了旁边脱皮的旧帽，他的手杖，把帽子戴在耳朵上，吹着哨子，走下楼梯去了。

“菲力！你没有钱到哪儿去？”母亲叫着他，她禁不住流下眼泪。“拿着去吧……”

她给他递过包在纸里的一百佛郎的金币，菲力走上他所走过的楼梯，拿了钱。

“你要到哪儿去?”阿佳德对他说。

“吉落都的情妇佛罗兰丁家里去。这些人总算是朋友!”他粗暴的回答。

他下楼去了。阿佳德回到房子里来，她的腿发抖着，她的眼睛漆黑着，她的心脏紧缩着。她跪了下来，请求上帝负责保护这位变性的孩子，卸却她那烦重的母亲的责任。

一八二二年二月，布里都夫人搬到旧寓所的厨房上面那间以前菲力所住过的房子来住。画家的工作室和卧室就在对面楼梯的那一边。看见母亲缩小生活范围到这个地步，他希望至少她能够尽量的度着最可能的容易的生活。他的哥哥走了之后，他就忙着整理屋顶楼，他就在那里印下艺术家的特性。他在那里放下一张地毯。随便放在那里而有特别意味的床，是有寺院的简洁的性格的。用便宜而选择买来的薄布铺好的墙壁是和刷新的家具的颜色相调和的，使这屋子的内部显得非常的漂亮、非常的干净。他在楼台上加造了一个双重门，里边加上一个小门帘。窗户隐藏在一个活动帘的后面，放进温软的光线。如果这位可怜的母亲的生活是节省到一位巴黎女人的生活的最简单的方式的话，至少阿佳德是因为她的儿子也比任何和她同样情形的女人的生活都好。为着免除他的母亲有许多巴黎家庭生活的烦琐起见，约瑟每天都带她到保茵街一间定时吃饭的饭馆去吃晚饭，那里有许多的时髦女郎、议员和贵族来吃饭，每个人每月的饭费九十佛郎。阿佳德只负责做早饭，她对于她的儿子，又恢复了当日对她丈夫所有的习惯了。虽然约瑟对她说了许多善意的谎话，阿佳德终于知道她的晚饭每月花了差不多一百佛郎的钱。这笔巨款把她吓坏了，她不知道她的儿子就画这些裸体的女人能够赚得很多的钱，谢谢她的忏悔师罗路方丈的帮忙，她就在王党领袖的寡妇、步风伯爵夫人的彩票售卖处得到了一个每年七百佛郎的差事。彩票售卖处和受保护的寡妇的彩金平常可以使管理处的雇员养活一家。但是，在复辟的时代，在立宪政府的范围之内，奖赏一切有功的人的困难就使人家不但给这些有衔头的不幸的寡妇们一个彩票售卖处，而且是两个，差不多有六千至一万佛郎的收入。在这种情形之下，这样受保护的将军的寡妇或是贵族的寡妇是不能够自己管理这些售卖处的，她只好雇请有兴趣的管理人。如果这些管理人是伙计的话，她们就免不了得有一个雇员，因为这售卖处得自早晨一直开门开到半夜，而财政部所要求的账目也是相当可观的。罗路方丈给步风伯爵夫人解释布里都寡妇的情况，她就答应如果她的管理人走了的话，就请阿佳德代替；但是在等待的期间，她约定给这位寡妇六百佛郎的薪水。可怜的阿佳德每天早晨十点钟之后就得到售卖处去，晚上好不容易空出工夫吃晚饭，七点钟又得回到售卖处去，一直到半夜之后才出来。两年的时间之中，约瑟没有一次晚上没有来找他的母亲，陪她回到马萨林街来，而且还常常找她去吃晚饭；他的朋友们看见他离开音乐厅、意大利和其他的著名的沙龙，半夜之前到维维恩街去。

阿佳德不久就习惯了这种单调而规则化的生活，这种生活是一些心中有强烈悲愁的人用以支持存在的。早晨整理了房子（这房子已经没有猫和小鸟了），在壁炉旁边预备早饭之后，她就把他端到工作室来，和她的儿子一块儿吃。她整理了约瑟的房子，灭熄了自己房里的火，到工作室里来在小铁炉旁边工作，等到儿子的一位朋友或是模特儿来了的时候，就出去了。虽然她一点儿也不懂得艺术和艺术的方法，她却觉得这工作室的深静是很合适的。关于这一方面，她是没有进步的，她并没有装做虚伪的样子，她非常奇怪的看着人家对于颜色、对于布局、对于图画这样的重视。当文社的一个朋友或是约瑟的画友，例如施纳、葛拉苏·彼得、罗拉·黎昂（那时候人家所称为米斯迪格里的非常年青的小画家）

讨论的时候，她就来注意的看着，但是一点儿也没有发现这些伟论、这些热烈的争辩的意义。她给她的儿子洗衣服、补袜子；她甚至于给他洗涤调色板，捡破布来给他擦画笔，整理工作室中的一切。看见母亲对于这些琐事有这样的聪明，约瑟就大大的看顾她。如果母子二人在艺术方面不相了解的话，但是在感情方面他们却是合而为一的。这位母亲是有她的计划的。

一天早晨，当阿佳德看见约瑟打一张庞大的图像的画稿，预备将来完成而不懂是什么就对约瑟阿谀的时候，她无意中大声的说：

“我的上帝！他做什么呀？

“谁?”

“菲力!”

“啊！这位孩子吃了疯牛肉，他也要变成疯牛。”

“但是他已经认识穷苦了，也许穷苦会给我们改变他。如果他是幸福的话，他会变好的……”

“亲爱的妈妈，你以为他在旅行中很苦痛吗？你想错了，他在纽约大过其疯人节的日子，正如他在这里还这样的过节一样……”

“不过，如果他在我们身边苦痛的话，这就不大好了……”

“是的，”约瑟回答说，“关于我呢，我很愿意给他钱，但是我不愿意看见他。他杀死了可怜的德斯高恩夫人。”

“那么，”阿佳德接着说，“你就不要画他的肖像了吗?”

“可以为你而画，妈妈，我要和殉道者一样的苦痛。我能够只记得一桩事：他是我的哥哥。”

“他骑在马上的禁卫军上尉的肖像吗?”

“是的，我依照葛洛画有一匹好马，还不知道怎么用他哩。”

“那么，你就到他的朋友家里去看看他到底变成什么样子了吧。”

“好，我就去。”

阿佳德站了起来，她的剪刀整个的掉在地下；她来吻约瑟的头，在他的头发里埋藏了两颗泪珠。

“这是你的感情，这孩子是属于你的，”他说，“我们也就都有了我们的不幸的感情了。”

那天下午，约瑟到桑提尔街去，他在四点钟左右找到他的哥哥，菲力代替了吉落都，这位老禁卫军上尉已经调任为他的外甥所办的一种周报的会计了。虽然菲诺还是他所创办而其一切的活动都是操在他的手中的小报的业主，然而看得见的业主和总编辑却是他的朋友陆士铎，刚刚好是布里都的祖父所要报仇的伊苏当的副议员的儿子、何仓夫人的外甥。为着使他舅舅合意起来，菲诺就叫菲力来代替他，不过是减低了一半的薪水罢了。于是，每天五点钟，吉落都都稽核一下柜台，带走了每日的收入。伺候报馆的跑脚的伙计，那位残废的军人老葫芦就略为监视菲力司令官。并且菲力也很规矩。六百佛郎的十字勋章的津贴费可以使他好好的生活，因为白天里暖暖和和的，夜里到戏院去看白戏，他也只要想到食和住了。当约瑟进来的时候，老葫芦正好头上顶着印花纸出去了，菲力正在刷着他那绿布的假袖。

“瞧，坏孩子来了，”菲力说，“好吧，我们一块儿吃饭去吧，你可以到音乐厅来，佛罗林和佛罗兰丁有一个厢位。我跟吉落都一块儿去，你也可以一块儿去，你可以认识认识拿坦!”

他拿了他那只包铅的手杖，衔了一支雪茄。

“我不能够揩油你的请客，我得带我们的母亲去；我们在定食饭馆里吃饭。”

“哎，这可怜的好太太，她怎么样呢?”

“她并不坏，”画家回答说，“我重画了父亲的肖像和德斯高恩舅祖母的肖像。我画好我自己的，我要给母亲画一张你的肖像，骑在马上的禁卫军军官的服装。”

“好！”

“但是你得来……”

“我每天九点钟到下午五点钟都得留在这个鸡笼里……”

“两个星期日也就够了。”

“赞成，小孩子。”拿破仑的旧传令官接着说，用门房的油灯点着他的雪茄。

当约瑟在到保茵街去吃饭的途中对他母亲解释菲力的景况时，他觉得放在他手臂上面的手臂在发抖，快乐光耀了这个萎靡了的脸孔；可怜的妇人好像卸了重担似的呼吸着。第二天，她就在幸福和感恩的情绪的鼓励之下给约瑟许多特别的关照，她用鲜花装饰他的工作室，给他买了两个盆栽棚。菲力来让人画像的第一个星期日，阿佳德特别用心的在工作室里预备了一顿佳美的早餐。她把一切的东西都排在桌子上，并没有忘记只剩下一半的一瓶酒。她躲在让她挖了一个窟窿的屏风的后面。前任禁卫军前一天已经把他的制服送来了，她不能不吻着这制服。当菲力穿得整整齐齐坐在制鞍匠所有而由约瑟租来的马标本上面的时候，阿佳德为着不让人看见起见，不得不用轻微的泪声和这两位兄弟的谈话相混合。菲力在午饭前后两个钟头里安定姿势让他弟弟绘画。午后三点钟，禁卫军穿了平常的衣服，口中抽着雪茄，再一次提议请他弟弟一块儿到王宫去吃晚饭。金子在他的裤袋里响动。

“不，”约瑟回答说，“我看见你有金子的时候，就让你吓坏了。”

“啊，这个！你难道对我在这里总有不好的意见吗？”中校用雷一般的声音叫了起来，“所以我是不会节省金钱的！”

“不，不！”阿佳德回答着，从藏匿处跑出，来吻她的儿子。“咱们跟他一块儿去吃晚饭去，约瑟。”

菲力穿得整整齐齐坐在由约瑟租来的马标本上面。

约瑟不敢斥责他的母亲，他穿了衣服，菲力带他们朝着孟多尔格尔街走，到冈拿尔岩饭馆去，给他们一顿丰富的宴席，每份的饭费甚至于高到一百佛郎。

“好家伙！”约瑟不安的说，“用了你的一千一百佛郎的薪水，你却能够和《白姑娘》里边的彭沙尔一样节省些钱来买地皮。”

“啊！我走了运了。”喝酒喝很多的禁卫军说。

菲力要带他的母亲到阿林比亚马戏院去看戏，这是她的忏悔师允许她去的唯一的戏院；正在车门上预备登车的时候，约瑟听到了这句话，他就拉着他的母亲的手臂，她也就马上装做不舒服的样子，拒绝去看戏了。于是，菲力就送他的母亲和他的弟弟回到马萨林街来。在那里，当她和约瑟孤单的留在屋顶房的时候，她就保守着一个深刻的寂寞。又是一个星期日了，菲力又来安定姿势让他的弟弟画像。这一次，他的母亲就公开的参加了。她给他们端了饭来，居然能够询问禁卫军。于是，她就知道她的母亲的朋友老何仓夫人的外甥在文学界中有相当的势力。菲力和他的朋友吉落都都是在一个新闻记者、坤伶、书商们所成立的社会中当了他们的会计。饭后安定姿势时总要喝樱桃酒的菲力，他有一副睿敏的舌头。他吹嘘说不久就要变成一个伟大的人物。但是当约瑟问他关于他的经济状况时，他却缄默不语了。凑巧因为第二天放假不印报，菲力就提议第二天再来让人绘画。约瑟告诉他沙龙展览会的日期紧迫，他还没有钱购买他的两个框架，只好给一位名叫马古斯的商人摹绘一张吕班的画像来赚钱买框架。但是原画是一个瑞士银行家的，只允许他借用十天，明天就是最后的一天，所以他必得延期到下星期日才能够画这张肖像。

“是这个吗？”菲力看着放在画架上的吕班的画像，这样的说。

“是的，”约瑟回答说，“这值两万佛郎。这是天才所能做到的。有的作品可以值得十万佛郎。”

"我，我更喜欢你的摹本。"禁卫军说。

"它是更年青的，"约瑟微笑的说，"但是我的摹本只值得一千佛郎。明天我得给它加上原本的一切的色调，使它变老一点，让人家看不出。"

"再见，母亲，"菲力说着，吻着阿佳德，"下星期日见。"

马古斯·埃里应当会于第二天来找他的摹本。给这位商人工作的约瑟的朋友，葛拉苏·彼得，要来参观这幅画好的摹本。为着好玩起见，听见他打门，约瑟就把用特别油彩所画的自己的摹本放在原本的地方，而把原本放在自己的画架上。他把福齐尔·葛拉苏·彼得整个的弄糊涂了，后者对此戏弄的力量极为惊讶。

"你要骗马古斯·埃里吗?"葛拉苏·彼得说。

"我们瞧吧。"约瑟说。

商人没有来，时间不早了。阿佳德到刚丢了丈夫的德斯罗慈夫人家里去吃晚饭。约瑟同葛拉苏·彼得到定食饭馆去吃饭。下楼的时候，他照例的把钥匙交给看门的老太太。

"今天晚上我得安定姿势让人画像，"他的弟弟走了之后的一个钟头，菲力对门房老太太说，"约瑟就回来，我要到他工作室去等他去。"

门房太太给了他钥匙，菲力上了楼，拿了摹本，以为是原本图画，然后下了楼，把钥匙交还门房太太，装做忘记了什么东西似的，把吕班的画像卖了三千佛郎。他预先防备，拿他弟弟的名义叫马古斯·埃里过一天再来。那天晚上，当约瑟到德斯罗慈寡妇家里带他母亲回来的时候，门房就告诉他这位哥哥是如何的任意闯进来而又马上就出去。

"如果他不客气一点只把我的摹本拿走的话，我就完了。"画家猜到偷窃就叫了起来。

他快速的登上了三层的楼房，赶紧跑到工作室去，口里就说：

“称赞上帝！他总是这样的，一个坏蛋！”

跟着约瑟来的阿佳德一点儿也不懂得这句话的意思；但是当她的儿子给她解释了之后，她就呆呆的站着，眼睛流不出眼泪。

“所以，我只有一个孩子了！”她低声的说。

“我们并没有想在外人眼前侮慢他，”约瑟接着说，“但是，现在得嘱咐门房了。从此之后，我们要保守我们的钥匙。我要完成画他这无赖的脸孔，留作纪念，没有差多少的工作了。”

“就这样搁在那里好了，瞧着他太使我难受了。”母亲回答着说，她的心坎中了深刻的创伤，她也就懈怠的愣住了。

菲力知道应当如何利用这摹本所卖到的钱，他懂得如何把他的弟弟陷在一个地狱里，但是他却一点儿也不尊重他。自从这最后的一个罪恶之后，阿佳德不再谈到菲力了；她的脸孔现出一个苦恼，冷静而刺心的表情；一个思想杀害了她。

“什么时候，”她对自己说，“我们可以看见布里都站立在法庭的前面！”

两个月之后，一天早上，当阿佳德将要到彩票售卖处去的时候，一个自称是菲力的朋友而带有紧急使命的老军人忽然进来说要见见和约瑟一同吃早饭的布里都夫人。

当吉落都报了名的时候，母子两个人就发起抖来，因为这位老禁卫军有一个不大令人安心的老水手的姿态。他那两个黯淡无光的灰色的眼睛，他那黑白相间的胡髭，他那围绕着鲜牛油色的头盖的散乱而稀少的头发，现出了我也不知道是如何的松懈而淫逸的样子。他穿着一件铁灰色的礼服，上面饰有一个光荣勋级会的军官的彩结，好不容易叉放在他的大肚皮上，这肚皮是和裂在耳朵为止的阔嘴、是和高厚的肩膀相调和的。他的上半身安放在细长的小腿上。他的两颊显出红润的颜色，表示他有一个快乐的生活。深皱的脸颊的下部紧靠着一个老旧的黑丝绒的领圈。在其他的装饰品中，这位前任的禁卫军有许多的金耳环。

“这个浪子!”约瑟用了这句工作室的流行话对自己说。

“太太，”菲诺的舅父兼他的会计说，“您的公子是在这样不幸的情景之中，他的朋友们没有办法不来请求您分担他所给他们加上的责任；他不能够充任报馆的差事，圣马丁门的佛罗兰丁小姐把他安放在王多姆街她的房子的屋顶房里面住。菲力快要死了；如果他的弟弟和您，你们不能够付医药费的话，为着治愈他起见，我们就不得不把他移到卡布桑去，然而有三百佛郎的话，我们就留住他了：他必得有一个看护，晚上当佛罗兰丁小姐到戏院去的时候，他就出去了，就吃了许多刺激性的东西，和他的疾病、他的治疗正相反；因为我们爱他，他真把我们苦透了。这位可怜的孩子已经把他的津贴费抵押了三年，他是暂时安插在报馆里，他什么也没有了；但是他要自杀，太太，如果我们不把他送到杜布瓦大夫的疗养院去的话。这个便宜的救济院每天得交六佛郎。佛罗兰丁和我，我们可以交一个月的一半，您再叫别人……去吧，也只要预备两个月!”

“先生，一位母亲很难不感激您替她的儿子所做的事情，”阿佳德回答说，“但是这位儿子已经是从我的心中驱逐出去了；至于钱的问题呢，我一个钱也没有。为着使我这里这位儿子不至于多担负起见（这儿子每天日夜的工作，他值得他的母亲的疼爱)，我后天就要到一间彩票售卖处去当副管理人了。我这样的年纪!”

“那么，您呢，年青的人，”老禁卫军对约瑟说，“我们要怎么样呢？您不要给您的哥哥做出一位可怜的圣马丁门的舞女和一位老军人所做的事吗?”

“瞧，”忍不住的约瑟说，“您要不要我用艺术家的口吻说出您的来意呢？好吧，您是来敲我们的竹杠的。”

“那么，明天令兄就要到南国的医院去了。”

“到那里去对他倒不坏，”约瑟接着说，“如果我也有同样的情形的话，我就去，我！”

吉落都非常失望退了出去，但是他也非常懊丧得把这位曾在孟特罗战场上给皇上传令的英雄送到卡布桑去。三个月之后，七月末旬的一个早晨，当阿佳德为着避免给艺术桥一苏过路钱而走新桥到彩票售卖处去的时候，她沿着堡垒走，看见沿着学堂堤岸的店铺有一个第二流的穷苦的人，使她的眼睛发昏：她觉得这个人有点像菲力。在巴黎，事实上有三种的穷苦。第一是那些隐存外貌而有前途的人的穷苦：就是年青人，艺术家，暂时受难的世界之上的人们的穷苦。这种穷苦的征候只能够用最有训练的观察家的显微镜看出来的。这些人形成了穷苦的骑士会，他们还坐在两轮轻马车里。第二流的穷苦之中有些什么也不在乎的老头儿，他们于六月的季节里在骆驼绒的礼服上面带上了光荣勋级会的十字勋章。这是一些老地主，一些住在圣北林的老雇员的穷苦，他们一点儿也不顾虑外面的服装。最后还有穿褴褛衣服的穷苦，民众的穷苦，并且是最富于诗意的穷苦，这穷苦是迦骆、何卡尔特、穆莉露、查礼、拉飞、葛瓦尔尼、梅桑尼尔，是艺术所崇拜而培养的，是到处乐天主义的！——阿佳德以为很像她的儿子的这个人是隔乎这后面两种穷苦之中的。她看见一条用得破旧不堪的领圈，一顶破帽，一双托着脚跟而缝补过的长靴，一件钮着没有模型的钮扣的多筋的礼服，礼服的开口或干涸的中身完全和破旧的口袋跟污秽的领巾相调和。绒毛的废墟可以相当的宣告：如果这件礼服吃有什么东西的话，这东西就只能是一些尘土。这个人伸出了和穿铁灰色而拆缝的裤子的工人一样的手。最后，在胸脯上面，一件用成棕色，接连衣袖，盖上裤子的背心是到处可以看得见的，无疑的这是代替衬衣用的。菲力戴着一个绿色薄丝和铜丝的遮光兜。他那几乎是光秃的头，他的皮肤的颜色，他那憔悴的脸孔，相当的可以说出他是从可怕的南国医院出来的。他那边角发白的蓝色的礼服总饰有玫瑰形的花结。所以过路的人都用渗有怜悯的好奇心来看这位无疑的作为政府牺牲品的英雄；因为这玫瑰形花结相当的刺眼，使最勇猛的极端派保王党对于光荣勋级会发生了一些可敬的怀疑。在那个时代，虽然人家在想方法轻视这没有限制的高升的制度，然而全法兰西却不过有五万三千人得到勋章。阿佳德觉得她的内心发抖了。如果她没有法子爱这位儿子的话，她却还能够为他而受到苦痛。受到了最后的母爱的光芒所激刺，当她看见光荣的皇上传令官做了一个姿势到烟铺去买雪茄而停留在门限上面，探摸口袋而找不到东西的时候，她不禁哭泣了。阿佳德赶快走过堤岸，拿了她的钱包，放在菲力的手中，好像犯罪一般的逃走了。她两天吃不下东西，她的眼前总现出要在巴黎饿死的儿子的可怕的脸孔。

“用完了我的钱包的钱以后，谁还要给他钱用呢?”她想着。“吉落都并没有骗我们：菲力确是从医院出来的。”

她已经看不见杀死她的舅母的凶犯、家族的祸根、家中的盗窃、赌徒、醉汉、下层的浪子了；她看见一位将要饿死的病愈的人，一个找不到烟草的抽烟的人。她只有四十七岁的年纪，却变成一个好像七十岁的老妇人了。但这还不是他的儿子所要给她的最后的打击，而她的最可怕的预料也已经实现了。军队之中的军官的一个阴谋被发现了，街中叫卖《劝世报》的号外，其中有拘捕叛徒的详细的记载。

阿佳德在维维恩街彩票售卖处的笼房的深处听见人家叫布里都·菲力的名字。她晕倒了，知道她的苦痛和营救的必要的管理人就让她告了两星期的假。

“啊！我的朋友，是我们，用了我们的严厉的态度逼着他去干那个。”她对约瑟说，一边上了床。

“我就去看德斯罗兹去。”约瑟说。

艺术家把他哥哥的利益嘱托给变成当时某部秘书长吕博尔以外巴黎最狡猾、最奸刁然而却曾给许多大人物效过劳的法律代言人的时候，正是吉落都走到这位寡妇的面前来的当儿，这一次她却相信他了。

“太太，”他对她说，“请您找一万两千佛郎来，您的儿子就会恢复自由，因为没有证据。问题就在于收买两位证人，让他们不说话。”

“我可以弄到这笔款。”可怜的寡妇说，她不知道到哪里去弄这笔款，也不知道如何的弄法。

感觉到危险，她就给她的干妈老何仓夫人写信，转请鲁志·约翰一约克拿这笔款来营救菲力。如果鲁志拒绝的话，她就恳求何仓夫人借给她，约定两年内还清。她辗转的收到了下面的一封复信：

> 我的小姑娘，虽然令兄有四千佛郎的息金，还没有算到十七年来所节省下的钱（何仓先生估计这至少有六十万佛郎），他却不愿意给他所没有见过的外甥一个子儿。至于我呢，你不知道我丈夫活着的时候我是连六佛郎也没有的。何仓是伊苏当最吝啬的一个人；我不知道他拿钱干什么，他一年还没有给他的孙辈们二十佛郎；要借钱的话，我得请求他的许可，他也一定要拒绝我。我甚至于没有敢跟令兄提到这问题，他家里有一个“姨太太”，他而且是这位女人的最谦卑的奴才。来看看这位有妹妹有外甥的可怜的人是如何的被人虐待在家里，这是一桩极堪怜悯的事。我已经给您暗示过好几次您到伊苏当来拯救令兄，而且可以从这个寄生虫的爪中替您的儿子拔出四万而至于六万佛郎的息金；但是您不答应

我，您似乎从来就没有懂过我。所以今天我不得不给您毫无疑忌的写信。我很同情您所遇到的不幸，但是我只能够怜悯您，我的小乖乖。这是我所以不能给您出力的原因：八十五岁的老人，何仓每天还吃四顿饭，他晚上还要吃生菜和硬鸡蛋，跑得和兔子一样的快。我是活了一辈子，因为他要追念我，而没有看见在我的钱包里有过二十个佛郎。如果您要到伊苏当来消灭这位姨太太对于令兄所有的影响的话，因为有许多的理由使鲁志不接纳您在他家里住，我已经会有许多的困难来得到我丈夫的允许让您住在我的家里。但是您总可以来，关于这一点他会服从我。我有一个法子可以从他那里得到我所要的东西，就是对他说我的遗嘱。这方法在我方面是非常可怕的，所以从来就没有用过它；但是为着您，我可以做出不能做的事。我希望您的菲力可以脱险，特别是如果您请一个好律师的话；但是请您在最短的时间内到伊苏当来。您想想您那五十七岁的傻哥哥是比何仓先生还要瘦弱、还要老迈的。事情是这样紧迫的。人家已经说到有一个取消您的承继权的遗嘱；但是据何仓先生说，总还有时间去废除它。再见，我的小姑娘阿佳德，希望上帝帮助您！请您信赖爱您的干妈。

何仓·马克西米莲·陆士铎氏

再者：我的侄儿埃田是报馆的编辑，据说他和令郎菲力有交往，他帮您的忙没有？请您来吧，我们可以谈谈他。

这封信有力的占住了阿佳德；她必然的拿这封信给约瑟看，她得把吉落都的提议告诉他。对于哥哥的事情变成小心的艺术家就提醒他的母亲得把一切的事情报告给德斯罗慈。

受到这个有理的观察的点拨，这个母亲就在儿子的陪伴之下，于第二天早晨六点钟之后到布西街去找德斯罗慈。这位法律代言人是和他那已故的父亲一样的干燥的，他的声音是酸锐的，他的颜色是涩硬的，他的眼睛是愤恨的，黄鼠狼的脸孔，鸡血一般的嘴唇。当他知道布里都夫人母子的来访和吉落都的提议的时候，他就和一只老虎一样的跳了起来。

“啊，这个布里都伯母，”他用衰弱的声音嚷着说，“您要让您的贼孩子骗到什么时候为止呢？连一个子儿也不要给！我是为菲力的好处而回答您的，我是为他的前途才让他受到世卿法庭的裁判；您怕他被人判罪；但是上帝要他的律师让人家判断他一个罪状！请您到伊苏当去吧，如果您的哥哥写了一张卫护这位女人的遗嘱，如果您不知道废除它……好，至少您可以搜集一些证据来控告他欺骗，我来给您打官司。但是您太老实了，您不知道找出这一类诉讼的根据！放假的时候，我要去，我！我要自己到伊苏当去……如果我能够的话。”

这个“我要去，我！”使艺术家皮肤发抖。德斯罗慈给约瑟做了一个眼色，示意他让他的母亲先走几步，留他一个人一会儿。

“您的哥哥是一个大不幸的人，无论是有意的或是无意的，他总是这次阴谋被发现的原因；因为这个阴谋是太细密了，人家不能够在上面看出实在的情形。在无知和出卖之中，您得给他抽选一个。无疑的他一定要受到强力的警察的监视的，然而也只是如此而已。您放心，只有我一个人知道这秘密。您跟您母亲一块儿跑到伊苏当去吧，您很聪明，请您努力营救这个承继权吧。”

“咱们走吧，可怜的母亲，德斯罗慈说得对，”约瑟说着，到楼梯上去会齐他的母亲，“我已经卖掉我的两张画，我们到柏利去吧，因为你有两星期的工夫。”

给何仓夫人写信通知他们的来临之后，阿佳德和约瑟第二天晚上就动身到伊苏当去，把菲力丢给他的命运。公共马车走过安非街，取了奥黎昂大路。当阿佳德看见押解菲力到这里来的鲁森堡的时候，她禁不住说：

“如果没有联合军的话，他也不会到这里来！”

许多的孩子都会做出一个无礼的动作，都会发出怜悯的微笑；但是这位只有一个人跟他母亲在车站的艺术家却抱住了她，把她紧紧的抱在胸口，对她说：

“噢，妈妈！您是母亲，就好像拉发埃尔是画家一样！您总要当一个傻母亲！”

刚刚被途中的风景拔去心里的悲愁，布里都夫人不久又被迫去想象这次旅行的目的。当然，她又重新念着何仓夫人所给她写的这封非常感动法律代言人德斯罗慈的信。受了虔诚而可敬的七十岁老妇人的笔尖用来形容正在吞食鲁志·约翰—约克的产业的女人这两个词“姨太太”和“寄生虫”（鲁志自己也被她称为“傻哥哥”）的打击，她就问自己到伊苏当去怎么能够拯救这个承继权。这位这样对于私利不生兴趣的艺术家约瑟，他是不大知道法律的，他所注意的只是他的母亲的叹声。

“在送我们来拯救我们的承继权之前，我们的朋友德斯罗慈应当告诉我们用什么方法可以获得这权利。”他叫了起来。

“我的脑袋被菲力在监里没有烟抽而得到世卿法庭去受审的思想弄糊涂了，但是依据我所记的，”阿佳德接着说，“好像这位年青的德斯罗慈叫我们搜集一些证据来控告欺骗，如果我的哥哥写了一张袒护这……这位……女人的遗嘱的话。”

“他说的就是这个，德斯罗慈！”画家叫了起来，“唷！如果我们一点儿也不懂的话，我可以请他到这里来。”

“我们不要白费脑筋了，”阿佳德说，“到了伊苏当，我的干妈会指导我们的。”

这个谈话是在布里都夫人和约瑟在奥黎昂换车走进色仑地方的时候说出来的，这可以指示这位画家和他的母亲是如何的不知道进行可怕的德斯罗慈律师所让他们的干的勾当。但是离乡三十年而再回到伊苏当，阿佳德要到那里去找许多风俗上的变迁，我们得用几句话来描写这座城市的图像。没有这个图像，人们就不容易懂得何仓夫人援助她的干女儿的勇敢和鲁志·约翰—约克的离奇的情景。虽然鲁志医生曾经把阿佳德当做他的儿子的外人来看待，但是在一个哥哥方面，三十年不给妹妹知道任何生活上的情况未免是太过分的了。这种不通音讯的情形显然是建筑在约瑟和阿佳德以外的任何有亲戚关系的人所要知道的奇怪的环境之上的。总之，在这座城市的实况和布里都的利益之间存有一些关系，这关系我们可以在这篇故事的叙述中看得出来。

伊苏当并不是巴黎人所不喜欢的城市，他是法兰西的一座古城。虽然高尔民族的勃路布斯勒诺埃皇帝曾给他留下许多历史上的偏见，然后凯撒却曾赞过伊苏当一个最好的葡萄园苍福尔的美酒。李哥尔对于这座城的叙述使人不至于怀疑他的人口的众多和商业的繁盛。但是这两个证据所指示的和他的远古时代相比较只是这座城市的相当平庸的年代。事实上，近日这座城市的考古学家柏礼麦·阿尔曼的发掘曾在著名的伊苏当高塔底下发现了五世纪的大教堂，也许是存在于法兰西的唯一的这一类的建筑。这个教堂在他的材料上保存有更早的文化的痕迹，因为这些石头是从被他所代替的一个罗马的教堂留下来的。所以，根据这个古物学家的研究，正如一切带有“当”音语尾（拉丁文 duum）的名字的法兰西城市一样，伊苏当的名字就证明他是本地人所建筑的。“当”这个字是杜里德教的封地的意思，证明他是塞尔特民族的军事上和宗教上的建筑。罗马人曾在伊西地方高尔民族的“当”下面盖了一个教堂。根据楚曼的说法，这城的名字就是这样来的：

伊—苏—当！伊，就是伊西的简略。这著名的高塔就是狮心李查尔所建筑的，他曾在这个建立在一个五世纪的教堂上面的塔里印铸他的钱币，这塔是这座城的第三种宗教的第三个建筑物。他利用了这个教堂来做他的堡垒的必要的高度的止点，而用他那封建时代的要塞好像一件外衣一样的盖着他、保护他。那时候，伊苏当是绿林好汉的暂时的势力的驻在地，是李查尔当蒲瓦杜伯爵而反叛的时候，他的父亲亨利二世加以攻击的中心点。本笃会教徒没有写过的阿基丹历史无疑的是写不成的，因为本笃会教徒已经不存在了。所以，每次当机会到来的时候，我们也不必在我们的风俗史中太过用心解释这些考古学的问题了。在杜尔内民运河的开辟里还有一个证明伊苏当的古代势力的证据。这是一条在广大的土地内都比绕城的泰奥尔河的水平线还要高上好几个米突的小河。这工程无疑的是罗马人的天才的结晶。还有，自别宫向北伸展的郊镇有一条两千年前就有的名叫罗马街的街道穿行其间。郊镇本身也就叫罗马镇。这镇上的居民的种族、血统、体格都有一种特殊的性质，他们都自称为罗马人的后裔。他们差不多都是种植葡萄的人，他们的风俗很固执，这无疑的是传统的结果，也许是因为第七世纪在查罗斯特平原消灭绿林好汉的胜利中所留传下来的。一八三〇年的暴动之后，法兰西太激动，太注意伊苏当的葡萄种植人的暴动了，这暴动是太可怕的，其详细的情形也因故未曾公布。最初，伊苏当的中产阶级一点儿也不允许军队进城。他们要效法中世纪的中产阶级的风俗，由自己负责本城的治安。当局不得不在这些有六七千葡萄种植人的支撑的民众之前让步了。这些葡萄种植人烧了一切档案和间接税的衙门，拖着一位税吏一条街一条街的走着，对每一个街灯说：“应当把他吊在这里！”这位可怜的人被国防军从他的仇人手中提了过来，说是要审判他，把他带到监狱里去，因而救了他的生命。将军只是在投降了葡萄种植人之后才进城的，他有勇气走进他们的群众之中；因为当他在市政府出现的时候，一个罗马镇的居民就给他的颈项架上一把飞刀（飞刀就是用来修剪树木的有柄的大镰子），而对他叫说："用不着伙计，没有打仗！"这个葡萄种植人算是打断了十六年的战争所尊敬的头颅，而没有暴动的领袖的快速的干涉，虽然人家已经答应这位领袖要向国会请求抑制这些穴中的老鼠……

十四世纪的时候，伊苏当还有一万六千至一万七千的居民，占有李哥尔时代的居民的一半。查礼七世在那里有一所行宫，现在还存在，一直到十八世纪为止人家都叫他做国王的行宫。这座城那时候是羊毛商业的中心，把羊毛送去供给一部分欧洲的地方，大规模的制造毛布、呢帽、上等的羊毛手套。在路易十四的时候，出生巴郎和布尔达路的伊苏当总是被人引为一座风雅的城市、文学和高等社会的城市。在他的《桑西尔历史》中，步巴尔教士认为在一切的柏利人之中，伊苏当人是特别雅致、特别富有自然精神的。现在，这种繁盛和这种精神早已完全消失了。伊苏当的面积可以证明他的以往的重要，但是他的人口却只有一万两千，包括四个大郊镇的葡萄种植人：圣巴提因镇、维拉特镇、罗马镇和阿鲁特镇。这些镇其实都是小城市。伊苏当的中产阶级和凡尔赛的中产阶级一样，都是住在市中心的街中。伊苏当还保留有柏利的羊毛市场，这种商业很受到处实行而柏利不采用的羊类的改良的威胁。伊苏当的葡萄园出产一种酒，是两省人所喝的，如果像布尔岗和卡斯岗那样的制造的话，这酒可以变成法兰西的好酒的一种。不幸得很！祖传老法，一点儿也不改良，这却是当地的金科玉律。葡萄种植人于是就继续把葡萄茎留在一起发酵，使这个可以变成新富源、可以变成地方的活动对象的酒业弄得极乎的讨厌。因为有这葡萄茎所产生而随时代变化的酸性，据说，这酒可以陈留一世纪！葡萄种植人所举的这个理由在制酒学上有相当的重要性而值得刊布的。威廉勒勃礼顿而且曾在他的《菲力毕德》中用几句诗来颂扬这性质。

所以，伊苏当的落伍可以用固执不变而至愚笨的地步的精神来解释，只要举一桩事就可以让人懂得这道理。当人家忙于建筑自巴黎到杜鲁斯的公路的时候，很自然的这条路得从维尔桑经过伊苏当通过沙都罗。这条路线比较现在走发当的路线近得多。然而地方的绅士，伊苏当的市场会议（他的议决案还存在）据说却请求改道发当，说是如果公路穿过本城的话，食品的价值就要增高，人们也得预备三十苏来买一只小鸡。像这一类的举动只能够在萨丁尼亚最野蛮的国度里找得到，然而这些国度当日是那样的富于居民，那样的富庶，现在却变成荒凉的了。当国王查礼—阿尔培在一个极可称颂的教化的思想之下计划建筑一条伟壮的公路（存在于这名叫萨丁尼亚的草野的唯一的公路），而把岛国的京城萨沙里连到卡格里亚里的时候，直接的路线本来是应当经过保恼尔瓦的。这地方住有不服从的民众，就好像从摩尔山岭下来的我们的阿拉伯部落一样。看到自己要被人教化了，保恼尔瓦的野蛮人就毫不考虑的表示出反对的态度。政府不理他们的反对。第一个来竖立标柱的工程师头上就接到了一颗弹丸而死在他的标柱上面。人家并不追究这个问题，这条路也就改了弯曲的路线，延长了八法里。

在伊苏当，当地消耗的酒价的不断的低落（这样就可以满足要生活费便宜的中产阶级的欲望）渐渐的预备了葡萄种植人的毁灭的道路，他们渐渐的受到种植的费用和税金的压迫。羊毛商业跟土地生产的毁灭是一样的，羊种的改良也就变成了不可能的了。乡下人对于一切的改变都是非常害怕的，就是似乎对于他们的利益有关的改变也是这样的。一个巴黎人在乡下看见一个工人晚饭吃了一大堆的面包、干酪和蔬菜；他给他证明如果用一部分的肉类代替这些食品的话，他就可以得到更好的养料，更便宜的，他也可以做更多的工而不必立刻费用他的生活费。这位柏利人认识计算的正确。他回答说：“但是人家说闲话！先生。”——“什么说闲话?”——“是的，您要怎么说呢?”“这要变成全地区的寓言了。”一位在这幕戏发生的土地上的地主就这样的说：“人家相信他是和一位中产阶级一样的，他也终于害怕舆论了，他怕人家指着他说，而变成病弱的……我们就是在这一类的地区里!”许多的中产阶级都说这最后的一句话，他的情绪有一种隐蔽的骄傲。如果在乡间愚昧和守旧是无法克服，人家是把农民丢给他们自己的话，伊苏当城却走到了完全的社会停滞的地步。每一个家庭都不得不用贪鄙的节省来挣扎财富的退化，每一个家庭都只生活在自己的家中。并且，社会也从来没有遇到反对风俗的语调。城里已经找不到中世纪意大利各国所以得以生存的两种力量的对立。伊苏当已经没有贵族。城里对于这种胜利是很骄傲的。伊苏当总是因为要维持生活程度的低廉而拒绝军队的驻扎。他损失了和时代相交通的这个工具，同时也损失了军队所给他的利益。在一七五六年之前，伊苏当是个最合意的驻军的城市。全法兰西人所注目的一桩悲惨的案件就从这时代起消除了这个城市的驻军。这悲剧就是法官所在地的少将和沙布特侯爵的作对，侯爵的儿子，一个禁卫军的军官因为一桩风流的韵事而被处死了。这种处罚也许是合法的，但却是背义的。内战的时候派来的第四十四小纵队的驻扎，性质上并不是派来调和住民和军人的纠纷。每十年都减低人口的布尔慈也有这同样的社会病。这些大人群是没有生气的。当然，官厅的行政是这些不幸的罪魁。政府的责任就是要在政治区域内观察这些斑点，而派一些有毅力的人到这些病态的区域来改变他们的面目，来疗治这病症。不幸得很！离这太远了，人家是鼓掌称贺能够有这种悲惨的黑暗的相安无事。还有，怎么派遣新的官吏、能干的长官呢？我们现在的人，哪一个想到这些不能显耀功迹的地区去把自己埋没在那里呢？如果偶然间人家在这地区里安插了一些外来的野心家，他们不久也就会被惰性所征服而染上了这外省的残暴的生活的气质。伊苏当曾使拿破仑束手无策过。因为这种特殊的情形，一八二二年的伊苏当完全是由柏利省的人来管治的。中央政权可以说是消灭或是没有力量，除非在一些非常稀少的情形之下，国家的司法不得不因为他们的明显的危笃而动作以外。检察官梅伊勒郎先生是大家的表兄弟，他的检事是属于本城的一个家庭。法院院长在未高升的时候是以他的一句话出名的。这句话好像傻子的帽子一样的戴在他的整个生命之上。在结束审问一个应当科以死刑的罪犯之后，他对被告说："可怜的彼得，你的事情是很清楚的，你得砍脖子。希望这可以给你一个教训！"复辟之后，警察局局长在整个地区里都有他的亲戚。还有，不但宗教的势力等于零，而且本堂教士也享不到任何的地位。这种自由主义，好口舌而无知识的中产阶级可以用来解释这位可怜的人和他的女仆的关系所产生的许多相当可笑的故事。孩子们并不是没有学习教理，并不是没有领圣体；他们并不是没有一个学校，他们确曾做过弥撒，他们确曾举行过节庆；他们纳税（这是巴黎所要外省做的唯一的事情）；而且市长也在那里议定决算书；但是这些社会生活的动作都是因习惯而完成的。所以行政的弱化刚刚好和地区的知识情况和道德景象相调和。这篇故事所述的事故可以描绘这种情形的结果，这并不是所相信的那样的奇怪。许多法兰西的城市，特别是在南部，都类似伊苏当。中产阶级的胜利所给各地区的主要城市的情况就是整个法兰西甚至于巴黎所等待的情况，如果中产阶级继续管束我们的国家的内政和外交的话。

现在无妨说一句关于伊苏当的地势。伊苏当是从北向南伸展，靠着围绕沙都罗大路的山坡的。在这个山丘的底下，为着工业上的需要和本城全盛时候灌疏水沟起见，人们当时曾开了一道运河，就是现在所称的人工河，这运河的水是由泰奥尔河引来的。人工河形成了一个人造的支流，在罗马镇外面流入自然的河水，杜尔内民河和其他的水流也在那里汇合。这些活水和这两条河流灌溉了相当广阔的草地，这些草地的四围环绕着散布有黑点的黄色或白色的山岭。这就是一年之中七个月时间的伊苏当的葡萄园的面目。葡萄种植人每年都修剪一次葡萄，只留下一些丑陋的树根而在漏斗形的土床中除去葡萄棚。所以当人家从维尔桑、从发当或是从沙都罗来的时候，被单调的平原所厌倦的眼睛看了这伊苏当的草地，这供给周围十法里菜蔬的柏利省的绿洲是会舒适而惊愕的。在罗马镇的下面伸展着一块广大的湿地，整个的种植蔬菜，分成两个地带，一个叫做下巴尔当，一个叫做上巴尔当。一条宽阔而悠长的马路，两边有种植白杨的侧道，从城里出来，经过草地，通到一个名叫佛拉柏斯罗的古刹，其中的英国式花园是全省独一无二的，而被人加上了一个雄壮的名字——“敌魔里”。星期日，互相爱恋的情人就在这地方倾吐他们的胸襟。伊苏当的往昔的伟大痕迹必然的显露在一个留心观察者的面前，其中最刺目的就是城市的分区。古时候自身和四周的围墙跟水沟所形成的一个城市的别宫就构成了一个特殊的区域，现在人们只能够从古门走了进去，只能够从这两条河上的三只桥走了出来，这别宫是唯一有古城的姿态的。堡垒还是到处的显示着他们的庞大的地层，在其上面建筑有许多的房子。在别宫的上方立着一座塔楼，就是别宫的要塞。伸展在这两个设防的据点之间的城市的主人必得获取这塔楼和别宫。占领别宫并不就算是占领塔楼。好像一块打球板一样的坐落在塔楼外面而侵略着草地的圣巴提因镇是太可注意的了，他不能不就是最古时代的城市的本身。自从中世纪以来，正如巴黎一样，伊苏当渐渐的爬上了山岭，集结在塔楼和别宫的外面。这种意见曾在一八二三年引起一种关于美丽的圣巴提因教堂的存在的确证，这教堂最近才由承继这自国家买来的产业的人拆毁的。圣巴提因教堂是法兰西所有的一个最美丽的罗马时代的遗迹，而且是最完全的保留着的，然而却没有人给他画过一个肖像就毁灭了。唯一起来呼唤拯救这纪念物的声音并没有找到任何的响应，不但是在城里，就是在全省里也是如此。虽然伊苏当别宫有古城的特性，狭小的街道，老旧的住宅，但是正式的城市却有近代的面目；这城市曾经过好几次的占领和焚烧，特别在投石党内乱的时代，他是整个的烧光了的。和其他的城市相比较特别宽阔的街道和那些盖得新鲜的房屋正好构成了和别宫相反的触目的对照，使伊苏当在一部分地理书中得有"美城"的雅号。

在这样结成的一座城市之中，没有活动（甚至于连商业的活动），没有艺术的味道，没有学术的味道，没有学术的风气，每个人都是坐守家园，总有一天可以发生一种现象，这现象而且已经在一八一六年的复辟时候发生过：战争平息了的时候，这城市中的年青人多数没有任何事业可做，他们只知道在等待的时候来结婚，来想方法从父母的手里得到承继。如果家里烦恼的话，这些年青人就在城里找不到任何的消遣；正如本地人所说的一样，"年青人得逞出血气的疯狂"，他们就牺牲本城来实行他们的轻佻的举动。他们白天不容易动作，因为人家认得他们；一旦充满了罪杯，他们就得被人移送到教导院去受罪，这在初次犯小过的人看来未免太残酷；所以他们就相当合法的选择夜间的时候来干他们的勾当。于是，在这多方面消灭的古文化的遗留之下，最后就发扬了恶作剧的精神的光辉，是古代的风尚所特有的。这些年青人的嬉戏就好像古代查礼九世和他的内臣的嬉戏一样，就好像古代亨利四世和他的同伴的嬉戏一样，就好像古人在外省的城市里的嬉戏一样。一旦因为互相帮忙、互相防卫、互相发明把戏的必要而结了盟约之后，因为意念的冲突就在他们之中发展了年青人所有的狡猾，这种狡猾甚至于都可以在野兽中找得出来。这联盟甚至于可以给他们永久的阴谋的神秘所能给他们预备的欢乐。他们就自称为“游手好闲的骑士”。白天的时候，这些猴子一般的年青人是些小圣人，他们让一切的人看来是十分平静的；并且，他们在夜里干了一些坏事之后是相当晚才去睡觉的。游手好闲的骑士是以通俗的轻佻行为来开端的，例如脱下招牌，换上店号，敲打门户，嚷着赶快的把人家所忘记的木头移到邻居的地窖里，然后再放出一道声音让人家以为是火药的爆炸。在伊苏当，正如在许多的城市一样，人家是从一个土阱走进地窖的，这土阱的嘴就放在房子的进口，用一块有铰链的厚木板给他盖上的，用一把大洋锁给他锁上的。这些新的“坏孩子”在一八一六年年底的时候还没有跳出一切外省的顽童和年青人所做的恶作剧的范围。但是在一八一七年的正月，游手好闲的骑士的领袖是一位大师，他有特别的恶作剧，甚至于一直到一八二三年为止都在伊苏当流行着一种恐怖的行为，至少使工匠和中产阶级不断的戒备。

这位领袖就是一个名叫吉勒·玛克桑斯而简称为玛克斯的，是他的前人和他的力量跟他的青春规定他来做这套把戏的。吉勒·玛克桑斯是伊苏当副议员陆士铎先生的私生子，陆士铎先生的风流韵事曾给人们留下无数的回忆，他是何仓夫人的哥哥，正如您所知道的，他曾因为阿佳德的出生而引起老鲁志大夫的仇恨。但是在这纠纷之前，这两个人的友谊是很紧密的，甚至于他们自愿的走了同一的“道路”，依照当时的说法。所以人家就说玛克斯一样可以是医生的儿子，或是副议员的儿子；但是他既不属于医生，也不属于副议员，因为他的父亲是布尔慈驻屯军的一个漂亮的军官。然而，在他们互相仇恨的时候，医生和副议员就不断的争执这个孩子的父权，这是这位孩子的一个大幸福。玛克斯的母亲是罗马镇的一位木屐匠的妻子，她有一个惊人的美丽，有意大利的提布尔河岸以外的女人的娇艳，是她的灵魂的堕落的原因，是她传给她的儿子的唯一的产业。一七八八年怀孕玛克斯的吉勒夫人好久都希望着这个苍天的赐福，就是人们恶意认为是这两位朋友的私生子的诞生，这恶意无疑的是要挑拨他们的相互的仇恨。一喝就是三坛酒的老葡萄种植人吉勒是用下流阶级的串诈和殷勤来推促他的妻子的胡闹。为着替他的儿子寻觅保护人起见，吉勒夫人就防备着不去追究补加的父亲。在巴黎，她曾经变成过百万富人；在伊苏当，她有时生活得很安逸，有时生活得很穷苦，然而终究是被人轻蔑的。陆士铎先生的妹妹何仓夫人每年给她这么十个厄古，让玛克斯上学念书。这种慷慨因为她的丈夫的吝啬实在是她所办不到的，所以何仓夫人就自然而然的说是她的哥哥（那时候在桑西尔）的。当这位因为这儿童而不快乐的鲁志大夫注意到玛克斯的美貌时，他就给这位他所称为“小顽皮”的玛克斯一笔学业津贴费，一直给到一八〇五年为止。因为副议员一八〇〇年死去，因为他觉得给这位孩子供给五年的学业津贴费是服从自尊的情绪，父权的问题总是一个悬案。这位做了成千调皮事的吉勒·玛克斯不久就被人忘记了。经过是这样的。一八〇六年，在鲁志大夫逝世之后的一年，这位似乎特别为偶然的生活而出生然而却有特殊的力量和敏捷的孩子就干了许多相当危险的坏事。他已经和何仓先生的几个孙辈合伙使城里的杂货铺商人受苦，他就在业主面前采摘果实，毫不为难的攀登围墙。这个小鬼在体力的运动方面找不到匹敌，他舞得一手好木棍，可以打中许多奔跑的野兔。他有一个堪得和巴—德—古尔相比拟的眼力，他已经有打猎的嗜好。他不念书，而把时间花在打靶上面。他从老医生处偷到金钱，给父亲木屐匠吉勒所赠的手枪购买一些火药和子弹。因此，在一八〇六年的秋天，一天晚上，当黑夜来临的时候，年纪十七岁的玛克斯就在无意中杀死了一个怀孕的女人；他到她的果园去偷窃果实，而吓死了她。他的父亲要摆脱他，就用断头台来威吓他。玛克斯一直逃到布尔慈去，在那里，他遇到开往西班牙的军队，就投了军。杀死年青女人的事情也就没下文了。

像玛克斯这样一个孩子应当是会出众的，他很能够显出他的身手，所以在三次的战役之中，他就当了上尉了，因为他所受到的轻微的教育给他帮了极大的忙。一八〇九年，当他的一队人马冲进葡萄牙地方英国人的炮台而不能够在那里守卫的时候，人家都以为他是战死了。做了英国人的俘虏的玛克斯就被人家送到西班牙卡布勒拉岛的狱船上。这是最可怕的狱船。人家替他请求光荣勋级会的十字勋章和队长的衔头；但是那时候皇帝正在奥地利，他把他的恩宠保留给在他眼前建功的臣子；他不喜欢那些被人俘虏的人，而且相当不满意葡萄牙的事件。玛克斯自一八一〇年一直在这狱船上关到一八一四年。在这四年的光景之中，他的意气是整个的消沉了的，因为这些狱船就是监狱，只是没有犯过罪、没有做过污点的事情而关在这里罢了。最初，为着保持他的自由，为着防卫蹂躏这些文明国的俘虏的腐败起见，我们这年青而漂亮的上尉就在决斗之中（人家是在六方尺的空间之中决斗的）杀死了七个好斗的人或暴徒，他就在牺牲者的永乐之中排除了他的狱船上的俘虏生活。谢谢他从运用武器之中所学到的奇异的武术，谢谢他的体力和他的机智，玛克斯就统治了他的狱船。但是他也做了许多专制的事情，他有许多为他工作的献媚的人，他们都当了他的臣子。在这苦痛的环境之中，有涩辣性格的人只会想到复仇，显现在重叠的脑筋里的诡辩只有赞同恶劣的思想，所以玛克斯就整个的变坏了。他听着那些不惜任何代价去寻求财宝、不在任何犯罪的行动所得到结果之前退缩（只要这行为没有留下任何的证据）的人的见解。最后，恢复和平的时候，他就变了性格的回来了；虽然他是天真无罪的，然而他可以在高等社会中当一位伟大的政客，他也可以在私生活里当一个穷困的人，视他的命运的情形如何而定。回到伊苏当的时候，他听到他的父母的可怜的结果。正如一切任性而度着格言所谓的短促而快乐的生活的人一样，吉勒夫人在最贫穷的状况之下死在医院里。差不多这个时候，拿破仑在康因登陆的消息传遍了全法兰西。于是玛克斯的最好的事情就是到巴黎去请求队长的衔头和他的十字勋章。那时候当了作战部部长的元帅记得吉勒上尉在葡萄牙所有的优美的行为；他就把玛克斯安插在禁卫军当上尉，这就是等于他的队长的军级；但是他不能够替他取得十字勋章。

“皇上只要您建下第一个功绩，您就可以得到这勋章。”元帅对他说。

事实上，皇帝已经记下勇敢的上尉，预备在福勒鲁斯战役的晚上赐给他勋章，吉勒在这战役中是很出色的。滑铁卢战役之后，玛克斯就到罗瓦尔河岸退休去了。裁兵令下，费尔特公爵元帅既不承认吉勒的衔头，也不承认他的勋章。拿破仑的战士愤怒的回到伊苏当来，这怒气是相当容易了解的，他是非有十字勋章和队长的衔头不能够入伍的。官方认为这个没有贵族衔头的二十五岁青年而有这些条件未免过分，因为这么一来他三十岁就可以变成上校。因此，玛克斯就辞职了。这位司令官——因为在他们之间，波拿巴特派还是互相承认一八一五年所获到的衔头的——于是又丢掉了所谓半薪的薄俸，这种半薪是政府特别报酬罗瓦尔军的军官的。看见这位年青的美男子只有二十个拿破仑去发展他的前途，伊苏当人就对他表示极大的同情，市长自身甚至于给他在市政府里安插了一个六百佛郎薪水的位置。做了差不多六个月的事，玛克斯又自动的离开这位置，而由一位和他一样效忠拿破仑的上尉卡尔班提尔来代替他。吉勒已经是游手好闲的骑士的领袖了，他的生活方式使他失掉了城中的高等家庭的信仰，不过没有让他知道就是了；因为他对于一切的人都是太强暴的，而且是大家所害怕的，甚至于和他一样拒绝入伍回到柏利来种白菜的旧军官也一样的害怕他。根据上面的描述，伊苏当人对于布尔崩王朝的感情的淡薄并没有什么值得惊讶的地方。所以依照他的不大重要性来说，这个小城市的波拿巴特派可以说是比任何的地方都多。我们知道一切的波拿巴特派都是自由党。伊苏当和他的近郊一共有一打左右的军官，都是属于玛克桑斯的手下，他们请他当领袖，因为他们喜欢他；除了他的后任卡尔班提尔和一位名叫米额纳的过去的禁卫军的炮兵队上尉以外。卡尔班提尔是一位暴发的骑兵军官，他最近结了婚，而且是属于城内最有地位的一个家庭保尔尼赤—黑罗的。米额纳是诸艺学校的学生，他曾入伍在一个比其他的军团都高越的军队里。在帝国军队里有两种不同的军人。大部分的军人对于中产阶级，对于“市井小民”有贵族轻蔑平民、征服者轻蔑被征服者的同样的轻蔑。这些人在他们的民事关系之中总不大遵守荣誉的法则，总不大责备那些刀斩中产阶级的人。另外一部分，特别是炮兵，也许因为他们的共和思想，并不采取这种主义，因为这主义只是要把法兰西分为两个法兰西而已：一个军人的法兰西，一个平民的法兰西。如果罗马镇的两位军官波特尔司令官和雷拿尔上尉对于市井小民的意见并没有不同，总还算是吉勒·马克桑斯的朋友的话，米额纳司令官和卡尔班提尔上尉却和中产阶级站在一边，认为玛克斯的行为不光荣。米额纳司令官是一个短小干燥、非常庄严的人，他忙于决定汽机的问题，素朴的生活着，和卡尔班提尔夫妇来往。他的温和气度和他的科学工作使他得到全城的敬仰。所以，人家就说米额纳先生和卡尔班提尔先生跟波特尔司令官和雷拿尔上尉、玛克桑斯和其他军人咖啡馆的常客，这些保守军人的风俗和帝国的老调的兵士“完全不同”。

当布里都夫人回到伊苏当的时候，玛克斯是被中产阶级排除在外的。这个孩子自己显得公正，他从来不到所谓“俱乐部”的会社去，从来不埋怨人家对他的诋毁，虽然他是最漂亮，他是全伊苏当穿得最好看，花费很多，例外的有一匹马的年青人；这在伊苏当，就好像拜仑爵士的马匹在威尼斯一样的奇怪。我们可以看出这位穷措大玛克桑斯是如何的在伊苏当装饰得这样的时髦；因为使他让懦怯而热心宗教的人所轻蔑的他的卑鄙的手段，是和引导阿佳德跟约瑟到伊苏当来的利益有关。看他那大胆的态度，看他那身姿的表情，玛克斯似乎不大顾虑舆论对于他的批评；无疑的，他是在计算有一天可以报复，可以统治那些轻蔑他的人。并且，如果中产阶级不大理睬他的话，他的性格所引起的民众的钦佩刚刚好可以和这种舆论相抗衡；他的勇气，他的威仪，他的决断，都是可以使民众喜欢的，因为民众不认识他的恶劣，甚至于中产阶级也并没有看出他的恶劣的整个范围。玛克斯在伊苏当的权势，就好像福尔热郎在《柏尔特的美女》中所有的权势一样。他是这里的波拿巴特派和反政府派的冠军。人家计算他，就好像柏尔特的中产阶级在大事中计算施米士一样。一桩事情把百日政变的英雄和牺牲者特别的显示出来。

一八一九年，红宫出来的年青保王党军官所带领的一队兵士经过伊苏当到布尔慈去驻屯。不知道在伊苏当这样一个宪政派的城市中怎么办的军官们就到军人咖啡馆去消遣去。在一切的外省城市之中都存在有一个军人咖啡馆。伊苏当的军人咖啡馆建筑在保垒的一角兵械广场上面，由一位旧日的军官的寡妇来维持。这咖啡馆自然而然的变成了城里的波拿巴特派、领半薪的军官或是同意玛克斯的见解而得到城市的精神的允许去表达对于皇帝的崇拜的人们俱乐部。自从一八一六年之后，每年在伊苏当都有一顿宴会庆祝拿破仑的加冕。新来的最初的保王党问咖啡馆要报纸看，其中所要的有《每日新闻》和《白旗报》。伊苏当的舆论，特别是军人咖啡馆的意见，绝不容纳保王党的报纸。这咖啡馆只有《商报》，这就是被令停刊的《宪政报》不得不于几年的期间之内所改换的名字。但是，正如这个题目第一次在巴黎新闻纸的第一栏上出现而说是"《商报》本质上就是《宪政报》"，人们还继续叫它做《宪政报》。一切的订户都抓住满充着反对论和调皮话的双关语，人家就是以此来请求订户们不必注意招牌，因为酒总应当是一个样子的。肥胖的妇人就在柜台的高处回答保王党党徒说她并没有他们所要求的报纸。

"那么，你们所收的是什么报纸呢？"军官之中的一位上尉说。

一位穿蓝呢短衣而饰有粗布盖膝巾的小年青伙计就拿了《商报》来。

"啊！这就是你们的报纸！你们还有别的报吗？"

"没有，"伙计说，"只有这一种。"

上尉扯破了这张反对派的报纸，一片片的扔在地下，把痰吐在上面，说："简直是纸牌！"

十分钟之内，用您所知道的勇气和精神来侮慢教士的报纸、来凌辱反对派宪政党和自由党的消息就在街中散布，和光线一样的传遍了各家庭；人家是从一个地方传到另外一个地方去的。大家众口一声的说："咱们告诉玛克斯去！"玛克斯不久就知道了这事情。当玛克斯在波特尔司令官和雷拿尔上尉的陪伴之下，后面跟着好奇要看这幕戏的结局而停留在兵械广场上面的三十来个年青人走进了咖啡馆的时候，这些军官们还没有结束他们对于这"纸牌"所加的戏弄。咖啡馆不久就满充着人。

"伙计，我的报纸呢？"玛克斯温和的说。

人家演了一幕小小的滑稽剧。肥胖的妇人用了恐惧而和解的神气说："上尉，我拿他借给人家看了。"

"您去找去吧。"玛克斯的朋友之中的一位嚷着说。

年青的军官笑着对中产阶级们斜斜的投去几道眼光。

"人家把它扯破了！"城里的一位年青人嚷着说，看了看年青的保王党上尉的脚下。

"谁敢扯破报纸？"玛克斯用雷一般的声音问，他的眼睛冒着火，叉着手，站了起来。

"我们而且还在上面吐过痰哩。"三位年青的军官回答着，也站了起来，瞧着玛克斯。

"你们侮辱了我们全城。"玛克斯说着，他的脸色变成灰白的。

"那么，以后呢？"最年青的军官问。

用了这些年青人所预想不到的狡狯、大胆和迅速，玛克斯就给站在前面的第一个军官批了两个嘴巴，对他说："您懂得法文吗？"

大家就到佛拉斯柏罗小径去打架，三个人对三个人。波特尔和雷拿尔绝不允许吉勒·玛克桑斯一个人和军官们理论。玛克斯杀死了他的对手。波特尔司令官给他的对手中了一个重伤，这位可怜的贵族的儿子第二天就死在医院里。至于第三个呢，他还清了剑债，伤了他的对手雷拿尔上尉。全队的兵士当天夜里就开到布尔慈去。这桩事传遍了全柏利，而吉勒·玛克斯也就确定的成为英雄了。

一切年青的游手好闲骑士队——年纪最大的还到不了二十五岁——都钦佩玛克桑斯。其中有几个不但不跟家庭共同对玛克斯装出矫揉造作的样子或是严酷的态度，而且还很羡慕他的地位，觉得他是幸福的。在这么一个领袖的指导之下，这团体就做下了许多惊人的事情。一八一七年正月以后，没有一个星期全城不是被一桩新奇的恶作剧所惊动。由于体面的关系，玛克斯强求骑士们某种条件。他颁布了许多规则。这些魔鬼就变成阿摩罗斯的徒弟那样的便捷、鸢鸟那样的大胆，精于一切的运动，跟强盗一样的雄壮和机敏。他们学得一身好本领，攀登屋瓦，爬上房屋，无声的跳跃和行走，炼化石灰，封锁门户。他们有一个制造绳索、绳梯、器具和假扮的工厂。所以这些游手好闲的骑士就走到了理想的恶作剧的地步，这不但是在实行方面，而且也是在他们对于自己的把戏所有的观念方面。他们终于有了这种作恶的天才，可以使巴奴尔克高兴，可以使人们发笑，可以使牺牲者变成很可乐的，甚至于都不敢埋怨。这些纨袴子弟的家庭并且是有智慧的，可以让他们得到一些有用的学识来帮助他们的犯罪。

严冬的时节，这些天生的魔鬼就好好的把火炉从厅中移到院里来，装满着木头，使它能够一直烧到天亮。全城的人于是都知道某某先生（一个吝啬人）想法子烧暖院子。

有的时候，他们就埋伏在大马路和下马路，这是城里的两条大路，许多小街都通到这两条路上来。每一个人都隐伏在一个墙角，在这些小街的一端，头朝着风，正在每个家庭开始入睡的时刻，他们就从城的这一边到那一边一个门一个门的惊惶的嚷着："怎么回事？……怎么回事？"这句问话的不断的重复惊醒了中产阶级，这后者就穿着衬衫，戴着棉帽，手里拿着灯火，互相询问，开了最奇异的会议，做了最怪形的面目。

有一位年老的订书人相信是魔鬼。正如一切外省的工匠一样，他是在一间低下的铺子里工作的。装做魔鬼的骑士们半夜里闯进了他的店铺，把他装在堆着木屑的箱子里，让他和三位被害的英雄一样的喊叫。这位可怜的人惊醒了他的邻居，告诉他们看见吕西发鬼，而邻居们也没有办法打破他的相信。这位订书人就发疯了。

在一个寒冷的严冬里，骑士们拆毁了税务局局长的火炉烟囱，而在一个夜晚之间神不知鬼不觉的重新盖了一个同样的。这个火炉烟囱的里边是有意的盖着可以使房内冒烟。税务局局长受了两个月的罪才知道这么满意的一个烟囱为什么会捣这个鬼，他也就不得不重新改建了。

有一天，他们拿了三捆涂硫磺的草扎和一些涂油的破纸塞在一位信教的老太太、何仓夫人的朋友的烟囱里。清早起来，当这位和平而温存的可怜的女人生火的时候，她还以为是点着了火山。救火队来了，全城的人都跑来，因为在这些救火队之中也有几位游手好闲的骑士，他们就把老太太的房子灌得和水灾一样，给她怕火灾之后又让她怕水灾。她因为这一吓却吓出病来了。

当他们要使什么人整夜的武装戒备而非常不安宁的时候，他们就给他写了一封匿名信，预先告诉他有人要来偷东西；然后他们就一个一个的沿着他的围墙和他的十字窗走，大家都用吹口哨互相的呼唤。

他们的一个最有意思的恶作剧，最使全城长期快乐而还在传诵的恶作剧，就是向一位可以留下很多遗产的吝啬的老太太的一切的继承人写信，说是这位老太太死了，请他们于加封证明的时刻准时来。差不多有八十个承继人都从发当、圣福罗兰、维尔桑和其他的近郊挂孝而来；不过他们还是很快乐的，有的带着他们的妻子，寡妇们就带着他们的儿子，儿子们就跟着他们的父亲，有的坐着皮篷式的小车，有的坐着柳树制的轻马车，有的坐着恶劣的大车来。您可以想象一下老太太的女仆看见最初到来的客人时是一幕如何的景象！再请您想象一下法律公证人之间的相互探询！……这就好像是伊苏当城的一个暴动似的。

终于有一天，县长先生觉得这种事情不能容忍，然而他却不知道到底是谁开了这个大玩笑。当然他就怀疑到这些年青人；但是因为那时候的伊苏当只有名义上的国防军，事实上并没有任何的驻屯军，所谓宪兵队的中尉只有八个宪兵，他不巡哨，没有法子得到证据。这位县长于是就受到“夜间事程”的洗礼了，不久也就当了“黑兽”了。这位县官平常习惯早饭吃两个鲜鸡蛋。他在院里养鸡，除了吃鲜鸡蛋的奇癖之外，他又有亲身下手煮鸡蛋的怪癖。据他说，他的妻子、他的女仆，任何的人都不知道好好的煮鸡蛋；他看着他的表，吹嘘说在这一点上他是世界第一的。他煮了两年的鸡蛋，而他的成功可以给他成千的笑谑。一个月之中，人家每天夜里都偷走了他的鸡蛋，用硬鸡蛋来代替。县长先生一点儿也不领悟，他丢掉了他的“鸡蛋县长”名声。结果他也只好用另一种方法来吃早饭了。但是他一点儿也不怀疑游手好闲的骑士，因为这把戏要得太巧妙。玛克斯发明一种方法每天夜里给他的火炉管涂上一种非常臭恶的油，使他没有法子留在家里。这还不算够：有一天，当他的夫人要到教堂去做弥撒的时候，她发现肩巾里面黏有一种非常坚硬的物体，她也只好不用它。县长问出了这个变化。他的怯懦和屈服确切的建立了游手好闲骑士的戏谑的神秘的权威。

在微贱街和悲愁广场之间那时候存在有一个区域，下面由人工河的河流，上面由堡垒圈成的，自兵械广场一直到陶器市场为止。这一块不整齐的四方形的土地内堆满有悲愁的房子！一间一间的挤着，由这样狭窄的街道分隔着，不能够同时走过两个人。城里的这一块地，这一个类似神迹空场的地区，被一些穷人或是操作没有多大出息的职业的人占住，他们就住在这些陋室，这些通俗的语言所形容的所谓的“独眼屋”里。无论什么时代，这都是一个被咒骂的地区，过坏生活的人的巢穴的所在，因为其中的一条街就叫做刽子手街。不止是五世纪了，本城的刽子手就在这里有他的“红门”的房子。沙都罗的刽子手的帮手还住在这个地方，如果应当相信一般的传闻的话，因为中产阶级从来没有看见过他。只有葡萄种植人和这位从前人传授医治拆骨刀伤术的神秘的人物有来往。以前，当本城有点省城的气味的时候，妓女们也就居住在这一带。那里有一些好像不能寻找买者的售卖货物的商人，还有带着一大堆诱惑人的货品的估衣客和一切城市里都有的一两个犹太人所统治的地方的可疑的居民。在这些黑暗的街道之中的一个角落里，在这区域的最热闹的地方上，从一八一五年至一八二三年之间（也许更晚一点）存在有一个酒楼，是一位名叫葛纳特姆姆的女人所开设的。这个酒楼是用一大串的白石盖成的，间隔的地方是用碎石和灰泥填实的，两层楼还加上一层仓库。门上发亮着一条类似福罗兰斯的青铜的大松枝。好像这记号还不够清楚一样，人们的眼睛又被一张贴在框饰上的蓝色的告牌所抓住，上面是这些字——“财神牌好啤酒”。一位兵士拿着一个小瓮给一位露出长颈的女人所拿的酒瓶倒上喷着泡沫的酒，这整个的告牌有一种可以使德拉古瓦头晕的颜色。地面层是一间大厅，同时作为厨房和饭厅之用，在这大厅椽桁的螺丝钉上挂有许多这商业的必要的物品。厅的后面一个扶梯引到第二层楼；在这扶梯的底下却朝着一间长形的小房子开了一个门，这房子是由类似烟筒的外省的狭小漆黑而高耸的院落透进光线的。这房子是隐在侧屋之后、藏在围墙之内，不会让人看见的，所以伊苏当的坏孩子们都到这里来召集他们的列侯会议。表面上，葛纳伯是在市场开放的日子款待乡下的来客；但是暗地里他却是游手好闲的骑士的旅馆主人。这位葛纳伯从前是在几个富豪家里当马夫的，最后他就娶了好人家的女厨做葛纳特姆姆了。正如在意大利和波兰一样，罗马镇还继续着依照拉丁文的办法在丈夫的姓氏后面加上一个表示女性的语尾来呼唤人家的妻子，所以葛纳伯的妻子就叫做葛纳特姆姆。葛纳伯和他的妻子两个人凑合了所有的金钱购买了这所房子，开了他们的酒楼。葛纳特姆姆是一位差不多四十岁的女人，高大而肥满的身材，罗克斯兰的鼻子，深灰色的皮肤，黑玉色的头发，圆亮活泼的棕色的眼睛，聪明而带笑的神气；她被吉勒·玛克桑斯选来当团体的黎昂拿德，因为她的特殊的性格和她的烹饪的天才。葛纳伯看来有五十六岁的年纪，他是短小的，顺从他的妻子，依着她对他加上不断的笑谑，他只能够用一只好眼睛来看察事物，因为他是独眼龙。自一八一六年至一八二三年之间七年的光景，丈夫和妻子两个人从来没有漏泄过任何关于这些夜间发生在他们店里的事情和在那里所计划的阴谋的秘密；他们对于这些骑士们最有感情；至于他们的效忠，这则是绝对的；但是也许人家会觉得他是没有那样善良的，如果人家想到他们的缄口和感情只是因为要保证他们的利益而已。夜里某一个时刻，当骑士们到葛纳特姆姆店里来用某种形式叩门的时候，听到这种记号的葛纳伯就起了床，生了火，点了蜡烛，开了门，到地窖里寻找特别为这团体而购买的美酒，而葛纳特姆姆也就给他们预备一顿丰富的宵夜，或是在前夜甚至于当天所决定的出发之前，或是在这出发之后。

当布里都夫人从奥黎昂到伊苏当来的时候，游手好闲的骑士们正在准备一个最奇妙的恶作剧。一位老西班牙俘虏和平时节还留在国内做谷粮的买卖，他很早来到市场，把他的空大车放在伊苏当塔楼的脚下。第一个来到这一夜的约会地点塔楼脚下的玛克桑斯听到一声轻微的口吻质问他：

“今天夜里我们要干些什么呢？”

“法利奥伯的大车在那儿，”他回答说，“我几乎在上面碰破了鼻子，我们先把这车拉到塔楼的小丘上面去，然后再瞧瞧看。”

我们已经说过，当李查尔建筑伊苏当塔楼的时候，他是把这塔楼建立在盖在罗马教堂和塞尔特民族的寺院的地点的第五世纪教堂的遗址上面的。这些废墟每一个都代表一个悠长的时期，他们是用三个时代的建筑物来堆成一个山丘的。所以狮心李查尔的塔楼是在一个圆椎的尖顶上，这圆椎的斜坡各方面都是一样倾削的，人们只能够用攀爬才可以走到上面。为着用几句话而能够惟妙惟肖的描写这塔楼的姿态起见，我们可以把他和建在基座上的吕克苏尔方尖石碑相比较。这个包藏有无数未发现的考古学宝库的伊苏当塔楼的基座在朝城那一方向有八十尺的高度。一个钟头之中，这大车就被他们拆毁了，一块一块的扯扬在山丘之上、塔楼的脚底，这工程就好像是兵士们抬着大炮越过圣柏尔拿尔山一样。他们又把大车凑合起来，把一切的痕迹都小心的消灭了，好像这大车是被魔鬼或是鬼女的小棒移到那里似的。完工了之后，这些既饥且渴的骑士们又回到葛纳特姆姆的酒楼来，他们不久就围坐在小低厅的桌上，大家预先嬉笑着十点钟左右去寻找大车的法利奥的脸色的变化。

自然，这些骑士们并不是每天夜里都有他们的把戏的。施卡拿勒尔、玛斯卡里伊、施卡班的天才合在一起也不能够每年找出三百六十个恶作剧。第一，环境不是随时都可以允许的：月亮太光明了；最后的把戏是太使贤慧的人激怒了；还有，有的人往往拒绝给他们的亲戚开玩笑。但是，如果这些怪人不是每天夜里都在葛纳特店里见面的话，他们在白天里却互相逢遇，干些人们所允许的乐事，一块儿打猎，秋天一块儿收成葡萄，冬天一块儿溜冰。在这城里的二十个抗议社会的朦胧的年青人之中，有几个是比其他的人更为连属玛克斯的，他们崇拜玛克斯就和崇拜偶像一样。这种性格往往过于信任青春。原来，何仓夫人的两位孙子，何仓·佛兰苏和保尔尼赤·巴鲁赤，都是玛克斯的参谋。这两位孩子差不多把玛克斯看做表兄弟，他们承认本地人对于陆士铎的不正当行为所给他们生下的亲属关系的意见。玛克斯并且很客气的借给他们祖父或外祖父何仓所拒绝他们的钱款：他带他们去打猎，他制造了他们；他终于能够在他们身上施展一种比他们的家庭还有权力的影响。这两位孩子都是孤儿，虽然他们已经成年了，但是他们还是在他们的祖父或是外祖父何仓先生的保护之下。当这著名的何仓先生发现他们参与这幕喜剧的时候，我们可以解释他们是在哪一种环境之下变成这样的。

这时候，佛兰苏和巴鲁赤（为着故事的清晰起见，我们只称呼他们的宗教名）正坐在一张由四支一磅八根的蜡烛光所照耀的桌中，玛克斯的左右边。大家已经喝了十二瓶甚至于十五瓶不同的葡萄酒，因为这聚会只有十一个人。巴鲁赤这个宗教名已经指示他是加尔维尼派新教徒在伊苏当的遗裔，当酒力放松他们的舌头的时候，他就对玛克斯说：

“你要在你自己的范围内受到威吓了……”

“你这话是怎么讲的?”玛克斯问。

“我的外祖母收到她的干女儿布里都夫人的一封信，说是她和她的儿子都要来了。我外祖母昨天已经预备好两间房子接待他们。”

“这跟我有什么相干呢?”玛克斯说着，举了他的酒杯，一饮而尽，再用一个滑稽的姿态把他放在桌上。

那时候玛克斯是三十四岁的孩子。放在他附近的一支蜡烛就在他那好斗的脸孔上放射着他的微光、照耀着他的额头，明晰的显露出他那洁白的脸色、冒火的眼睛、略为卷曲而有黑玉色泽的头发。这个头发坚硬的竖立在他的额头和鬓角之上，就这样的透出了五个黑色的发舌，就是我们的祖宗所谓的“五柳发”。虽然有这黑白二色的突然的对立，玛克斯却有一个非常甘美的体格，从侧面看可以显出和拉发埃尔给圣母所刻的肖像相类似的美丽，他的嘴是标准的，他的嘴唇也常常荡漾着温柔的微笑，玛克斯最后所采取的一种风姿。柏利人脸上所有的丰富的色调更增加了他的悦人的气质。当他真正发笑的时候，他就显露出他那配得装饰小情妇的娇嘴的三十二个美牙。五尺四寸的身材，玛克斯的身段是很平均的，不胖也不瘦。如果他那小心爱护的双手是白皙而美丽的话，他的脚也可以使人回想到罗马镇和帝国的步卒。他一定可以当一位伟壮的师长；他有一副可以给他带来法兰西元帅的幸运的肩膀，和一个可以包含欧罗巴一切秩序的胸脯。智慧促进他的动作。总之，天生的温和，正如差不多一切爱情的结晶一样，他的真父的贵质是在他的身上发光的。

“玛克斯，你难道不知道，”本城最高明的医生老军医高德的儿子在桌子的一头嚷着说，“何仑夫人的干女儿就是鲁志的妹妹吗？如果她跟她的画家儿子一块儿来的话，这无疑的是因为要恢复这位老头儿的承继权，你也不要想你的收获了……”

玛克斯皱着眉毛。然后，他就向桌上每一个人的脸上轮流的瞧了一眼，考察这句问话对于他们所生的影响，这样的回答：

“这跟我有什么相干呢？”

“但是，”佛兰苏接着说，“我觉得如果老鲁志废除了他的遗嘱，这张有利于打水姑娘的……”

玛克斯就在这里打断了他的参谋的话，说：

“当我到这里听见人家用三十年来加在您的名字上面的双关语‘五位何仑之一’来呼唤您的时候，我就掩住了那些这样呼唤你的人的嘴，亲爱的佛兰苏，而且是用这样粗暴的态度，甚至于使伊苏当人没有一个敢再重复的给您开这个玩笑，至少不敢在我前面这样的呼唤您，然而现在您却这样的跟我算账：你用这个含有侮辱性的绰号称呼这位和我有关系的女人！”

玛克斯从来没有这样说过关于他和这个佛兰苏刚用伊苏当人所共知的绰号来呼唤的女人的关系。从前的狱船俘虏是有相当的经验的，这位禁卫军手榴弹队司令官相当清楚什么叫做名誉，他猜想得到城里人的轻视是从哪里来的。所以他从来没有让任何人说一句关于鲁志·约翰一约克的女仆兼情妇的勃拉西尔·佛罗尔小姐，就是何仓夫人所极力称为寄生虫的，并且每一个人也都知道不是他先开口就来谈论这问题会使玛克斯愤怒，玛克斯也从来没有开口说过这问题。总之，如果他的好朋友嘲笑打水姑娘的话，玛克斯就大有愤怒生气的危险了。当人们向同等地位的两个军官（波特尔司令官和雷拿尔上尉）说到玛克斯和这位女人的关系的时候，波特尔就回答说：

“如果他是鲁志·约翰—约克的私生兄弟的话，您为什么不愿意他住在鲁志家呢?”

“并且无论如何，”雷拿尔上尉接着说，“这位女人是一盘好菜；如果他爱了她，这又有什么坏处呢？小高德难道不是为着得到费赤夫人的女儿而爱恋费赤夫人吗？他不是为着这个报酬而干这个苦差事吗?”

受到这应得的谴责之后，佛兰苏就找不到他的思路；并且当玛克斯温和的对他说“讲下去吧……”的时候，他就更觉得找不到思想了。

“我绝不说了!”佛兰苏叫了起来。

“你生气生得不对，玛克斯。”小高德嚷着，“在葛纳特姆姆家里，不是什么话都可以说的吗？我们不都是我们之中到外面去还回想这里所说的话、这里所想的事、这里所有的行为的人的死仇吗？全城的人都管勃拉西尔·佛罗尔叫做打水姑娘；如果这个绰号不留心从佛兰苏口中说出来的话，这难道是妨碍游手好闲骑士团的罪状吗?”

“不，”玛克斯说，“但却妨碍我们的特殊的友谊。我反省一下，我想我们真是太游手好闲了，我已经对他说，请他再讲下去。”

深沉的寂寞统治着。这休止是每个人都觉得别扭的，所以玛克斯就叫了起来：

“我要继续为他（感慨），为你们一切的人（惊异）……对你们说，你们到底在想些什么！（深切的感慨！）你们想佛罗尔、打水姑娘、勃拉西尔、鲁志伯的女管家，因为人家都叫他做鲁志伯，这位永远没有孩子的老孩子！我说，你们想，自从我回到伊苏当之后，她曾供给我一切的需要。如果我每月能够从窗口丢去三百佛郎，像我今天晚上一样的常常宴飨你们，借钱给你们一切的人的话，我的钱就是从勃拉西尔小姐的钱包里拿出来的，不是吗？好，是的！（深切的感慨）我向上帝发誓，是的！一千个是的！……是的，勃拉西尔小姐是瞄准了这位老头儿的承继……”

“她得到了自父及子的承继权了。”小高德在他的角落里说。

“您以为，”对小高德的话微微的笑了一笑之后，玛克斯就继续着说，“我计划在鲁志伯死了之后娶佛罗尔，而今天我第一次听到的这母子二人，他们要来破坏我的前途吗？”

“对的，就是这个！”佛兰苏嚷着。

“这是一切桌上的人所想的。”巴鲁赤说。

“好吧，你们放心，朋友们，”玛克斯回答说，“‘受到警告的人就等于两个人！’现在，请问游手好闲的骑士们：如果为着送走这两位巴黎人而需要大家的帮忙的话，你们肯给我效劳吗？……噢！在我们不得不弄一套把戏的范围里。”他看见群众的一个共同的动作，就热烈的加上一句说，“你们相信我要杀死他们、加害他们吗？……谢谢上帝，我并不是傻子。并且，最终，布里都母子是要成功的，佛罗尔只能够有她所有的，我也就满足了，你们懂了吗？我相当的喜欢她，宁可要她而不要费赤小姐，如果费赤小姐要我的话！”

费赤小姐是伊苏当最富有的女承继人，小高德对于这位女人的野心是他所以对她的母亲的爱慕的大原因。坦白诚恳是有价值的，十一个骑士就一致的站了起来。

“你真是一位好孩子，玛克斯！”

“我这么说，玛克斯：我们要当解放的骑士。”

“布里都母子是粪土！”

“我们要治他们，布里都母子！”

“总之，我们已经看见过三个人娶牧女！”

“好家伙，陆士铎伯爱上了鲁志夫人；爱一位自由而没有束缚的女管家不是更少麻烦吗？”

“而且，如果已故的老鲁志有点当玛克斯父亲的成分的话，这在家庭上是常有的事。”

“意见是自由的！”

“玛克斯万岁！”

“打倒伪君子！”

“我们喝一杯，庆祝佛罗尔的健康！”

这些是游手好闲骑士团在他们的懈怠的道理观念的允许之下所发出的十一句回答、欢呼或祝辞。人家可以看得出玛克斯当游手好闲骑士团的领袖是多么有意思的。在发明这些恶作剧之中，在指挥这些大家庭的年青人之中，玛克斯想要利用他们有一天来支援他恢复他的名誉。他温和的站了起来，举起一满杯的保尔都葡萄酒，大家都等着他的演讲：

“为着我所要你们做的恶作剧，我希望你们每一个人都有一位和佛罗尔一样漂亮的女人！至于亲戚的侵害，我现在一点儿也不怕；至于将来，我们以后再瞧吧！”

“我们不要忘记法利奥的大车！”

“真的，这车是很安全的。”小高德说。

“噢！我要负责完结这个戏谑，”玛克斯叫了起来，“你们早些到市场去，再来告诉我当这位老头儿寻找他的大车时……”

清早三点半钟响了，骑士们就静悄悄的出去，穿着布边短袜，一声不响的紧靠着墙边回到家里去。玛克斯慢慢的走回城中高处资产阶级的区域圣约翰门和维拉特门之间的圣约翰广场来。吉勒司令官装做不怕的样子，实则这个消息确是打击了他的心坎。自从他在狱船上下生活以来，他的虚伪已经变得和他的腐败一样的深刻了。第一，我们得知道清楚，吉勒对于勃拉西尔·佛罗尔的情感大半是建筑在鲁志伯所有的四万佛郎租金的地产上的！在他的举动之中，我们可以看出打水姑娘是如何懂得从老孩子的柔情之中给玛克斯保证将来的经济上的安全。然而，合法承继人的来临的消息，本质上摇动了玛克斯对于佛罗尔的力量的信仰。十七年来所节省下的金钱还是用鲁志的名义存起来的。如果佛罗尔所说的久已写好的有利于她的遗嘱废除了的话，至少可以用勃拉西尔的名义来存放保留这一笔款。

“这位傻小姐七年了都没有对我说过一句关于外甥和妹妹的话！”玛克斯嚷着，一边从马尔莫斯街转进阿维尼尔街。“放在布尔慈、维尔桑、沙都罗各地方的六个或是十二个不同的事务所的七十五万佛郎不能够在一星期之内把它变卖，或是存放在国库里，而不让人家知道他是存在一个说闲话的地方！最重要的是得排除亲属的关系；但是一旦我们解放了之后，我们就得想方法变卖这个产业。总之，我得想这个……”

玛克斯疲倦了，用了他的公用钥匙，回到了鲁志伯的家里，一声不响的睡下，而对自己说：

“明天，我的思想一定会清楚一些。”

这里无妨说一说这位圣约翰广场的女王怎么得有打水姑娘的雅号，怎么样变成鲁志家里的主人。

年纪老了，约翰—约克和布里都夫人的父亲老医生看到他的儿子的无能，就严厉的管教他，希望能够使他养成习惯，学点乖；

一个半裸体的少女穿着一条破短裙，一张大纸就算是她的头巾。

但是在不知不觉之中，他就把他的儿子养成屈服在羁縻他的暴虐之下的习惯。有一天，出诊回来的时候，这位狡狯苍老的老头儿看见在迪物里大路的草场旁边有一位可爱的少女。听到马的声音，这位女孩子就站在一个小溪中；这些小溪从伊苏当的高处看来很像绿色长袍中的银色的缎带。好像是河畔的女神一样，这位少女忽然给医生显出了画家所不能够想象的圣母一般的美丽的头。认识本地的老鲁志并不认得这个美丽的神迹。一半裸体的少女穿着一条破短裙，是劣质的灰白相间的毛布所制成的。用柳枝编结的一张大纸就算是她的头巾。在这张满充着小棍和椭圆形的学生用纸的下面结着一个头梳所梳好的美丽的金栗色的发结，真是夏娃的女儿所能有的。她那褐色的窈窕的胸脯，她那好不容易被破围巾盖住的颈项（这围巾以前是一块印度棉布），显出许多褐色底下的白块。穿过两只腿盖到半身而用一个大别针夹住的裙子就好像一件游泳的短裤似的。在清水底下可以看得见的脚和腿，是和中世纪的雕像一样的雅致的。这个露在阳光之下的动人的身体有一种温美的红润的色调。颈项和胸脯是配得用毛织物和丝织品来包裹的。这个女仙还有一双可以使画家和诗人下跪而带有长睫毛的蓝眼睛。医生是相当有知识的解剖学家，他可以认识一个纤细的身材，他懂得如果这个动人的模特儿毁坏在田野的工作之中的话，就是艺术的损失。

“你是哪里的人，小姑娘？我从来没有看见过你。”老医生说，那时候他已经七十岁了。

这一幕景象是一七九九年九月所发生的。

“我是发当人。”女郎的回答。

听见一位中产阶级的声音，一位脸色难看而站在两百步以外的小溪上流的人就仰起头来。

“你到底干什么，佛罗尔？你跟人家谈天不打水，货色都要跑掉了！”

“那么，你从发当来这里干什么呢？”医生问着，并不在意那个人的诘问。

“我替叔叔勃拉西尔来打水来。”

“打水”是柏利人所说的一句话，可以描写清楚下面的意思：用一个粗树枝打着溪水，使它激动；树枝是编成球拍的样子的。被这莫名其妙的动作所惊动的小虾就赶快的逆流而上，惶恐的投入渔夫所安放在适当的地方的器具里。勃拉西尔·佛罗尔就以自然而天真的温雅的手拿着打水拍。

“但是你叔叔得到许可在这里打虾吗？”

“哎，我们难道不是在同一无分别的共和政府的统治之下吗？”勃拉西尔叔叔从他的地方嚷着说。

“我们是在总裁政府的统治之下，”医生说，“我也并不认识许多发当人到伊苏当地界来打鱼虾的法律。”医生回答说。“——你有你的妈妈吗，小姑娘？”

“没有，先生，我的爸爸在布尔慈救济院里；他在田里头受到太阳的打击而变成疯狂了。”

“你赚多少钱？”

“打水季每天赚五苏；我要一直打水打到勃礼纳去。秋收的时候，我拾散穗。冬天的时候，我纺织。”

“你快十二岁了吧？”

“是的，先生。”

“你要不要跟我来呢？你有好的吃、好的穿，还有好看的鞋……”

“不，不，我的侄女得跟我在一起，在上帝面前，在世人面前，我都有养活她的责任。”勃拉西尔叔叔说着，走近了他的侄女和医生，“我是她的保护人，您瞧瞧！”

医生忍住了微笑而装做严肃的神气，这是一切看见勃拉西尔叔叔的人所有的神气。这位保护人的头上戴有雨蚀日晒剪切得和生有许多蛹虫的白菜叶一样而粗修白线的帽子。在帽子的下面画有一个黑凹的脸孔、嘴、鼻和两只眼睛刚刚好是在那里形成了四个黑点。他的破短衣就好像一块地毡似的，他的裤子是抹布制成的。

“我是鲁志大夫，”医生说，“因为你是这位孩子的保护人，请你带她到圣约翰广场我的家里来；你可以过一天好好的日子，你的侄女也一样……”

于是，没有等到回答而确信勃拉西尔叔叔和这位好看的打水姑娘会到他的家里来，鲁志大夫就用刺马钉刺着马的两腿，到伊苏当去。果然，当医生上桌的时候，女厨房就来报告勃拉西尔公民和勃拉西尔女公民的来临。

“你们坐吧。”医生对叔叔和侄女说。

总是赤着脚的佛罗尔和她的保护人都用昏迷的眼睛观看医生的饭厅。原因是这样的。

鲁志从德斯高恩夫妇承继而来的房子坐落在狭窄的长方形而种有几棵瘦菩提树的圣约翰广场的中间。这地带的房子比任何地方的房子都盖得好，德斯高恩的房子又是这些房子之中的一所最好的建筑。这所房子坐落在何仓先生的房子的对面，第二层楼的正面有三个十字窗，地面层有一个车门，可以通过到庭院，庭院过去就伸展着一个花园。在这大门的穹窿之下有一个门通到由朝街的两个十字窗所照耀的大厅。厨房就在这大厅的背后，但是其中有一个通到第二层和屋顶房的扶梯给他隔开。厨房的转弯有一个堆柴处，一个洗东西的厂棚，两匹马所住的马厩和一个车房，上面是一些存放荞麦、刍秣、稿梗的小仓库，大夫的仆人也就睡在那里。乡下女郎和她的叔叔所崇拜的大厅的装饰有一块漆成灰色的路易十五式的木刻装板壁，一个云母石的美丽的壁炉，佛罗尔就在这壁炉上边的一面没有比这更好而有金色雕边的大镜中来照临。在这装板壁上面，这里那里的可以看见几张图画，是从德奥尔、伊苏当、圣吉尔达、布礼、僧沙尔—柏诺瓦、圣苏尔比斯的修道院，布尔慈和伊苏当的女修院抢来的。国王和信徒的慷慨曾加富了这些宝贵的礼物和文艺复兴的最美丽的杰作。所以，在德斯高恩所收藏而传留给鲁志的图画之中居然有阿尔班的《圣主的家庭》、多米尼干的《圣热龙姆》、柏冷·约翰的《基督头像》、凡西的《圣母》、抵抗围攻而在路易十三朝代被斩的柏拉布尔侯爵处来的迪田的《基督负执十字架图》、维罗尼斯的《拉撒尔》、热内瓦教士的一张《圣母结婚图》、两张吕班的教堂图、一张柏鲁干自己或是拉发埃尔所临摹的柏鲁干所画的图，还有两张高勒志和一张沙尔多·安德利。德斯高恩夫妇曾在教堂里所有的三百张图画之中抽选了这些出来，他们并不知道这些图画的价值，只是按照他们的保存的情形来选拔而已。很多的画幅不但有壮丽的框架，而且有的还是装玻璃的。德斯高恩夫妇所以保留这些丝绢，完全是因为框架的美丽和玻璃的价值。这厅中的家具并不缺乏我们今日所重视而当日在伊苏当不值一钱的奢侈品。放在壁炉上两个六支银烛台之间的时辰钟有一种修道院的气派，表现出曾经布尔加以雕刻。雕花的榛木靠椅曾经由几位高贵的虔诚的女人整个用布套盖上，是现在我们所重视的，因为他们都镶有王冠和勋章。在两只十字窗之中有一个富丽的壁架，是从一个别宫来的，在这壁架的云母石上放着一个大中国瓶，是大夫放烟草用的。无论是医生本人也好，是他的儿子也好，是女厨也好，是仆人也好，他们都不爱惜这些财宝。人家就在一个幽雅的灶上吐痰，使他那黄金色的剜形墙上增加了许多灰绿色的花纹。一个美丽的悬烛台，一半是玻璃的，一半是瓷花的，正如所挂的天花板一样，点缀有许多的黑斑，可能证明苍蝇是怎么样的在那里逍遥自在。德斯高恩夫妇曾用修道院方丈床上的缎锦来给窗户做窗帘。在门的左边，一个价值几千佛郎的箱子就拿来当做碗橱用。

“我们瞧，方赤黛，”医生对他的女厨说，“两个酒杯！……再给我们一些好酒。”

方赤黛是柏利的一位肥胖的女佣，她在葛纳特之前是伊苏当的最好的厨手。她听了这句话就赶快的跑去，一方面表露出医生是如何的专制，一方面显示着她是如何的好奇。

“你家里那一边一亩葡萄园值多少钱呢？”医生一面说，一面给大勃拉西尔斟上一杯酒。

“一百个银厄古……”

“好吧，请你让你侄女在我这里当女仆，她可以得到一百厄古的工钱，你可以用你的保护人的资格来拿这一百个厄古……”

“每年吗？”勃拉西尔睁着眼睛说，眼睛渐渐的变成茶托一样的大。

“我要让你心服，”大夫回答说，“她是一个孤女；一直到十八岁为止，佛罗尔是收不到钱的。”

“她快要十二岁了，所以可以弄到六亩葡萄园。”叔叔说，“但是她很可爱，好像绵羊一样的温和，她身体很好，很敏捷，很听话！……可怜的女孩子，她是我可怜的哥哥眼中的快乐！”

“我还可以先给你一年的工资。”医生说。

“啊！真的，”叔叔就说，“我们就定两年吧，我让她在您这里，因为她在您家里比在我家里好，我太太打她，她受不了，只有我能够保护她，她是一位神圣的女人，和刚出世的孩子一样的纯洁。”

听了这最后一句，受了“纯洁”这个字眼的打击，医生就给勃拉西尔叔叔做了一个暗号，叫他跟自己一块儿出去，先到院子里，再到花园里来，让这位打水姑娘留在桌上，坐在方赤黛和约翰—约克之间，受他们的问话，她也就告诉他们和大夫相遇的经过。

“哎，小姑娘，再见吧！”勃拉西尔叔叔说着，回来在佛罗尔额头上接了一吻。“你可以说是我让你享福，让你留在这位真正的‘贫民的父亲’家里；你得好好的听他的话，跟听我的话一样。你得乖一点、可爱一点，做人家所要你做的事儿……”

“请您整理整理我房子上面的那一间房子，”医生对方赤黛说，“从今天晚上起，这个小佛罗尔，她名字真好，就在那里睡觉。明天我们就要为她叫鞋匠和裁缝来。请您马上给她拿一套食具来，她要跟我们一块儿吃饭。”

那天晚上，伊苏当全城只听见人家谈到年青打水姑娘住在鲁志大夫家里的事。这个绰号也就在这喜欢嘲笑的国度里变成了勃拉西尔小姐的名字了，也许是在她的走运之前、同时或之后。

无疑的，这位医生要小规模的在勃拉西尔·佛罗尔身上干了路易十五大规模的在在罗曼小姐身上所干的事情；但是他是太晚了：路易十五年纪还青，而大夫却已经过了花甲之年。在十二至十四岁之间，这位美丽的打水姑娘真是认到了一个毫无后虑的幸福。一身的华丽的服装，比伊苏当最富有的小姐还有更多的装饰品，她戴了一只金表和许多珠宝，是大夫送给她来鼓励她的学业的，因为她有一位先生负责教她念书、写字和算术。但是乡下人所有的那差不多和动物一样的生活使佛罗尔对于这科学的苦杯觉得非常的讨厌，结果大夫也只好让她停止在这个教育的这一段落上了。他对于这位他所拯救、他所教化的女孩子的计划是用人家所不相信的柔情和动人的方式来实践的，多嘴的中产阶级也就对这加以许许多多的解释，其中的胡言乱语就和玛克斯跟阿佳德的诞生一样，流传了许多错误的谣言。在成千的揣测、许多矛盾的解释、对于一桩事情的发生所加的许多的假设之中，小城市的群众很难辨别真伪。正如从前在杜伊勒利宫中的小普罗方斯省的政客一样，外省人要解释一切、知道一切。但是每一个人都只注意他所注重的事情的一方面；他看出实在，揭破实在而坚持的叙述他这唯一可靠的一方面。虽然这生活是被人看透的，虽然有小城市的人的侦探，事情的真相总是很暧昧的，总得等到没有人注意的时候，或是等到一位站在高超的观点的历史家或高人来整个的观察的时候，才能够被人家认清的。

“您说这位老猴这样的年纪能够跟十五岁的少女干些什么呢？”打水姑娘来了两年之后，人家这样说。

“您说得对，”人家就这样的回答，“他的风流的年华已经过去好久了。”

“亲爱的，这大夫是对他的孩子的愚笨生了反动，他总怀恨他的女儿阿佳德；在这样别扭的情形之下，也许这两年来他只是为着要娶这位小姑娘才这样乖慧的活着，如果她能够给他生一个柔弱而伶俐的美貌的孩子，和玛克斯一样的活泼的孩子的话。”一位有脑筋的人这样的观察。

“请您让我们安静吧！是不是得有陆士铎和鲁志于一七七〇年至一七八七年之间所过的生活才能够于七十二岁生孩子呢？瞧，这位老罪人念过《旧约》，他只是以医生的资格来念的，他念过大卫王是如何的返老还童……就是这么回事，中产阶级！”

“据说勃拉西尔叔叔酒醉的时候就吹牛说是偷了他的！”那些相信其中有坏事的人之中的一个嚷着说。

“呃！我的天老爷，邻居先生，伊苏当人什么不说呢？”

自一八〇〇年至一八〇五年的五个寒暑之中，大夫有教育这位佛罗尔的快乐，而没有罗曼小姐的野心所给多情郎路易十五的麻烦。打水小姑娘把住在大夫家里的生活和住在勃拉西尔叔叔家里的生活相比较是这样满意的，无疑的她就在她的主人的要求之前让步了，正如东方的奴隶一样。喜欢讲纯洁爱情和慈善的乡下人对于某种德性没有多大的观念；在他们身上，狐疑多半是从有关的思想来的，而不是从善或美的感觉来的；生来就看到穷苦，永远的工作和悲愁，这种景象使他们认为一切能够把他们从饥饿的地狱或永远的苦工里拯救出来的都是特权，尤其是当法律并不反抗这景象的时候。如果有例外的，这也是非常稀少的。从社会的观点来说，所谓德性就是适意，德性是以教育为开端的。所以打水姑娘就变成了周围十法里的一切少女的羡慕的对象，虽然在宗教家的眼中她的行为是非常可责的。一七八七年出生的佛罗尔是在一七九三年至一七九八的弛放一切禁令的日子中间养大的，这一时期的回光可以特别的照耀出教士、礼仪、祭坛、宗教仪式的私生活。在这些日子之中，婚姻只是一种法律的配偶，革命的法则也特别给传统的革命发原地伊苏当留下深刻的痕迹。一八〇二年，天主教的威仪好不容易算是恢复了。寻找教士是皇帝的一个困难的工作。一八〇六年，法兰西很多的教区还缺乏教士，因为在狂暴的散乱之后再把断头台上处死的僧侣重新会集起来是很慢的事。所以在一八〇二年，任何东西都不能够责难佛罗尔，除非她自己的良心以外。在勃拉西尔叔叔的侄女身上，良心不是应当比利禄之心更薄弱吗？如果像一切的人所假设的，这位荒唐的大夫是被他的年纪压迫去尊重这位十五岁的少女的话，打水姑娘也不是不会变成一位非常活泼的女人，用当地的俗语来说。然而，有的人还要从大夫对她的不再看顾里来证明她的洁白，大夫已经在他的最后两年的生活中对她不只是表示冷淡而已了。

老鲁志之预见结果相当的惊动一般的人；当他在临终的床上包在百科全书派哲学的大衣之中时候，他的法律公证人就催促他给这位十七岁的少女做些事情，给她一点儿好处。

“好吧，咱们解放她好了。”他说。

这句话可以描绘这位向来没有忘记从他所回答的人的职业中找些戏谑的老头儿。用聪明的举动来掩饰他的卑劣的行为，他让这地区的人宽恕他。在这地区之内，聪明的举动总可以找到理由，特别当他依照个人的利益的时候。法律公证人在这句话里看到了一个误算放荡生活的人的一声集中的怨恨的喊叫，对于一个有力的爱情的天真的对象所加的报复。这个意见可以用大夫的固执来证明，他什么也不给打水姑娘留下，当法律公证人坚持这问题的时候，他就苦笑的说：“她已经很富于美丽了！”

鲁志·约翰—约克一点儿也不哀哭他的父亲，虽然佛罗尔却痛哭了。这位老医生曾使他的儿子变成不幸的，特别是在他成年之后，约翰—约克是于一七九一年成年的。然而老医生却给乡下小姑娘物质上的幸福，这幸福在一般乡下人看来是很理想的。当死者下葬之后，方赤黛对佛罗尔说“好吧，现在先生已经不在了，您要变成什么样子呢”的时候，约翰—约克眼中不禁发了光芒，他那不动的脸孔也第一次的活泼起来了，好像被一道思想的光辉所照耀而绘出一个情感似的。

“让我们去吧。”他对撤除桌上杯盘的方赤黛说。

十七岁了，佛罗尔还保存着交际场中的女人所会保留而在乡下姑娘身上和野花一样快的凋谢的这曾经迷住医生的身材的纤细和特殊的美丽。但是，不再回到田野去在太阳之下工作的美丽的村姑所有的肥胖已经出现在她的身体之上了。她的上身已经发达了。她那肥满而白皙的肩膀描绘出调和连接发皱的颈项的丰富的体格；但是她的轮廓还是洁净的，她的颔部还是细致的。

“佛罗尔，”约翰—约克感慨的说，“您习惯于这所房子吗？”

“是的，约翰先生……”

当他发言的时候，这位承继人觉得他的舌头是被刚刚下葬的死人的回忆所僵冷了，他问自己到底他的父亲的恩惠要到达什么地步为止。佛罗尔看着她的新主人而猜不出他的简陋，她等了一些时候，让约翰继续的谈话；然而她却只遇到他的固执的缄默而离开他走了。无论大夫对于打水姑娘曾经下过何种的教导，她总得有一两天的时间来认识约翰—约克的性格，我们无妨用几句话来叙述约翰—约克的历史。

父亲死的时候，约克已经三十七岁了，然而他却和十二岁的孩子一样的懦怯而服从父亲的规律。这种懦怯可以给那些不愿意认识这种性格或这些事实的人解释他的童年、他的青春和他的生活。不幸得很！这些事实是大家所知道的，甚至于在王子之中也有这些事实的发生，因为达维·苏菲是在更坏于打水姑娘的情景之下被岗地的最后的王子所夺去的。懦怯有两种：精神上的懦怯，神经上的懦怯；一个身体上的懦怯和一个精神上的懦怯。这两种懦怯各不相干。身体可以害怕发抖，然而精神却可以保持镇静而有勇气，相反的情形也是一样的。这是可以解释许多道德上的怪事的钥匙。当这两种懦怯都存在于一个人之中的时候，他的整个生活就等于零了。这种十足的懦怯就是那些我们所谓的“傻子”的懦怯。在这些傻子身内，往往藏有许多被压制的伟大的性质。也许一些生活在坐忘之中的僧侣们就是有这种双重的懦怯的人。这不幸的身体上和精神上的禀性可以从器官和灵魂的健全产生出来，也可以从尚未观察到的缺点产生出来。约翰—约克的懦怯是由他的机能的某种麻木产生而来的，这是伟大的教育或如德斯布兰一样的外科医生所能治疗的麻木。在他身上就好像是在佝偻的人身上一样，爱情的感觉是从智慧所缺乏的力量和敏捷产生出来的，虽然他还有相当的感觉可以让他生存。缺乏一切年青人所流露的理想的剧烈的情欲又加重了他的懦怯。用通俗的话语来说，他是从来下不了主意去追求一位伊苏当的女人的。同时，无论是少女也好，中产阶级的妇人也好，她们也都不能够追逐一个中等身材、态度卑陋、脸孔平常的男子，并且他那一双苍白而带绿色的大突眼睛把他的脸孔弄得非常的丑劣，虽然皱纹和灰白的色调没有使他显出未老先衰的面相。结果，女人们就把这位自觉受情欲的推进和受教育所给他的些微的思想的勒住是同样的剧烈的可怜的男子挑除出去了。在两个平衡的力量之间他不能转动了，他只知道在被迫去回答的时候说话而战栗！可以立刻解放舌头的欲望却使他的舌头僵冷。所以，约翰—约克就变成孤单的，而且不自觉别扭的寻求孤寂。鲁志大夫看出这种性格所产生的疯狂，然而却太晚而无法疗治他了。他很愿意给他的儿子成亲；但是因为这是把他交给一个绝对的统治者，他又犹豫不定了。这不就是把自己的财产让给一位外人，一个素不认识的女人来管理吗？在研究这位少女的当中，他知道对于一位女人的道德的正确的预见是不大容易的。所以，一方面在寻找一位又有教化又有情感的女人，一方面他就想法子把他的儿子推进吝啬的路上。因为儿子缺乏智慧，他就想给这位傻孩子灌进一种本能。他先使他习惯于机械的生活，传授他一些如何投放岁收的固定的意念；然后他就给他免除管理土地的主要的困难，给他留下完整而长期出租的土地。然而这位这样精细的老头儿的聪明却没有看出统治这位可怜虫的生活的事实。懦怯有点像矫情，他有矫情的一切的深沉。约翰—约克非常的爱慕打水姑娘。这而且是最自然的。佛罗尔是亲近这位孩子的唯一的女人，是他可以安心的看到、偷偷的欣赏、随时的研究的女人；佛罗尔替他光耀了他的祖家，她在不知不觉之中给他许多点缀青春的快乐。他不但不嫉忌他的父亲，而且很高兴父亲给佛罗尔所施的教导：他不是需要一位容易而不必用心对付的女郎吗？我们得注意，把他的精神带到她的身上的情欲可以给幼稚愚笨而痴傻的人养成一些智慧，尤其是在青春的时期。在一位强暴的男人身中总有一种兽性的本能，其固执性就好像思想的顽固一样。

师长的教导使佛罗尔知道思考。第二天，她就等着一场重要的会谈；但是，虽然他在她的身边转来转去而用肉欲的表情来阴险的暗瞧着她，约翰—约克却找不到什么话跟她说。最后，在吃饭后点心的时候，这位主人就重复了前夜所演的一幕戏。

“您觉得在这里好吗?”他对佛罗尔说。

“是的，约翰先生。”

“那么，您就留在这里好啦。”

“谢谢，约翰先生。”

这样奇怪的局面经历了一个星期。在一个万籁俱寂的夜里，偶然醒来的佛罗尔听见一阵在她门外的长短平均的人类呼吸声而受惊吓的看见约翰—约克和狗一般的睡在梯头上，无疑的他曾亲手在下面打过两个空洞来察视房里的动静。

“他爱我，”她心里想，“但是这么做他是会伤风的。”

第二天，佛罗尔用某种态度瞧着她的主人。这种缄默的本能的爱情真是感动了她，她觉得再也找不到像他这样丑陋的傻孩子，因为他的鬓角和他那生着一头类似疮疔的疹斑的额头就好像是戴了败血所组成的可怕的冠盖一样。

“您不要回到田里去，不是吗?”当他们两个人单独留下的时候，约翰—约克对她说。

“您为什么问我这个呢?”她瞧着他说。

“随便问问罢了。”鲁志说着，脸色发红得和煮熟的海蟹一样。

“您要把我送回那里去吗?”她问。

“不，小姐。”

“那么，您要知道什么呢?您一定有您的道理……”

“是的，我要知道……”

“知道什么?”佛罗尔说。

“您不会告诉我!”鲁志说。

“会的，一定会，我用一个老实的女孩子的资格来发誓……”

“啊！这个,”鲁志受惊的接着说，“您是一位老实的女孩子……”

“我对天发誓!”

“那个，真的吗?”

“当我这样告诉您的时候……”

“咱们瞧，您是不是跟您叔叔带您来，赤着脚，在这里的时候一样呢?”

“这个好问题，真是!”佛罗尔涨红着脸回答说。

窘住的承继人低下了头，不再仰起。佛罗尔看见这样妩媚回报一个男人的答话却收到了这样狼狈的欢迎不禁愣住而退回去了。三天之后，也是在这个时候，因为他们好像是约好在吃饭后点心的时刻来会战似的，佛罗尔先开口对她的主人说：

“您有什么事情反对我吗?”

“没有，小姐,”他回答说,“绝对没有……（一个间歇）相反的。”

“那一天您好像知道我是一位老实的女孩子而不大高兴似的……”

“不，我只是要知道……（又是一个间歇）但是您不会告诉我的……”

“我发誓,”她接着说,“我会告诉您一切的实情……”

“一切的实情……关于我父亲的？……”他用窒塞的声音问。

“您的父亲,”她说着，深深的瞪着他的眼睛,“他是一个好人……他喜欢发笑，什么！……一桩小事……但是，可怜的好人！……他并不是缺乏好心……总之，我也不知道为什么要反对您，他有许多的用心……噢！悲惨的用心。他常常让我发笑，什么！这就是……您要怎么样呢？”

“哎，佛罗尔，”承继人拉住打水姑娘的手说，“因为我的父亲对您没有什么……”

“那么，您要他对我怎么样呢？……”她用被一种含有侮辱性的假设所触犯的女郎的声音嚷着说。

“那么，请您听吧……”

“他是我的恩人就是了。啊！他很想我当他的妻子……但是……”

“但是，”鲁志说着，又拿起了她所脱去的手，“因为他对您没有什么，您可以跟我一块儿住在这里吗？”

“如果您愿意的话。”她低下眼睛回答说。

“不，不，如果您愿意的话，”鲁志接着说，“是的，您可以做我的……情妇。这里所有的东西将来都可以是您的，您可以小心看顾我的财产，这财产差不多就是您的……因为我爱您，自从您第一天来这里，赤着脚，在这儿起，我总是一直爱您的。”

佛罗尔并不回答。当寂寞变成窘迫的时候，约翰—约克就发明这个可怕的推理：

“咱们瞧瞧，这不是比回到田里去还要好吗？”他用外溢的热情问她。

“啊！约翰先生，您要怎么就怎么吧！”她回答说。

然而，虽然有她的“您要怎么就怎么吧”，可怜的鲁志还是不敢更进一步。像他这种性格的人需要确切的回答。他们在承认爱情的时候所用的力量是这样大的，甚至于他们不敢再重演。就是因为这个道理，他们对于第一个接受他们的女人是特别亲切的。父亲死后的十个月，约翰—约克整个的改变了：我们所说的他那鬓角上额头上的疹斑所破损的铅灰色的脸孔却发亮了、清洁了，染上了玫瑰的颜色。总之，他的身姿呼吸着一种幸福的空气。佛罗尔要求她的主人特别小心他的身体，她是以他的自重来满足她的自尊心的；她看着他到外面去散步，停留在门口，一直等到看不见他的时刻为止。全城的人都注意这些变化，约翰—约克简直是另外一个人。

“您知道这个消息吗?”人家在伊苏当互相的询问。

“到底是什么消息呢?”

“约翰—约克承受他父亲的一切的东西，甚至于这位打水姑娘……”

“您难道不相信已故的大夫相当狡猾的给他的儿子留下一位女管家吗?”

“真的，这是鲁志的一个宝藏。”这是一般的叫声。

“她是位奸黠的女人！她太美丽了，她将来会自己出嫁的。”

“这女孩子真有福气!”

“这种福气是美女所特有的。”

“嘿！您相信这个吗？但是我有我的叔叔黑罗·保尔尼赤；哎，您已经听见人家说到甘尼维小姐，她是丑得和夜叉一样，但是她却手里拿到不止一千厄古的息金……”

“嘿！这是一七七八年的事!”

“这是一样的，鲁志错了，他的父亲给他留下四万佛郎的租金，他总可以跟黑罗小姐结婚……”

“大夫曾试过，但是她不愿意，因为鲁志太傻了……”

“太傻！女人们跟这样气质的人在一起是幸福的。”

“那么，尊夫人是幸福的吗?”

这是伊苏当所流行的话语。依据外省的风俗和惯例，如果人们开始嗤笑这种“一半的婚姻”的话，人们结果会称赞佛罗尔对于这位孩子的忠实。这是勃拉西尔·佛罗尔如何能够变成小高德所说的自父及子的鲁志家庭的管治者的经过。现在，为着教导单身汉起见，给这段历史描写一个轮廓并不是没有用处的。

年老的方赤黛是伊苏当唯一不赞同勃拉西尔在约翰一约克家里变成王后的女人，她抗议这种不道德的结合，认定是被凌辱的；当然依她的年龄来说，看见这家里有一位赤脚而来的打水姑娘当主妇简直是她的一种侮辱。方赤黛有三百佛郎的息金，因为大夫也曾让她存放她所节省的款项，已故的先生刚给她遗赠一笔养老金，所以她可以安居乐业而于一八〇六年四月十五日老主人安葬之后的九个月离开这家庭了。这日期不是给聪明人指示出佛罗尔不再当老实的女孩子的时期吗？

打水姑娘相当的精明，她预先看出方赤黛的脱离，因为她并没有让您学习干政治的训练却就决定来当女仆。六个月之内，她不露声色的研究那些使方赤黛变成医生的精巧的女厨的烹饪术。从好吃的观点来看，我们可以把医生和主教们列在同等的范围。大夫改良了方赤黛。在外省，职业的无聊和生活的单调曾把精神引到烹调上面来。在外省，人家并不是和在巴黎一样的吃得奢侈，但是人家却吃得好；各种菜样都是经过思考的、经过研究的。在外省的僻静地方，有许许多多穿着短裙，和卡莲一样会烹调而没有人知道她们的天才的女厨，她们能够用一盘简单的豆使人摇头叹赏，而这摇头也可以使画家罗西尼认为是完全的成功而加以欢迎。当年在巴黎读书考学位的时候，大夫曾听过卢埃尔的化学课程，他就把化学的观念利用在烹饪术上面。他曾在伊苏当发明了几个柏利省以外的人所不大认识的改良。他发现不用一般女厨所用的合打蛋白蛋黄的粗暴的方法可以炒更好的鸡蛋。据他说，应当先把蛋白打到发沫的程度，然后再慢慢的加进蛋黄，并且不应当用炒锅，应当用瓷盘或陶盘。瓷盘或陶盘是一种加有四足的厚盘，放在灶上，流通的空气可以使它不至爆裂。在杜尔兰，人家管这东西叫做汤罐。我相信拉柏莱曾经说到用以烹煮怪兽的汤罐，这证明这器具的来源是很久的。大夫也曾发现一个防止奶油发辣的方法；但是不幸得很，为着只限于自己的厨房应用起见，这个秘密算是不传了。生来就会煎炒和烤烧的佛罗尔没有多少时候就胜过了方赤黛，这两种知识其实都不是只因观察或用功所能学到的。变成精巧的女厨之后，她就想到约翰—约克的福气了；但是我们可以说她也是相当好吃的。正如一般没有受过教育的人一样，她并不运用她的脑筋，而发展她在理家上面的活动。她擦刷家具，使它们发亮，而把家里弄得和荷兰的房子一样的清洁。她指挥洗净污秽的衣服，外省人一年举行三次的所谓清除的工作。她用主妇的眼睛察究衣服和台布，而加以缝补。然后，为着嫉忌人家只是一步一步的让她知道财产的秘密，她就渐渐的学得鲁志所知道的一些科学，再从她和已故大夫的法律公证人黑龙先生的交谈中增加些知识。所以她可以给她的小约翰—约克许多优美的劝告。因为确信自己要变成主妇，她对于这位孩子的利益所有的柔情和活动就好像是对自己的利益一样。她并不害怕她的叔叔的强求，因为在大夫去世之前的两个月，勃拉西尔已经从他走运之后所常去消遣的酒楼中出来时跌死了。佛罗尔也没有了父亲。所以她就用一位孤女得到成家的幸福和生活的兴趣时所有的感情来伺候她的主人。这时期是这可怜的约翰—约克的天堂，他养成了粉饰着寺院规则的兽类的生活的甘美的习惯。他早晨睡到很晚的时候才起床。一清早就起来预备食物、整理房屋的佛罗尔都是在他睡足了之后才来唤醒他的，他一梳妆完毕刚刚好就可以吃饭。吃完饭之后，十一点钟左右，他就出去散步，跟路上所逢遇的人们谈天，三点钟再回来阅读报纸，一份本省的新闻纸和三天之后才收到的一份巴黎的报章；这些报纸都是经过三十个手的翻阅而变成油垢的，被忘记放在那里的吸烟时所流的鼻水而染得污秽的，被它们所触的桌儿弄得棕黑的。这位单身汉于是就到了吃晚饭的时候了，他是用最长的时间来吃晚饭的。佛罗尔给他叙述城里的故事，流传而经她采集的笑话。八点钟左右，灯火熄灭了。夜间早眠是外省人所常实行的节省油烛的办法，但是过度应用睡床的结果就使许多人变成愚笨。过量的昏睡可以使智力沉笨而损伤。

这就是九年之中这两个人类的生活；这生活既是丰满的，又是空虚的，其中的大事就是到布尔慈、维尔桑、沙都罗去旅行，或是到更远的地方去，如果派在这些城市之中的法律公证人或是黑龙先生没有收到抵押的存款的话。鲁志取了人家的抵押品而以五分利出借他的款项；如果债权人结了婚的话，他的妻子就可以代替他。他从来没有给过财产的真正价值的三分之一，而叫人家给他开了附加百分之二点五的利息的票据。这是他的父亲教他随时注意的规律。高利贷是农民的野心的障碍物，它可以把整个的田亩吞没下去。这百分之七点五的高利好像是非常合理的，约翰—约克于是也就要选择他的事业了；因为受人们的嘱托而给他们这样合式弄到钱的法律公证人都预先告诉这老孩子。在这九年的时间之中，佛罗尔终于在不知不觉之中无意的对于她的主人占有了一个绝对的统治的地位。她最初非常亲密的对待约翰—约克；然后，她并不缺乏对他加以敬重，然而她却以智力和体力的优势压倒了他，使他反而当了女仆的臣子。这位大孩子自愿的走到这个统治之前，让她对他加以种种的看顾，好像母亲看顾儿子一样。所以约翰—约克最后就对佛罗尔有了一种儿童对于母道的保护所有的必要的感情。然而在他们之中还有一些紧密的联结！先说，佛罗尔料理事务，管束家庭。约翰—约克是这样安闲的休息在她的管理上面，甚至于没有她，生活不但是困难的，而且简直是不可能。再说，这个女人已经变成了他的存在的必需品，她抚摸他的一切的幻想，她太清楚他的幻想了！他喜欢注视这个老是对他微笑的快乐的脸孔，他所遇到的唯一对他微笑的脸孔，他所能够找到的唯一为他微笑的脸孔！这种用柏利的家庭通俗的语言所表达出来而描绘在这种奇异姿态之上的纯粹的物质幸福有点像他的幸福的回光返照。当约翰—约克看见佛罗尔因为一些逆意而愁眉苦脸的时候，他的态度可以揭示他对这位少女的力量的程度。这个女人为着保证自己起见总要利用他。在这一类女人方面，所谓利用的意思总是妄用。这位打水姑娘无疑的曾使她的主人扮演了私生活的神秘的戏剧，奥特微曾在他的悲剧《拯救了的威尼斯》之中，在参议员和阿基里拿那一幕表现伟大的恐惧的悲剧之中，给这一类的戏剧塑下了一个模特儿！于是，佛罗尔就觉得自己的天下的巩固了，她甚至于都没有想到出嫁，这在她自己和这位单身汉方面都是一种不幸。

一八一五年年底，佛罗尔二十七岁了，她的美丽也发展到最高的程度了。肥满而新鲜的，白皙得和北桑的农家女一般，她真是我们的祖宗所谓的“长舌妇”的理想的标本。她的美丽是和一位超等的客寓的女郎一样的，不过是长大而发育了而已，这美丽使她非常类似黄金时代的乔治小姐，除了没有皇家的贵质以外。佛罗尔有这光亮而圆满的手臂、这完全的形貌、这滑润的软肉、这合意的轮廓，但是却并没有女戏子那样的过分。佛罗尔的表情是温柔而甜蜜的。她的眼神并不能够像最美丽的阿格里苹的眼神那样的可以引起人们的尊敬（拉辛剧中的阿格里苹的眼神曾压倒法兰西剧院的舞台），她的眼神可以引人快感。一八一六年，打水姑娘遇见吉勒·玛克桑斯而一见倾心的爱恋他。她在心中着了一支神箭，这是古希腊人用以表达的一句关于这自然情感的妙语，因为他们完全不认识基督教所孳乳的那种理想而悲切的武士道的爱情。那时候的佛罗尔太美丽了，玛克斯不能够轻蔑这个征服。打水姑娘就于二十八岁认识了真正的爱情，溺迷而无穷的爱情，这种包含有一切恋爱方式的爱情（古尔拿尔的方式和麦多拉的方式）。自从一文莫名的军官知道佛罗尔和鲁志·约翰—约克的情况之后，他清楚和打水姑娘的结合不只可以得到一个轻浮的恋爱而已。所以，为着保证他的前途起见，他只要求住在鲁志家里，因为他认识这位孩子的虚弱的本性。佛罗尔的情感必然的影响约翰—约克的生活和他的内心。一个月之中，这位过分恐惧的单身汉看着这样嬉笑、这样友爱的佛罗尔的脸孔变得这样的可怕、这样的忧郁、这样的讨厌。他发出了许多计算好的讽刺的恶语，完全和一位被妻子咒骂不忠实的已婚的男子一样。在最残暴的白眼相向之中，当这位可怜的孩子壮着胆质问佛罗尔这改变的原因的时候，她却在她的眼光之中表现出许多仇恨的怒火，在她的声调之中表现出许多侵凌而轻蔑的口腔，都是可怜的约翰—约克从来没有听过受过的。

“真是!”她说，“您既没有心，也没有灵魂。我已经在这里消磨了十六年的青春，我并没有看见过您投过一块石头攻讦过人，这里!”她拍着胸脯说。“两个月以来，您看见一个司令官来这里，他是布尔崩王朝的牺牲者，他是生来当将军的，然而却被穷困迫到没有财富的地窖来躲避。他不得不整天的留在市政府的椅子上，来赚……什么？……六百佛郎的臭钱，真是好大的推动力！然而您有六十五万九千佛郎的存款，六万佛郎的息金，您因为我而每年没有超过一千厄古的用费，一切都在内，甚至于我的裙费，总之，您的第三层楼是整个空的，然而却不让他住在这里！您宁可让老鼠在那里跳舞，而不愿意放一个人在那里，这个孩子而且是您的父亲常常认为是他自己的儿子的！……您要知道您是什么东西吗？我告诉您好了：您是杀害兄弟的罪人！关于这个，我知道您是为什么的！您看出我对他发生兴趣，这就挑唆您！虽然您好像是傻子，您却对您现在的情景比任何狡猾的人都狡猾……哎，是的，我对他发生兴趣，而且还是很剧烈的……”

“但是，佛罗尔……”

“噢，没有什么‘但是，佛罗尔’……啊！您可以寻找，再找一个另外的佛罗尔（如果您找到一个的话）！因为我要这杯酒给我变成毒药，如果我不离开您的破房子的话。谢谢上帝，我在这里住了十一年了，我却什么东西也没有花费您的，您的条件而且是太便宜了。并且我可以到处去赚钱来维持这样什么都干的生活：用胰子洗濯东西哪，熨衣服哪，监督扫除哪，上市场哪，做饭哪，注意您的一切的利益，自早至晚的消灭我自己……好，这就是我的补偿了。”

“但是，佛罗尔……”

“是的，佛罗尔……您可以有许多的佛罗尔，像您这样五十一岁的人，像您这样身体不好的人，您是过分的衰弱了，我清楚知道！还有，您已经觉得这个没有什么意思了。”

“但是，佛罗尔……”

“别麻烦我啦！”

她用力的关着门出去了，这砰砰一声使全房子回响，几乎摇动了屋基。鲁志·约翰一约克温和的开了门，一声不响的走到厨房去，佛罗尔还是喋喋不休的埋怨。

“但是，佛罗尔，”这只绵羊说，“这是我所听到的关于您的欲求的第一个消息。您怎么知道我愿意不愿意呢？”

“先说，”她接着说，“家里也需要一个男人。人家知道您有好几万，好几十万的佛郎；如果人家来偷您的话，人家是要杀死我们的。我，我倒不在乎一个清早起来因为干傻事来防卫主人而被砍为四段！哎，如果人家看见在我们家里有一位和凯撒一样勇敢而骄傲的人的话……玛克斯可以在说话之间立刻吞下三个强盗……那么，我也可以更安闲的睡觉了。人家也许要跟您说些傻话……说我爱他，说我崇拜他！……您知道我跟您说的话吗？……哎，您要回答说您知道，但是您的父亲临死的时候曾在床上给您举荐过玛克斯。没有人敢说话，因为伊苏当的路人要跟您说他曾给玛克斯付过学费，哪！我已经九年吃您的饭了……”

“佛罗尔……佛罗尔……”

“城里吊我膀子的人可多着哩，真的！这个送我一个金链，那个送我表……他们说：‘我的小姑娘佛罗尔，如果你愿意离开鲁志这傻孩子的话。’因为人家对我这样的说您。我总是回答说：‘我，离开他？啊，好，像他这样天真的孩子常常会变成什么样子呢？不，不，母山羊羁在什么地方就得在那里吃草。’”

“是的，佛罗尔，我在世界上只有你一个人，我太有福气了……如果这让你高兴的话，好吧，我们就可以叫吉勒·玛克斯来这里住，他可以跟我们一块儿吃饭……”

“真的！我真希望这个……”

“好啦，好啦，你别生气啦……”

“答应了一个，就得答应两个。”她笑着回答说，“但是，如果您仁慈的话，您知道您得做什么事吗？我的宝贝？……您得到草地附近去散步，四点钟的时候，您可以约好会见吉勒司令官，请他来吃晚饭。如果他客气的话，您就对他说我喜欢他这样，他是太风雅的，他不会拒绝。这样的话，那么，在吃梨吃干酪的时候，如果他跟您讲到他的不幸、他的狱船的话（您得聪明一点把他引到这个题目上面来），您就给他提议请他住在这里……如果他有什么话要再说的话，您放心，我有法子决定他……”

这位单身汉一边在巴郎大马路上散步，一边尽量反复思考这桩事。如果他和佛罗尔分开的话……（想到这个念头，他就再也想不清楚了）他能够找到哪一个另外的女人呢？……结婚吗？……像他这样的年纪，人家只是为着他的家产而嫁给他的，而且正式合法的妻子要比佛罗尔更为残暴的开发他。并且，独占这温柔，这是虚无缥缈的事，使他产生极度的不安。所以他得尽量的对吉勒司令官表示喜悦的态度。因此，他就依照佛罗尔的愿望在证人之前发出请柬来款待玛克桑斯。

佛罗尔和她的主人和解了；但是自从这一天起，约翰—约克却看到了许多可以证明打水姑娘的情感的变化的征候。勃拉西尔·佛罗尔埋怨了两星期，她在食粮店中、市场之上，常常跟她聊天的多嘴的女人的家里埋怨鲁志的暴虐，说他把所谓的私生兄弟请到家里来。但是谁也不会被这喜剧欺蒙，人家也把佛罗尔看成特别精细狡猾的女人。老鲁志因为玛克斯在家里装出主人的样子而觉得快乐，因为他有一个让他看顾而没有让他拘泥的人。吉勒跟老鲁志谈天，耍手腕，有的时候甚至于一块儿散步。自从军官居留家里之后，佛罗尔已经不再愿意当女厨了。她说厨房毁坏她的手。奉了骑士团领袖的命令，葛纳特姆姆就介绍她的一个刚死了主人（一位教士）而没有得到遗产的亲戚，一位老处女，好女厨。这位女厨会死心效忠佛罗尔和玛克斯的。并且，葛纳特姆姆还以这两位有力的人的名义，允许她的亲戚在十年的优良、忠心、谨慎而诚实的效劳之后给她三百佛郎的息金。维蒂姑娘已经六十岁了，她因为一副满布小天花斑的脸孔和一个适当的丑陋而令人注目。自从维蒂姑娘上工之后，打水姑娘就变成勃拉西尔夫人了。她穿抹胸，她有绸缎的、好毛布的、好棉布的袍子，随季节而变换！她有小颈圈，珍贵的围巾，绣花的帽子，加花边的披肩，穿着半节靴，穿得一身的漂亮、一身的豪富的服装，使她越显得年青。她好像是经过珠宝匠加以修整装配而使其尽量表现价值的一块生金刚钻。她要光耀玛克斯。第一年的年底，一八一七年的时候，她从布尔慈给这位穷困的司令官买来一匹所谓的英吉利马，因为他用脚走路很麻烦。玛克斯在郊外找到一位帝国时代禁卫军持矛骑兵、名叫古斯基的波兰人。这位波兰人穷迫了，他只要求到鲁志先生家里当司令官的仆人。玛克斯是古斯基眼中的偶像，特别是在他和三位保王党决斗之后。从一八一七年算起，老鲁志家中一共有五个人，其中有三个主人，他的费用每年到达八千佛郎。

当布里都夫人回到伊苏当，依据德斯罗慈律师的说法，来拯救一个蒙受大损害的继承权的时候，老鲁志已经渐渐的到达了一半长成的状态了。最初，自从玛克斯进来当主人之后，勃拉西尔小姐就以款待要人的方式来招待他。被这可爱的女郎引上路的鲁志吃得越来越多，维蒂所烹调的佳肴使他激奋。虽然是这样的山珍海错，这样的富于养料的食品，他却并不发胖。一天一天的，他渐渐的衰弱了，好像一个疲倦了的人一样，也许因为他的消化不良，他的眼睛也就深深的陷了进去。但是，如果在散步的时候遇到中产阶级问到他的健康，他总是说："我的身体从来没有这样好过。"因为人家总认为他是一位没有多大聪明的人，人家一点儿也没有注意到他的机能的常定的衰落。他对佛罗尔的爱慕是让他生活的唯一的情绪，他只为她而生存；他在她面前的懦怯是无限制的，他服从她的眼色，窥伺这个妖物的极微细的动作，就好像狗窥伺主人的极微细的姿势一般。总之，依照何仓夫人的说法，五十七岁的老鲁志要比八十岁的何仓夫人还衰老。

大家都有道理的想象玛克斯的寓所很配合这位美男子。事实上，在六年之中，这位司令官曾经一年一年的改良他的安舒的住处，修饰他的住所的最微细的东西，这一来是为他自己，一来也是为佛罗尔。但这只是伊苏当的安舒：着色的地板石，相当漂亮的花纸，桃木的家具，镶金色框的镜台，带红色条的轻纱的窗帘，一张有帐有帘的床，这种帐帘的配搭好像外省的绣工给富有的新娘所制造的一样，这在当时是很伟大的，在乡下人看来是很时髦的，然而巴黎的裁缝却觉得太乎平常而不给人家制造这一类的新婚帐帘。最奇怪的就是使伊苏当人谈论的扶梯上所铺的软席，这无疑的是为减轻步伐的声音而设的；所以玛克斯黑夜回来的时候总不会惊动任何的人；鲁志从来没有疑惑到他的客人在游手好闲骑士团的夜工中所有的复杂性。

八点钟左右，佛罗尔披着带有一千条玫瑰色花纹的棉布的屋内便服，戴着一顶加花边的便帽，穿着一双装毛的拖鞋，轻轻的开了玛克斯的房门；但是当她看见他在昏睡的时候，她就站留在他的床前。

“他这么晚才回来，三点半钟才回来！必得有一个骄傲的气质才能够经得起干这一套把戏！这位可爱的男子，他身体真强壮！……今天夜里，他们到底干了些什么呢？”

“瞧，你在这儿，我的小姑娘佛罗尔。”玛克斯说着，用军人的态度醒了过来，这些军人在战场上是惯于神志清楚而镇静的醒来的，无论是如何的急促。

“你睡觉，我走了……”

“不，别走，有一些严重的事情……”

“你夜里做些傻事吗？”

“啊！是的！……这是关于我们和这位老傻瓜的事情。啊，这个！你从来没有跟我谈过他的家庭……好，他的家庭来了，无疑的是来给我们为难的……”

“啊！我去激他去。”佛罗尔说。

“勃拉西尔小姐，”玛克斯沉着的说，“这是太乎严重的问题，千万不要轻举妄动。给我端来咖啡吧，我要在床上喝，我要在床上想一想我们所应当有的行动……请你九点钟再来，我们可以再谈这问题。等待的时候，你就跟什么也不知道一般的干你的事儿去好啦。”

听到这个消息之后，佛罗尔就留下玛克斯，去给他预备咖啡去了；但是一刻钟之后，巴鲁赤忽然急促的进来对领袖说：

“法里奥找他的车！”

五分钟之内玛克斯就穿好了衣服，下了楼，装着漫步的神气，走到了塔楼底下；那里聚集着相当多的人。

“什么事？”玛克斯说着，穿过群众，一直走到西班牙人的面前。

法里奥是一位短小而干燥的人，他的丑陋可以和西班牙的贵族的丑陋相比拟。他那一双冒火的眼睛好像用小螺钻陷进一样，非常的接近鼻子，这一双眼睛使他路过拿波尔时被人认为是个害人的术士。这位短小的侏儒好像是温和的，因为他是沉着的、冷静的、行动迟慢的，所以人家也就叫他做“法里奥好好先生”；但是，他那香味面包的脸孔和他那温和的态度虽然可以瞒着无知的人，却把他那什么东西都不能够使他跳出他的冷淡而懒惰的气质的一个格勒拿德乡下人的半非洲人的性格宣泄给富有观察力的人。

“您记清楚，”听了这粮食商人的哀诉之后，玛克斯就这样的说，“您的确带了您的车来吗？因为，谢谢上帝，伊苏当没有盗贼。”

“我是把它放在那儿的……”

“如果马还驾在车上的话，它不是会把车拉着走吗？”

“我的马在那儿。”法里奥指着三十步以外那装上鞍的牲畜说。

玛克斯沉重的走向马匹所在的地方，因而能够仰起头来看着塔楼的脚底，因为群众是在下面的。大家都跟着玛克斯走，这其实就是这幕恶作剧的目的。

“是不是有人不在意把车放在口袋里呢？”佛兰苏嚷着。

“咱们去搜去吧？”巴鲁赤说。

到处发出笑声。法里奥发了誓。西班牙人的发誓就是表示愤怒的最后的程度。

“您的车轻不轻呢？”玛克斯说。

“轻！”法里奥回答说，“如果笑我的人们把他放在他们的脚上的话，他们的胼胝也不至于不会使他们受罪的。”

“这辆车一定是仙车，”玛克斯指着塔楼说，“因为他居然飞到山丘上面去了。”

听了这句话，一切的眼睛都仰了起来，市场上也有一刻钟的骚动。每一个人都指着这仙车。一切的舌头都在转动。

“魔鬼保护那些给人为难的旅馆主人，”小高德对愣住的商人说，“他要教你不要把车扔在街中，不把它安放在旅馆里。”

听了这句反语之后，群众里就发出一阵詈骂的声音，因为法里奥已经被人家看做一位吝啬的人了。

“咱们去吧，老兄，”玛克斯说，“别灭了勇气。我们到塔楼上面去看看到底你的小车怎么跑到那儿去。对《圣经》发誓，我们要帮助你。——你来吗，巴鲁赤？——你，”他朝着佛兰苏的耳朵说，“你管着这些人，当你看见我们到了山丘上面的时候，别让任何的人留在山下。”

法里奥、玛克斯、巴鲁赤和另外三个其他的骑士就上山到塔楼的地方去。正在这危险的攀登的时候，玛克斯证明给法里奥看，说是没有任何的损伤、任何的痕迹可以指示车的过路。所以法里奥就相信有什么邪法，他的脑袋已经弄糊涂了。到了山顶的时候，考察了一下一切的情形，这事情似乎是完全不可能的。

“我怎么能够把车放下去呢？”西班牙人说，他那晶黑的小眼睛第一次显出惊愕的样子，他那好像永远不会变色的棕黄深凹的脸孔居然变成苍白了。

“怎么放下去吗？”玛克斯说，“这我倒不觉得怎么难……”

于是，他就利用食粮商人的昏头昏脑，运用了他那两只健壮的手臂，拿着车的两个舁柄，做出要把他扔下去的样子；然后，当车要出手的时候，他就大喝一声：

“到那下边去!”

但是他并没有任何的不方便：受了巴鲁赤的警告和好奇心的推动的群众已经退到可以看见山上变把戏的相当远的地方去了。车是最奇异的拆成无限的碎块。

“这算是下去了。”巴鲁赤说。

“啊！强盗！啊！流氓!”法里奥叫了起来，“说不定就是你们把车弄到这里来的……”

玛克斯、巴鲁赤和其他三个同伴就对西班牙人的辱骂哈哈大笑起来了。

“人家要给您服务，”玛克斯冷冷的说，“转运您这破车的时候，我几乎让它一块儿带下去，你瞧你是如何的报答我们呢？……你到底是哪一国的人？”

“我是从不宽恕人家的国家里出来的人。”震怒而发抖的法里奥答辩说，“我的车可以让你当鬼车去瞧阎罗王去……至少，”他又变成绵羊一般的温和说，“您不愿意赔我一个新的吗？”

“我们就讨论这个吧。”玛克斯说着，一面下山。

当他们到了塔楼底下，会合了第一批谑笑者的时候，玛克斯擒住了法里奥的衣服的钮子，对他说：

“是的，我的老兄法里奥，如果你给我两百五十佛郎的话，我就给你送一辆新车；但是我不能够担保它是不是要像这辆车一样的特别造来让人家开玩笑的。”

这最后的一个恶作剧使法里奥冷了半截，好像讨论一个商业的契约似的。

“哎哟，”他答辩的说，“您一定要给我钱来赔偿我的车，因为您从来就不会好好的应用过老鲁志所给您的钱!”

玛克斯脸色发白了，他举起了他那可怕的拳头，朝着法里奥；但是知道这一拳不但是打击西班牙人而已的巴鲁赤就好像举鸟毛一般的拉走了法里奥，轻轻的对玛克斯说：

“别再干些傻事了！”

恢复了原状的司令官就发笑了，他回答法里奥说：

“如果我无意中断碎了你的车的话，你可以诽谤我，我们就算是一报还一报了。”

“还没有哩！”法里奥呻吟的说，“但是我并不难来看看到底我的车值多少钱。”

“啊！玛克斯，你跟谁吵架！”一个不属于骑士团而当场看见这一幕戏的证人说。

“再见，吉勒先生；我还不感谢您的帮忙。”食粮商人说着，骑上马，在一阵欢呼之中失踪了。

“人家要给您留下铁箍。”一个来看这扔车的结果的车匠嚷着对他说。

一只车辕好像一棵树一般的直立着。玛克斯苍白而沉思的愣住，他的心受到西班牙人的最后一句话的打击。伊苏当人谈了五天关于法里奥的车的事情。正如小高德所说的一样，这车是预备旅行用的，因为他在柏利省打绕，在那里，人家都在传说玛克斯和巴鲁赤所干的恶作剧。所以，这个最使这位西班牙人感觉的恶作剧甚至于在一星期之后还是三个省份所传诵的闲话和一切无赖所谈论的题目。关于性喜报仇的西班牙人的回答，玛克斯和打水姑娘也就变为成千的解释的对象了，不过这些解释在伊苏当只是轻声耳语，然而在布尔慈、维尔桑和沙都罗却是高声的嚷叫罢了。吉勒·玛克桑斯相当认识本地的习俗，他猜想得出这些话是如何含有毒性的。

“没有法子不让他们说，”他想着，“啊！我这算是变了一套错把戏啦。”

“喂，玛克斯，”佛兰苏拉着他的手臂，对他说，“他们今天晚上到……”

“谁？”

“布里都母子！我祖母刚收到她的干女儿的一封信。”

“你听，小孩子，”玛克斯朝着他的耳朵说，“我很深刻的想过这桩事。无论是佛罗尔也好，是我也好，我们都不应当出面怨恨布里都。如果这两位承继人离开伊苏当的话，这应当是由你们其他的人，你们姓何仓的人把他们赶走的。请你细细的研究这两位巴黎人；明天当我在葛纳特姆姆店里鉴识他们之后，我们以后可以看看有什么方法对付他们，让他们跟你祖父不和睦……”

“这位西班牙人算是找到了玛克斯的弱点了。”回转何仓家里的时候，巴鲁赤瞧着回家的玛克斯对他的表哥佛兰苏说。

当玛克斯给西班牙人开玩笑的时候，虽然有她的同席人的劝告，佛罗尔也总忍不住她的气愤；也不知道到底她是会帮助或是破坏玛克斯的计划，她就对这可怜的单身汉发脾气了。约翰—约克受到情妇的怒气，她忽然取消了使他快乐的照应和通俗的阿谀。总之，佛罗尔在惩戒她的主人。因此，她再也不用这些点缀谈话的各种腔调所说出来而带有各种柔媚的秋波的语句“我的小咪咪——我的鹿——我的鹿鹿——我的白菜——我的老鼠”等等了。一个干燥而冷淡、笑谑而尊敬的“您”就好像刀锋一样的刺进这位可怜的孩子的心坎。这个“您”就是战争的宣言。她也不再参加这位好好先生的起床典礼，不再给他拿东西，不再预先猜想他的欲求，不再用一切女人所知道表达的尊敬来瞧他，越胖越迷人的对他说“您简直和玫瑰花一样的新鲜！——哎，您穿得太漂亮了！——您真好看，老约翰！”不再当他起床的时候给他做一些恶作剧，说些笑话让他开心；佛罗尔让他自己一个人去穿衣服。如果他叫打水姑娘的话，她就在楼梯底下回答说：

“呃！我不能够同时做一切的事情，给您预备饭又给您在房子里伺候。您不是能够自己穿衣服的大孩子吗?”

“我的天老爷！我有什么对不起她的地方?”当老头儿向她要水刮胡髭而接到一个这一类的厉声相加的对待的时候，他就这样的对自己说。

“维蒂，给先生端些热水上去。”佛罗尔嚷着。

“维蒂?”好好先生说着，因为领会重压在他身上的怒气而发呆了。“——维蒂，太太今天早上怎么啦?”

佛罗尔让她的主人、维蒂、古斯基和玛克斯叫她做“太太”。

“她好像听到一些关于您的什么不好的事。”维蒂带着极为感动的神气回答说，“您错了，先生。您瞧，我只是一个可怜的女仆，您可以说我老要干涉您的事情；但是您可以像《圣经》里所说的国王一样在一切世上的女人中寻找，然而却找不到和太太一般的姑娘。您应当吻着她所走过的足迹……哎哟，如果您让她悲哀的话，这就是伤刺您自己的心！她眼睛里还流泪哩。”

维蒂让这可怜的单身汉忧愁。他埋身在一张靠椅里，好像一位悲哀的疯子一样的瞧着空间，忘记了刮他的胡髭。这一冷一热的来回的变化就加在这位只为情绪而生活的弱者的身上，这脆弱是赤道的酷热到北极的严寒之间的变化加在他身上所生的病态的结果。磨灭他的不仅是身体上的病症，同时也是精神上的肋膜炎。世界上也只有佛罗尔一个人能够这样影响他；因为他之所以能够变成这样的顺良、这样的天真，完全是因为她一个人。

“怎么，您还没有刮胡髭吗?”她出现在门口，对他说。

她剧烈的骇动了老鲁志，他就从惨白而颓废的脸色忽然变成红涨的，不敢埋怨这个打击。

“您的饭等着您！但是您可以穿着屋内便服和拖鞋下楼去吃，

走吧，您可以一个人吃。”

没有等到他的回答，她就失踪了。让这位好好先生一个人吃饭，这是使他最感悲伤的责罚：他喜欢一边吃饭一边聊天。走到楼梯底下的时候，鲁志大大的咳嗽了一阵，因为他的感情引起了他的伤风症。

“咳嗽！咳嗽！”佛罗尔在厨房里说，一点儿也不顾虑她的主人是不是听得见。“——真是！这个老坏蛋身体才强壮哩，用不着人家来关心他。如果他有一天把魂魄都咳嗽出来的话，这个，这也只能是在我们之后……”

这就是打水姑娘发怒的时候所给鲁志的温存。这可怜的人就悲切的坐在厅中的桌角上，忧愁的看着他的老家具和他的老图画。

“您总会自己打上领结吧。”佛罗尔进来说，“您相信来看一只和您这样比火鸡脖子还要红、还要皱的颈项是有意思的吗？”

“但是，我到底对您做了什么事呢？”他仰起带泪的浅绿的眼睛问罗佛尔，挺出他那冰冷的脸孔。

“您做了什么事吗？……”她说，“您还不知道吗？……原来您是一个伪君子！……您的妹妹阿佳德，她是您的妹妹，就好像我是伊苏当塔楼的妹妹一样，这是您父亲所说的话，她跟您没有任何的关系，然而她却跟她的儿子，那个只值两个子儿的坏画家，从巴黎来了；他们来看您……”

“我的妹妹和我的两位外甥来伊苏当吗？”他整个愣住的说。

“是的，您就装傻吧，您要我相信您没有写信叫他们来吗？这是会偷油不会擦嘴的狡猾！请您放心吧，我们不会打扰您的巴黎人，因为在他们还没有来之前我们已经不会再用脚给这里留下尘土了。玛克斯和我，我们就要一去不再回来了。至于您的遗嘱嘛，我要当着您的鼻尖，当着您的胡髭，把它扯成四块，您听见……您可以把您的财产留给您的家庭，因为我们不是您的家庭。然后，您可以看出您到底是不是受到三十年没有见过您甚至于从来没有见过您的人的爱护！代替我的并不是您的妹妹！是一位十足的信女！”

“只是这桩小事吗，我的小佛罗尔？”老头儿说，“我不接待我的妹妹和我的外甥……我对你发誓，这是我第一次听到关于他们的来临的消息，这是何仓夫人那老信徒所煽动的……”

正好听到老鲁志的回答的玛克斯忽然出现而用主人的腔调说：

“什么事呀？”

“我的好玛克斯，”老头儿接着说，他很高兴能够有一位在佛罗尔的同意之下袒护他的兵士的保护，“我最诚恳的发誓，我刚听到这消息。我从来没有给我妹妹写信：我父亲允许我一点儿东西也不留给她，宁可把我的财产送给教会……总之，我不接待我的妹妹阿佳德，也不接待我的外甥。”

“您的父亲错了，我的亲爱的约翰一约克，太太是更错的，”玛克斯回答说，“您的父亲还有一点道理；他死了，他的仇恨也应当随着而死去……您的妹妹就是您的妹妹，您的外甥就是您的外甥。您得好好的为您自己而欢迎他们，同时也为我们。伊苏当人要怎么说呢？……神圣的雷鸣！我在背上已经够受的了，我常常听见人家说我们监视您，您不自由，我们激动您反对您的承继人，我们要骗取您的承继权……如果我不离开这个第二次的诽谤的阵营的话，我就算是被魔鬼克服了！这已经是够受的了！咱们吃饭吧。”

重新变成黄鼠狼一样温和的佛罗尔就帮助维蒂来排布食具。极度尊敬玛克斯的老鲁志就拉着玛克斯的手，带他到一个十字窗口，轻声的对他说：

“啊！玛克斯，就是我有儿子的话，我也不会爱他和爱你一样，佛罗尔是有道理的：你们两个人，你们是我的家庭……你是光荣的，玛克斯，你刚才所说的话都是很对的。”

“您应当庆祝您的妹妹和您的外甥，但是您不要丝毫改变你的意向，”玛克斯然后就打断了他的话说，“您就可以这样的满足您的父亲和一切的人……”

“好吧，我的小乖乖们，”佛罗尔用快乐的音调叫了起来，“炒的菜快要凉了。——瞧，我的老耗子，这是一双翅膀。”她对鲁志·约翰—约克微笑的说。

听了这句话，这位好好先生那马一般的脸孔就损失了他那死尸一般的颜色，在他那垂直的嘴唇上有一个鸦片烟鬼式的微笑；但他又开始咳嗽了，因为重新受宠的幸福和受罚一样的给他产生了剧烈的感情。佛罗尔站了起来，从肩上脱下羊毛小围巾，和领结一样的围住老头儿的颈项，对他说：

“这真傻，无所谓的做了许多不痛快的事。拿着去吧，老傻子，这可以给您许多好处，这是在我的心上……”

“真是好孩子！”当佛罗尔走去寻找一个黑丝绒的帽子来给单身汉那几乎秃光的头戴上的时候，鲁志对玛克斯说。

“又美又好，”玛克斯回答说，“但是她是和那些直爽的人一样的活泼。”

也许人家要责难这个描写的言过其实，人家要认为这图像所描绘的打水姑娘的性格是画家应当搁在暗影之中的。好吧，这个有成千可怕的变幻的幕景，它的粗形和它的实质是一切女人所扮演的典型，只要有某种兴味可以使她们跳出服从的阵线，握住权力，不论她们栖在社会的哪一个层级上。正如大政客一样，在她们眼中，一切的手段都是合法的，只要能够达到目的。在勃拉西尔·佛罗尔和公爵夫人之间，在公爵夫人之间，在公爵夫人和最有钱的中产阶级妇女之间，在中产阶级妇女和最奢华的女性之间，她们之中的不同只有教育和环境。贵妇人的负气代替了打水姑娘的暴怒。

在一切的阶段，苦涩的笑谑、焕发的讽刺、假装的争吵和这位伊苏当的埃维拉尔夫人的鄙俗的话语，有同样的成功。

玛克斯开始调皮的叙述法里奥的故事，使这位好好先生发笑。来听这故事的维蒂和古斯基不禁在走廊里哄然大笑起来。至于佛罗尔呢，她也发疯的狂笑。吃了饭之后，正当约翰一约克阅读他所订购的《宪政报》和《妇女报》的时候，玛克斯领着佛罗尔到自己的房里来。

“您确信自从他规定您做他的承继人之后，他就没有写过其他的遗嘱吗?”

“他并没有什么东西来写遗嘱。”她回答说。

“他尽可以用口说出，让一个法律公证人默写出来，”玛克斯说，“如果他没有写过其他的遗嘱的话，我们必须预先看到这一层。所以，我们得盛大的欢迎布里都母子，但是我们得想方法马上变卖一切的抵押的存款。我们的法律公证人也不过要请求办理转移的手续而已！他们可以从这里找到吃的喝的。国债是一天一天的高涨；人家要征服西班牙，解放费尔丁南七世和他的立法委员们；这么一来，说不定明年的国债要超过他的额面价格。所以把好好先生的七十五万佛郎用百分之四十九的利率存放在国库里是一桩很好的事！……只是，你得想方法让他用你的名义存放。这么一来就可以永远保住了!”

“真是好主意!”佛罗尔说。

“并且，因为在八十九万佛郎之中有五万佛郎的息金，我们得向他借两年十四万佛郎的债，一半一半的还清。两年之内，我们可以从巴黎拿到十万佛郎，从这里拿到九万佛郎，所以我们一点儿危险也没有。”

“我的漂亮的玛克斯，没有你，我们要变成什么样子呢?”她说。

“噢，明天晚上，在葛纳特姆姆店里，见了巴黎人之后，我就可以找到方法让他们被何仓一家人赶走。”

“你真聪明，我的天使！瞧，你真是人类的爱情。”

圣约翰广场是在一条上半叫做大拿勒特街、下半叫做小拿勒特街的中心。在柏利，“拿勒特”这个字和热内亚的“沙里幸”一样，意思就是“斜街”。从圣约翰广场到维拉特门这一段街非常的倾斜。老何仓先生的家就在鲁志·约翰—约克的家的对面。人家常常可以从何仓夫人所住的大厅的窗口看见老鲁志家里所发生的事情，反之，从鲁志家里也可以看到这边的状况，如果窗帘或是房门开着的话。何仓先生的房子非常类似鲁志的房子，这两所房子无疑的是同一建筑家所建筑的。何仓是前任的柏利省塞尔城的人口税务局局长；然而他却生在伊苏当，他就回到伊苏当来和风流的副议员陆士铎的妹妹结婚，用塞尔的职务来交换伊苏当的收税官。他在一七八六年退休，所以就避免了大革命的风波，然而他对革命的原理却是非常同情的，正如一切欢呼征服者的忠实的人一样。何仓先生并没有消除他的大吝啬名誉。但是给他描绘他的性格不是太多余的事吗？让他出名的一桩吝啬的事情也就够得给您解释何仓先生这个人了。

当他的女儿（后来死了）出嫁给一位保尔尼赤的时候，他得设宴邀请保尔尼赤家庭。要承继大财产的未婚佳婿因为婚姻不满而忧郁死了，特别因为他的父母拒绝帮助。这两位老保尔尼赤那时候还活着，他们高兴看见何仓先生负责当保护人，因为要尽力保住他的女儿的嫁资。签订婚约那一天，两家的亲戚都聚集在一个厅中，女家的在一边，男家的在另外一边，大家都穿得和星期日一样。当黑龙法律公证人严肃的宣读婚约的时候，女厨进来了，她向何仓先生要一条羁鸡的绳子，这火鸡是这宴席的主要部分。这位前任人口税务局局长就探进囊底取了一条已经包过东西的绳头，递给她；但是当女仆还没有走到门口之前，他又叫她回来，对她说："格里特，你得还我这个啊!"在柏利，"格里特"就是"马尔格里特"的简称。您就可以懂得全城的人对于何仓先生，对于这位"五个何仓"，父亲、母亲、三个儿子所组成的家庭所加的戏谑了。

一年一年的，老何仓越变越琐碎、越小心，现在他是八十五岁的人了！他是属于那一种当街激奋的谈话而低下头捡起一个别针说一声"这是一位女人出风头的日子!"就在袖口里夹上别针的人。他很合理的埋怨近代呢织品的拙劣，而叫人注意他的礼服只让他穿上十年。他是高大的、干燥的、黄脸色的，少说话，少阅读，不疲倦，好像东方人一样的遵行礼仪，他在家里实行一种俭朴的制度，让家里人量着肚皮吃喝，家庭的人口而且相当的多，有他的妻子陆士铎氏，他的外孙巴鲁赤和外孙女阿豆菲茵这两位保尔尼赤家的承继人，还有他的孙子何仓·佛兰苏。

他的长子何仓于一八一三年因为下令征用那些没有入伍而称为"荣誉卫士"的权贵子弟被征去了，他就在汉奴战役中阵亡。这位长房承继人很早就娶了一位非常富有的妻子，希望不至于被征；但是他却因为预先见到结果就整个的吃空了她的财产。他的妻子随着法兰西军队远征，而在一八一四年死在斯特拉斯堡，在那里留下了许多的债务。老何仓不肯清偿这债务，他就用了古代的法律条文"女人等于未成年的人"驳斥债权人。

所以人家仍然可以说"五位何仓"，因为这一个家庭还是由三位孙辈和两个祖辈组成的。因此，这句取笑他们的话还是流传着，因为在外省没有一种笑谑会衰老的。那时候年纪已经六十岁的格里特就够得操作一切的劳动。

房子虽然是大的，家具却并不多。然而人家总还可以好好的让约瑟和布里都夫人住在第三层楼的两间房子里。老何仓很懊悔在那里留有两张床，每张床都配有一张盖有椅套的生木靠椅，一张桌子，上面放有蓝边的面盆，面盆的里边放着一个所谓大口式的水罐。老头儿把他的冬季收成、苹果和梨、枇杷和木瓜都放在这群鼠舞蹈的两个房子里头的草堆上：所以这里就吐出一种果子和老鼠混合的气味。何仓夫人叫人打扫干净，剥落的纸墙又拿作浆糊用的面包团重新裱上；她用她自己所剪裁的小纱帘点缀窗户。然后，因为她丈夫不肯购买一些小布边地毡，她就把自己的下床毡拿给阿佳德，叫这位做了母亲的四十七岁的女人做“可怜的小姑娘”。何仓夫人从保尔尼赤家里借到两个床儿，大胆的在葛纳特的邻居一位旧货铺里租了两个有铜柄的衣橱。她保存有两支好木头制的烛台，是她那有癖好的父亲给她雕琢的。在一七七〇年至一七八〇年之间，富翁而会一种技艺是很出风头的，所以副官长的老陆士铎先生是一位雕琢匠，正如路易十六是一位锁匠一样。这两个烛台的附属圆圈是玫瑰根、桃树根、和杏木根造成的。何仓夫人冒着险把这两个珍藏品拿了出来！……这些预备、这些牺牲，使何仓先生越加沉闷，他还不相信布里都母子会来。

正如玛克斯给法里奥干下恶作剧的这个著名的日子的早晨，何仓夫人饭后就对她的丈夫说：

“我希望您，何仓，我希望您能够好好的招待我的干女儿布里都夫人。”

然后，当她确知她的孙子们出去的时候，她又加上一句说：

“我是我的财产的主人，请您不要阻挠我在我的遗嘱里给阿佳德补偿一点。”

“太太，您以为，”何仓温和的回答，“我这么大的年纪还不知道幼稚的忠厚的礼仪吗？”

“您懂得我的意思，老滑头。请您对我们的客人客气一点，请您记住我是如何爱阿佳德的……”

“您也爱这位要把您那可爱的阿佳德的承继吞下去的吉勒·玛克桑斯！……啊！您又在您的怀里温暖了一位忘恩负义的人；但是，说到底，鲁志的钱总应当留给无论哪一位陆士铎。”

说了这句暗示阿佳德和玛克斯的出身的话之后，何仓就要出门了；但是还是正直而干燥，带着蛋形的圆帽，抹着脂粉，穿着桔梗色的短裙，紧紧的袖子，脚上拖着无跟鞋的老何仓夫人，就把她的鼻烟匣放在小桌子上，说：

“真的，像您这么聪明的人怎么会传述这些曾经毁坏过我那可怜的女朋友的安宁和她的父亲所要给她的财产的无稽之谈呢？吉勒·玛克斯并不是我哥哥的儿子，我哥哥的花钱都是在我的劝告之下。总之，您也和我一样清楚知道鲁志夫人是很有道德的……”

“并且女儿是和母亲一样的，因为我觉得她也是傻瓜。丢了财产之后，她却养得好儿子，一个因为柏尔当的阴谋而犯刑法关在监里，另外一个的景况还要坏，干什么画家！……如果这两位受您保护的母子要在这里一直留到鲁志傻瓜脱离了打水姑娘和玛克斯的铁爪的时候为止的话，我们也就可以跟他们多吃一点盐了。”

“得了吧，何仓先生；但望他们能够排脱这铁爪……”

何仓先生戴了帽，拿了他那象牙头的手杖，受了这句话的惊吓，呆呆的走了出去，因为他没有想到他的妻子这样的坚决。何仓夫人就拿了祈祷书来念读弥撒的常课，因为她的高龄妨碍她每天到教堂里去：就是星期日和节日，她也是勉强到那里去的。自从她收到阿佳德的回信之后，她又在平常的祈祷之外加上了别的祷告，请求上帝提醒鲁志·约翰一约克，降福阿佳德，使她所进行的事情能够得到成功。她瞒着这两位她所骂为“邪教信徒”的孙辈，告诉教士要为这成功念九日经，由她委任她的外孙女保尔尼赤·阿豆菲茵代理她来主持。

阿豆菲茵那时候才十八岁，七年以来，她都是在这所单调而冰冷的房子里跟在外祖母的身边工作。她很愿意念九日经，因为她希望能够给何仓先生所不了解的这位艺术家感应一些情绪，她对于布里都·约瑟很感兴趣，因为她的外祖父认为这位年青巴黎人是怪物。

年老的人，智慧的人，城里的头脑，各家庭的家长，大家都赞同何仓夫人的行为，他们对何仓夫人的干女儿和布里都夫人的儿子的祝愿，正好和玛克桑斯的行为好久以来所给他们产生的秘密的轻蔑相和合。所以，老鲁志的妹妹和外甥的来临的消息就把伊苏当人分为两派：一派是那些只在祈祝观望而不加救助的高等老中产阶级；一派不幸是可以给巴黎人的来临做些恶作剧的游手好闲骑士团和玛克斯的朋友。

这一天三点钟的时候，阿佳德和约瑟就在悲愁广场转运公司的办公处下了车。虽然有路途的辛苦，布里都夫人看了故乡却不禁觉得年青了许多，每一步伐都提起了她的回忆、童年时代的印象。在当时的伊苏当城的状况之下，巴黎人的来临只在十分钟之内就传遍了全城。何仓夫人走到门口迎接她的干女儿，好像是亲生的女儿一样的吻着她。奔波了七十二年空虚而单调的生涯之后，她只有三位不幸而早逝的儿子的棺木，她就自然而然的养成了一种人造的母性来对待她所谓曾在她口袋里十六年的这位干女儿了。在外省的黑暗世界之中，她居然能够悬念这种老交情，回忆这个女人的童年，好像阿佳德就在身边似的；所以，她是特别关心布里都母子的利益的。阿佳德好像凯旋一样的被她引到大厅里来，何仓先生好像是灭熄了的炉灶一样冰冷的留在那里。

“这是何仓先生，你觉得他怎么样？”干妈对干女儿说。

“简直就和我离开他的时候一模一样的。”巴黎女人说。

“啊！我知道您是从巴黎来的，您真是太过分称颂了。”老头儿说。

大家就彼此介绍了：这是二十二岁的大青年小保尔尼赤·巴鲁赤；这是二十四岁的小何仓·佛兰苏；这是小姑娘阿豆菲茵。小姑娘涨红了脸，不知道如何调遣手足、如何转动眼睛，因为她不愿意让人家知道有注视这两位年青人和老何仓用另外一只眼来奇异细察的布里都·约瑟的神气。吝啬的老头儿对自己说：

“他从医院出来，他应当和久病初愈的人一样的饥饿！”

两位年青人对自己说：

“真是强盗！什么东西！他真要叫我们为难！”

“这是我的画家儿子，我的好约瑟！”阿佳德终于指着艺术家说。

在“好”字的声调中有一个力量可以显露阿佳德的整个的心，阿佳德正在想到鲁森堡的监狱。

“他有点病容，”何仓夫人叫了起来，“他不像你……”

“不，太太，”约瑟用艺术家的粗暴的天真接着说，“我像我的父亲，在面貌方面更像他那样的丑！”

何仓夫人紧握着她所拉住的阿佳德的手，给她投去了一道眼色。这姿势和这眼色的意思是说：“啊！我懂得清楚，我的孩子，你更喜欢那坏蛋菲力。”

“我从来没有看见过您的父亲，亲爱的孩子，”何仓夫人大声的回答，“但是只要当您母亲的儿子就够得让我爱你了。何况，依据唯一告诉我你们的消息的德斯高恩夫人的信，您还有天才哩。”

“天才！”艺术家说，“现在还不敢说；但是有时间、有忍耐也许可以同时名利双收。”

“就用图画？”何仓先生用深刻的讥诮的口气说。

“好吧，阿豆菲茵；”何仓夫人说，“你去瞧瞧饭怎么样了。”

“妈妈，我得去安放送来的箱子。”

“何仓，告诉布里都先生他们的房子吧。”祖母对佛兰苏说。

因为四点钟吃饭而现在是三点半，巴鲁赤就到城里去报告布里都母子来临的消息，给人家描写阿佳德的服装，尤其是那病态的脸孔好像是一个理想的强盗的肖像一般的约瑟的服装。这一天，在一切的家庭里，大家都用约瑟来说笑话。

“好像老鲁志的妹妹怀孕的时候曾经看见过一眼什么猴子，”人家说，“她的儿子简直像一个猕猴。——他有一副强盗的脸孔，一双毒蛇的眼睛。——人家说他看起来很怪、很可怕！——巴黎的艺术家都是这个样子的。——他们和红驴子一样的坏、猴一样的狡猾。——他们的景况就是这个样子的。——我刚刚见过博西尔先生，他说他不愿意夜里在森林的旁边遇到这个人，他在邮车里已经看见过他了。——他的脸孔好像老马眼上的凹部，他的姿势简直是疯子。——这孩子好像什么都会干的；也许就是因为他的原因，他的哥哥，那大个子美男子才倒了霉。——可怜的布里都夫人好像不大高兴跟他在一起似的。——我们要不要利用他在这里的机会让他给我们画肖像呢？”

这些好像风在城里播传一般的意见结果就产生了一个极度的好奇。一切有权利去看何仓一家的人当天晚上都去拜访他们，借机会去端详巴黎人。这两位人物到这落伍的城市伊苏当来，就好像椽桁落在一群青蛙的中间一样。

把母亲和自己的行李放在两间屋顶房而加以察视之后，约瑟就举眼观察这所冷静的房子；这里的墙壁、扶梯装板壁都是没有装饰而散发冷气的，这里只有一些极端必要的物品。于是，他就被诗意的巴黎到冷静而干燥的外省之间的突然的变化所愣住了。当他下楼看见何仓先生自己亲手切面包条的时候，平生第一次他算是懂得莫利哀剧中的哈尔巴岗了。

“我们要是到旅馆去的话，那就更好了。”他对自己说。

饭食的外观证实了他的领会。喝一盘人家只注意量而不注意质的汤之后，人家就端了一块肉羹内的肉块，四周胜利的围着芹菜。另外放在一边的一盘菜蔬也就算是菜单中的一项。这一块肉好像是帝王之尊一般的放在桌子的中央，陪着的是三盘其他的菜：放在菜蔬对面的一盘硬鸡蛋加酸模；还有一盘拌好胡桃油的生菜放在三个小奶油罐的对面，奶油之中的香草是用烧焦的荞麦代替的，这荞麦焦之类似香草正如假咖啡之类似真咖啡。放在两头的两盘牛油和小萝卜、一些黑小萝卜和一些黄瓜就完成了何仓夫人所承诺的这一顿饭的菜单。这位善良的老妇人点了一个快乐的女人的头，表示她的丈夫在这个月的第一天所做的事的完美。老头儿用一个眼色和肩部的动作来回答，他的意思是很容易翻译的："这是您要我干的发疯的举动！"

何仓先生把肉块切成鞋底一般的肉片之后，人家马上就端三只鸽子来代替肉汤。土产的酒是一八一一年所制的。受了外祖母的指使，阿豆菲茵就在桌的两端装饰了两瓶花朵。

"既然打了仗就打仗去吧！"

他就用在维尔桑吃过一杯坏咖啡当午饭的人的资格开始吃饭了。约瑟吞完了他的面包，当他再要的时候，何仓先生就站了起来，半天里从礼服的口袋里找出了钥匙，开了背后的橱子，举起一块重约十二磅的大面包，煞有介事的切了一块圆圈，又切成两片，放在一个盘子上，递给坐在桌的那一边的这位年青的画家。他的态度就和一个开始打仗的时候对自己说"算了吧，今天我说不定要被打死了"的老兵士一般的冰冷而镇静。约瑟拿了一片，他懂得不能够再要求面包了。家里的任何人并不奇怪约瑟所觉得怪异的这一幕戏。谈话开始进行了。阿佳德知道她在那里出生的那所她的父亲从德斯高恩家承继过来的房子是被保尔尼赤家买去了，她表示要重新要回这所房子。

"一定的，"干妈说，"保尔尼赤家里几个人今天晚上一定会来的，因为全城的人都要来看看您。”她对约瑟说，“他们一定要请你们到他们家里去。”

女仆端来杜尔兰和柏利的名产软干酪来做饭后的点心。这是羊奶制成而印出一种类似葡萄叶的花纹的干酪，人们就是依据这纹路来切开吃的，这花纹的印制就是杜尔兰人发明雕刻的原因。在这些小干酪的每一边，格里特都很敬虔的放些胡桃和一些不能没有的饼干。

“哎，格里特，拿些果子来！”何仓夫人说。

“可是，太太，已经没有烂果了。”格里特的回答。

约瑟不禁哈哈大笑起来，好像在工作室里跟他的朋友们在一起似的，因为他立刻懂得不许吃鲜果已经是这一家的家规了。

“噢！我们也一样的吃。”他用一个下决心的人的愉快的兴致回答说。

“那么，你就去吧，何仓先生！”老妇人嚷了起来。

被艺术家的话语所讽刺的何仓先生就带来了一些蜜桃、一些梨和一些圣加泰琳的李子。

约瑟对两位年青人瞪了一眼，他的神气好像是说：“原来就是这个制度使你们脸色焕发吗？”巴鲁赤懂得这个刺人的眼色，他开始微笑了，因为他的表哥何仓和他两个人，他们是显得谨慎的样子。家里的生活是这些每星期在葛纳特姆姆店里吃三次宵夜的年青人不大在意的。何况吃饭之前巴鲁赤曾接到通知，说是领袖召集全体人员半夜设宴款待请求大家帮助哩。这一顿老何仓所给客人设置的宴席就可以解释夜半葛纳特酒家的夜宴对于这两位一次也不缺席的好吃的年青人的营养是如何的必要。

“我们到客厅去喝甜酒去。”何仓夫人说着，站了起来，用一个姿势请求约瑟给她伸过手臂。

她第一个走了出去，居然能够对画家说：

“哎，可怜的孩子，这顿饭不会让您消化不良；但是我已经花了不少力量来使你们得到这些东西吃。你得在这里吃素，你只能够吃到维持生命的食品，没有别的。所以，你得忍耐的上桌……”

这位超卓而对自己告状的老妇人的好意使艺术家快乐。

“我跟这个人在一起生活已经五十年了，我听不到我的钱包里有二十个厄古的舞声！噢！如果不是要给你们拯救你们的财产，我绝不会把你的母亲和你拉到我的监狱里受罪。”

“那么，您是怎么活的呢？”画家用法兰西艺术家从来没有抛弃过的快乐的神气天真的说。

“啊！是了，”她接着说，“我祈祷。”

约瑟听了这句话不禁微微的发抖，这句话使他觉得这位老妇人的伟大，他就退了三步来端详她的脸孔；他觉得她的神采焕发而印有这样温和的安静的痕迹，就对她说：

“我要画您的肖像！”

“不，不，”她说，“我在世上太扰烦了，我不愿意再用画像留在世上！”

她一边快乐的说了这句悲惨的话，一边从橱子里拿出一个盛有芥仑子酒的小玻璃瓶；这是她自己制造的一种甜酒，因为她曾从那些制造伊苏当饼的著名的女教徒处学到一种法兰西糖果的最大的发明，这方法而且是任何庖丁、任何厨子、任何制饼匠、任何糖果匠所不能够假冒仿制的。法兰西驻君士坦丁堡大使李维尔先生每年都为莫罕穆的宫闱大量的定购。阿豆菲茵端着一个满排着边缘雕花、角上涂金的老旧的小玻璃杯的漆盘；然后，给外祖母斟满了一杯之后，她就给大家献酒了。

“轮着一巡，我干爹也得有！”阿佳德快乐的嚷着，这个不变的仪式使她记起了儿时的光景。

“何仓就要到他的会社去看报，我们也可以有一会儿的自由时间。”老妇人轻声的对她说。

果然，十分钟之后，三位女人和约瑟就单独的留在客厅里。这客厅的地板从来没有洗擦过，只是打扫过而已，地毡装在圆剜形的框架之内；整个的简陋的家具就是用布里都夫人当日留下时的原样出现在她的眼前。不大尊重什么东西的君主政治、革命风波、帝国制度、复辟运动都尊重了这间客厅，因为在这里找不到他们的光荣或是他们的惨运的任何的痕迹。

“啊！干妈，我的生活和您的生活相比较未免太残暴而摇动了。”布里都夫人嚷着说，她惊奇居然能够在壁炉上的老挂钟、老铜柄和银烛台之间找到她所认识的当时的活黄雀包在草堆里面。

“我的孩子，”老妇人回答说，“风波是在心里的。忍耐越是必要，越是重大，我们就越得跟自己斗争。别谈到我，还是谈你们的事情吧。你们正好是在敌人的对面。”她接着说，指着鲁志房子的饭厅。

“他们正坐在桌上。”阿豆菲茵说。

这位半隐居的少女总是从窗口看出去，希望能够得到一些归罪于吉勒·玛克桑斯、打水姑娘、约翰—约克的启示；当人家请她走来谈论这些人的时候，她正好听到他们所说的飘到她耳朵旁边的几句话。老妇人叫她的外孙女让她一个人留下跟布里都夫人和小布里都先生谈话，一直等到有人访问的时候为止。

“因为，”她瞧着两位巴黎人说，“我可以背诵伊苏当的事情，我们今天晚上可以有十至十二帮好奇的人来。”

当何仓夫人好不容易对这两位巴黎人没有系统的叙述打水姑娘和吉勒·玛克桑斯对于鲁志·约翰—约克的征服的奇异的经过而加以城里的好坏的舌头所修饰的成千的注解、描写和假设的时候，阿豆菲茵就来宣告保尔尼赤夫妇、博西尔夫妇、陆士铎—勃兰庄夫妇、费赤夫妇、高德—黑罗夫妇一共十四个人的来临，他们从远处里渐渐的走近了来。

“亲爱的，”老妇人结束的说，“您知道从豺狼口中拉回这笔财产并不是一桩小事情……”

“跟您刚才所描写的这位坏人、这个快活的饶舌妇办交代我看是太难了，简直是不可能的。”约瑟回答说，“我们至少得有一年的时间留在伊苏当跟这势力斗争，推翻他们在我舅舅身上所建筑的帝国……财产值不得这些的忙碌，并且做了成千的卑鄙行为实在是侮辱自己的名誉。我母亲只有两星期的假期，她的地位是靠得住的，她不应当丢掉他。我，我在十月有许多重要的工作，是施纳给我在一位法兰西世卿的家里找到的……您知道，太太，我的财产就存在于我的笔尖之上！”

大家呆呆傻傻的听这一段话。虽然何仓夫人在她所生活的城市里比较的总算是高明的女人，然而她也不相信什么图画。她瞧了瞧她的干女儿，又重新紧握她的手。

“这玛克桑斯就是菲力第二，”约瑟朝着他母亲的耳朵说，“不过比菲力更有政治手腕，更有外表就是了。——我们去吧，太太，”他高声的嚷着，“我们不至于在这里居住太久，使何仓先生扫兴！”

“啊！您年青，您一点儿也不知道世事！”老妇人说，“两星期之内，用一些政治手腕，人家就可以得到一些结果；请你们听我的劝告，请你们依据我的意见行动。”

“噢！心愿得很，”约瑟回答说，“我对于家庭上的政治手腕实在太不会了；我也不知道，比方说，如果明天我舅舅不肯接见我们的话，德斯罗慈要叫我们怎么办？”

保尔尼赤夫人、高德—黑罗夫人、博西尔夫人、陆士铎—勃兰庄夫人和费赤夫人，大家都由她们的丈夫点缀着走了进来。平常的寒暄过去了，当这十四位男女坐定了之后，何仓夫人忍不住就给他们介绍她的干女儿和约瑟。约瑟留在靠椅上，阴险的研究着自从五点钟到九点钟之间免费来给他当模特儿的脸形，正如他对他的母亲所说的一样。这夜里约瑟在伊苏当的同乡面前所有的态度并不使这小城市的人士对他的估计发生变化：每一个人都在他那刺谑的眼色、使人不安的微笑、不认识天才的怪癖的人所觉得凶恶的脸孔的惊吓之下走开了。

十点钟，当大家都去睡觉的时候，干妈把她的干女儿留在自己房子里，一直留到半夜。确信自己是单独的，没有别人参加在内，她们就彼此述说生活的悲惨，彼此交换苦痛。认识了损失一位不知名的美丽的灵魂的力量的荒野的广大，听到了这个没有运气的精神的最后的回响，知道了这个从来没有实践仁爱慈善的慈心的苦痛，阿佳德再也不觉得自己是最不幸的女人了，因为巴黎的生活给上帝所送来的忧苦带来不少的消遣和小幸福。

“您是敬虔的老太太，干妈，请您给我解释我的错过，请您给我说说上帝在我身上所责罚的是什么。”

“他预备我们，我的孩子。”老妇人说的时候正好打了午夜十二点钟。

这时刻，游手好闲的骑士们正在一个个的好像巴郎大马路的树下黑影一般的会集着，他们轻声的在那里一边谈话、一边散步。

“我们要干什么呢?”这是每一个人互相接近的时候所说的第一句话。

“我相信，”佛兰苏说，“玛克桑斯的邀请只是简简单单的要飨宴我们罢了。”

“不，打水姑娘和他的环境都是很严重的。他一定要给巴黎人干些恶作剧……”

“把他们送走是相当客气的。”

两点钟的时候，当大家开始品酒的时候，玛克斯就说话了。

“我的祖父已经害怕在他家里增多了两张吃饭的嘴，他一定很高兴抓到一个借口……”

“哎，诸位骑士！”玛克斯轻声的嚷着走来，“你们为什么看着天上的星光呢？天星不会给我们蒸出樱桃酒。我们走吧！到葛纳特酒楼去！到葛纳特酒楼去！”

“到葛纳特酒楼去！”

这众口一声的喊叫就产生了一个可怕的喧呼，这喧呼在城里的传遍就好像突击军队的卫呼一般；然后，最深沉的寂寞又统治全城了。第二天，很多的人都对邻居说：

“您听见夜里一点钟的可怕的叫声吗？我以为是什么地方发火了哩。”

名不虚传的葛纳特的宵夜使二十二位客人的眼睛都发出愉快的光芒，因为全体的人员都出席。两点钟的时候，当大家开始品酒（这是游手好闲骑士团字典中所有的字眼，颇足以描写小口喝酒而尝味高下的动作）的时候，玛克斯就说话了：

“孩子们，今天早上，当我们给法里奥的车子开了一个值得纪念的玩笑的时候，你们的领袖的名誉曾被这位老食粮商，而且是西班牙人……（噢！狱船！……）凌辱了，使我不得不决定让这个坏蛋觉到我的报复的重量，虽然我们还是玩我们的。想了一整天之后，我找到一个方法可以举行一次极妙的戏谑，这戏谑可以使他发疯。为着报复因我个人而使整个团体受辱起见，我们可以喂养埃及人所崇拜的小畜牲，这些小动物其实也是上帝的造物，不过受到人类的不正当的迫害罢了。善是恶的娇子，恶是善的宠儿；这是最高的天道！所以我命令你们大家，以逆忤非常谦卑的领袖论罪，我命令你们尽量秘密的每个人寻觅二十只老鼠或是二十只怀孕的母老鼠，如果上帝允许的话。请你们在三天之内凑集你们大家的分配额。如果你们能够寻觅更多的话，更加欢迎。请你们保留这些有意思的啮齿动物，别给他们东西吃，因为主要的目的就是要这些可爱的小动物非常的饥饿。请你们注意，鼷鼠和田鼠我也接收。如果我们以二十二乘二十的话，我们就可以得到四百多个的同犯，放在法里奥安置新买来的食粮的老卡布生教堂里，可以消耗相当多的数量。但是我们得敏捷一点儿！法里奥要在一星期之内放出大量的食粮；我要这位到四郊去干活的西班牙人损失一个大信用。诸位先生，这发明并不是我的功劳，”他看见全体的人的钦佩就这样的说，“我们应当把凯撒的还给凯撒、上帝的还给上帝。这只是模仿《圣经》所说的散桑的狐狸。但是散桑是放火的人，他不大博爱，然而我们却像波罗门教徒一样是被迫害的动物的保护人。勃拉西尔·佛罗尔小姐已经张好了一切的捕鼠机，我的右手古斯基也正在捕捉田鼠。我的话算是说完了。”

“我知道，”小高德说，“到什么地方去寻找一个等于四十只老鼠的动物。”

“什么东西？”

“一只松鼠。”

“我，我给一只小猴，它吃麦子吃到醉。”一个缺乏经验的骑士说。

“不好！”玛克斯说，“人家知道这些动物是从哪儿来的。”

“我们可以在夜里每个人都从邻近农场的养鸽所捕到一只鸽子，带到那里去，”小博西尔说，“在屋顶弄它一个窟窿，把鸽子从那里放进去一会儿就可以引来好几千的鸽子。”

“这么一来，一星期的时候，法里奥的栈房就要变成我们的夜戏舞台了。”吉勒对大个子小博西尔嚷着说，“你们知道在圣巴提因镇人家很早就起床。大家都得把破布鞋底换上才可以到那里去。请鸽子计的发明人博西尔骑士带路去。至于我呢，我要小心把我的名字签在麦堆里面。你们是老鼠先生们的马队庶务官。如果栈房的伙计在卡布生教堂睡觉的话，就得用巧计叫同伴们灌醉他，把他带到离开这些啮齿动物的食库很远的地方。”

“您不跟我们说些关于巴黎人的事吗？”小高德问。

“噢！”玛克斯说，“我们得研究研究他们。不过，我可以献出一条御赐的好猎枪，是凡尔赛制造局的出品，值得两千佛郎。无论什么人能够找到方法给巴黎人开个玩笑，让他们和何仓夫妇不睦，或是被这两位老东西驱回去，或是自己走了，然而却没有烦扰我的两位朋友巴鲁赤和佛兰苏的祖宗的话，我就把这条猎枪送给他。”

“这行！我要想个法子。”爱好打猎成癖的小高德说。

“如果发明恶作剧的人不要我的猎枪的话，他可以得到我的马！”玛克桑斯叫人家注意这一点。

自从这顿宵夜之后，二十个人都根据这个规程绞着脑汁去设想一条对付阿佳德母子的计策。但是只有魔鬼或是偶然的命运才能够成功，因为玛克斯所提的条件不容易办到。

第二天早晨，阿佳德和约瑟在十点钟第二次的早饭之前下楼了。所谓第一次早饭就是在床上或是刚离床时所吃的一杯牛奶和一块涂抹牛油的面包片。虽然何仓夫人年纪老了，然而她却照样的像路易十五时代的公爵夫人一般的细心的举行一切的装饰仪礼。正在等候何仓夫人的时候，约瑟瞥见约翰—约克两脚直直的插在对面房子的门上。他很自然的指给他的母亲看，阿佳德已经认不得她的哥哥了，因为他已经不大像她离开他的时候的样子了。

“那就是您的哥哥。”阿豆菲茵说着，给她的外祖母伸过手臂。

“真是一个傻子！”约瑟嚷着说。

阿佳德握住双手，仰起眼睛，朝着天空：

“人家把他弄成什么样子！我的上帝，这是一位五十七岁的人吗？”

她要注意的观看她的哥哥，她看见勃拉西尔·佛罗尔站在老人的背后，头发梳得整齐的，在花边的围巾的薄丝下露出雪白的背部和眩目的胸脯，好像一位富有的妓女一般，穿着一件带有当时时髦的黑纱的胸衣的袍子，有所谓“半截”的袖子，腕上是以上等的镯子来结束的。一条金链子在打水姑娘的上半身发亮着。打水姑娘给约翰—约克带来一顶黑丝的头巾，怕他受了凉；很明显的，这是一幕有意计算的幕景。

“那真是，”约瑟嚷着说，“一位美丽的女郎！这而且是稀见的美女！……正如人家所说的一样，她是生来让人家画像的！多美的皮肤！噢！美丽的气派！多美的中肉，多美的圆形，还有肩膀！……这是伟大的雕刻人形！这是迪田的维纳斯神像的一个好模特儿。”

阿豆菲茵和何仓夫人都以为约瑟是在说希腊语；但是站在儿子背后的阿佳德却给她们做了一个暗号，好像告诉她们这是她所惯听的话语似的。

“您觉得这位抢了您财产的女人美丽吗？”何仓夫人说。

“这并不妨碍她当一个美丽的模特儿！刚刚好相当恰当的肥胖，臂部和形状都没有损害……”

“朋友，你并不是在你的工作室，”阿佳德说，“何况阿豆菲茵还在那里哩！”

“真的，我错了；但是自巴黎到这里，一路上我也真的只看见过一些丑妇人……”

“但是，亲爱的干妈，”阿佳德说，“我们怎么能够看我的哥哥去呢？……因为他是跟这个妖物在一起的……”

“噢！”约瑟说，“我要看看他去，我！……当他因为这一个迪田的维纳斯神像而懂得来饱享眼福的时候，我已经不再觉得他是傻子了。”

“如果他不是傻里傻气的话，”突如其来的何仓先生说，“他一定会安静的结了婚，生了孩子，你们也没有机会占有他的承继了。有些不幸的事情往往也有好处。”

“您儿子的主意真不坏，他应当先去拜访他的舅舅，”何仓夫人说，“他可以让他听清楚如果您去的话他应当一个人留在那里。”

“那么，您要去和勃拉西尔小姐摩擦吗?”何仓先生说，“不，不，太太，您还是吞下这个苦痛吧……如果您得不到承继的话，您无妨想法子至少可以得到小遗赠……”

何仓夫妇没有力量跟玛克桑斯斗争。正在吃早饭的时候，波兰人带了他的主人鲁志写给妹妹布里都夫人的一封信来。这就是何仓夫人叫她丈夫念的这封信：

我的亲爱的妹妹，

我从外人处听到您来伊苏当的消息。我猜想得到您所以住在何仓先生夫妇家里而不住在我家里的动机；但是，如果您要到我这里来的话，我一定是以您所应当得到的接待来款待您。如果我不是因为身体违和不能出门的话，我一定要先去看您。实在抱歉得很。我一定要很快乐的会见我的外甥，我要请他今天来跟我一块儿吃晚饭：因为年青人没有女人们那样的对于会众容易受到感应。所以，我希望他能够让我快乐，和保尔尼赤·巴鲁赤跟何仓·佛兰苏两位先生一同来。

你的亲爱的哥哥，

鲁志·约翰—约克

“告诉他我们正在吃早饭，布里都夫人一会儿就回信，我们接受这邀请。”何仓先生对他的女仆说。这老头儿就把一个手指放在嘴唇上面叫大家安静不做声。当朝街的房门关了的时候，没有法子怀疑他的两位孙辈和玛克桑斯的友谊的何仓先生就对他的妻子和阿佳德投去一道精致的眼色：

“他写这封信就好像我拿二十五路易一样……我们其实是跟大兵通信。”

“您这句话是什么意思呢?”何仓夫人问。“无论如何，我们要回信。至于您，先生，”她瞧着画家加上这一句，“您得到那边去吃晚饭去，但是，如果……”

老妇人在她的丈夫的眼色之下停顿了。看出他的妻子对于阿佳德的友谊是如何的活泼，老何仓只怕看见她要给她的干女儿一些遗赠，如果整个的损失了鲁志的承继的话。虽然他比妻子大十五岁，这位吝啬人还希望能够得到她的承继，有一天能够统理一切的财产。这希望是他的固定的念头。所以何仓夫人就想出一个方法来获得丈夫的让步，因为她可以威吓他，说是要写一张遗嘱。何仓先生因此就袒护他的客人。何况这是一笔大承继的问题，而且依照社会的公道的精神，他也愿意这承继落在自然的承继人手里，不愿意被不相干的外人拿了去。还有，这问题越早解决，他的客人也就可以越早走开。到此刻为止，这承继的侵占人和合法的承继人之间的斗争只是存在于他的妻子的计划之中，自从这斗争实现了之后，被外省生活所昏睡的何仓先生的精神活动不禁又醒了过来。当何仓夫人看见当天早晨这位老何仓就对她的干女儿说了几句同情的话，布里都母子居然得到了这样巧妙细腻的帮助的时候，她实在是相当合意的惊愕了。

中午的时候，何仓先生，何仓夫人，相当奇怪这两位老人家这样小心选择字眼的阿佳德和约瑟，他们四个人的智慧的结合就产生了下面的一封回信，完全是为佛罗尔和玛克桑斯而写的：

我的亲爱的哥哥，

如果我三十年没有回到这里，没有和这里的任何人，甚至于您，维持关系的话，这罪过不但是因为父亲对于我所怀的奇怪而错误的观念，同时也是因为我在巴黎的生活的不幸和幸福；因为，如果上帝曾使我当一个幸福的妻子的话，他却使我当了一个受罪的母亲。您并不是不知道我的儿子，您的外甥菲力，因为对于皇帝的忠心而被告犯了大逆之罪。所以，当您听说一位因为生活而被迫去接受在一家彩票售卖处当一个不相干的雇员的寡妇来这里向看见她出生的人们寻求安慰的时候，您一定不会惊愕。陪着我来的这位儿子的困难的景况，就是那些在贡献结果之前最需要天才、最需要牺牲、最需要研究的人们所有的景况。在这种景况之中，光荣是在财富之先的，这不是告诉您当约瑟光耀我们家门的时候他还是要穷苦的吗？我的亲爱的约翰—约克，您的妹妹大可以委屈忍受父亲的不公平的结果；但是请您宽恕这位做母亲的人让您知道您有两位外甥，一位曾经在孟特罗战场上当过皇帝的传令官，曾经在滑铁卢当过皇家禁卫军，而现在却坐在监狱里；另外一个自从十三岁以后就被神召在一个非常困难然而却非常光荣的事业里。所以，我的哥哥，我是以最大的诚意来感谢您所给我写的那封关心我和我的约瑟的信的。约瑟一定要出席您的邀请。疾病宽恕一切，所以我也只好到您家里去看您去了。一位姐妹在一个兄弟家里总是觉得很舒适的，无论他所采取的是哪一种的生活方式。我诚恳的吻着您。

鲁志·阿佳德

“事情算是规定好了。当您去的时候，”何仓先生对巴黎女人说，“您可以清清楚楚的对他说到他的两位外甥……”

格里特带了信去，十分钟后，她又依据外省的风俗回来给主人们报告她所听到或是看到的一切。

“太太，”她说，“自从昨天晚上以来，人家已经打扫了整个的房子了，那边太太留下……”

“谁，那边太太?”老何仓问。

“不过人家在家里就叫她做打水姑娘，”格里特回答说，“她留下大厅和一切使鲁志先生显得恶劣不堪的东西；但是自从昨天以来，房子又恢复了玛克桑斯没有来之前的状况了。人家在那里老看着。维蒂告诉我占斯基早上五点钟就骑马去，九点钟回来，带了许多吃的东西。总之，今天晚上一定有一顿好饭吃，好像给布尔慈的主教预备的酒席似的。人家把小罐子放在大罐子之中，一切厨房的东西都放在适当的地方。那位好好先生解释一切，他说：‘我要欢宴我的外甥。’我觉得鲁志一家好像很高兴这封信似的。那边的太太跟我说……噢！她装束得整整齐齐的！……装束得整整齐齐的！我从来没有看见过这么美的装束，什么！那边的太太耳朵上有两颗金刚钻，每一个都值一千厄古，维蒂告诉我的；她还有花边！手指上戴指环，还有镯子，您一定要说她是一个真的神龛，她的一件丝袍子就好像祭台前面的裙帐那样的好看！……她就告诉我：‘先生非常快乐知道他的妹妹有这么好的一位孩子，他希望她能够让我们尽她所当得的来庆祝她。我们希望在欢迎她的儿子之后，她对我们有好的意见……先生非常急于见着他的外甥。’那边太太有小小的黑缎鞋和袜子……不，这真是太美了！缎子上面有花朵，还有窟窿，您一定说是花边，人家可以瞧到里面她那玫瑰色的肌肉。她穿得一身的漂亮！前边是一块非常好看的盖膝布，维蒂告诉我这块盖膝布就值得我们两年的工钱……”

“算了吧，您得好好的工作。”艺术家微笑的说。

“您来得正好，我的朋友。”老头儿说着，用蠢笨的神气瞧着他的外甥。

“好，你想些什么，何仓先生？”当格里特走了的时候，这位老妇人说。

何仓夫人指着她的干女儿看那两手抱着头、肘子靠着椅臂而沉思的她的丈夫。

“您是跟一位大滑头周旋的！”老头儿说。“用您的思想，年青人，”他瞧着约瑟加上一句，“您没有力量跟这位老练的坏蛋玛克桑斯斗争。虽然我告诉你，您还是会干傻事的；但是，至少请您报告我今天晚上您所看见、您所听见和您所做的事。您去吧！上帝保护您！您想方法跟您舅舅单独谈话。如果尽了您的聪明您还办不到的话，您也会看到一些他们的计划的眉目；但是如果您能够跟他一个人在一起一会儿而不让人家听见您的话，嘿！……您应当探他的口气，知道一些他那不快乐的情景，替你的母亲辩护……”

四点钟的时候，约瑟走过了分隔何仓和鲁志两家的房子的隘路，这是一条种植衰瘠菩提树的小径，两百尺见长，和大拿勒特街一样的宽。当外甥出现的时候，穿着擦油的长靴、黑呢的裤子、白色的背心、黑色的上衣的古斯基就在前面带路，宣告他的到来。桌子已经安放在大厅中间了，容易认得他的舅舅的约瑟一直朝着他走，吻着他，又给佛罗尔和玛克桑斯行礼致敬。

“我生来就没有看见过您，舅舅，”画家快乐的说，“但是晚见比常见还要好。”

“您来得正好，我的朋友。”老头儿说着，用蠢笨的神气瞧着他的外甥。

“太太，”约瑟用艺术家的姿态对佛罗尔说，“今天早上，我很羡慕我的舅舅有福气能够每天崇拜您！”

“她真美，不是吗？”老头儿说着，他那黯淡的眼睛几乎变成发亮的。

“美到可以当一位画家的模特儿的地步。”

“我的外甥，”被佛罗尔用肘子推触的老鲁志说，“这位是吉勒·玛克桑斯先生，他和您的哥哥一样，也是曾在禁卫军给皇上当过差的。”

约瑟站了起来，点了一点头。

“令兄是在骑兵队里，我想，但是我是在步兵队里。”玛克桑斯说。

“骑在马上或是光着脚走，”佛罗尔说，“都是一样拿皮肉去冒险的！”

玛克斯细细的打量约瑟，正如约瑟细细的打量玛克斯一样。玛克斯穿得一身的漂亮衣服，正如当时的时髦少年所穿的一样，因为他的服装是巴黎制造的。一条宽褶边的天蓝色的呢裤使他的脚特别显得调皮，只让人家看见配有刺马距的长靴的靴头。他的腰部扎有一件配有金细工钮子的白背心，后面结着一个钮，就当做腰带用。这件一直钮到领上为止的背心清清楚楚的画出他那宽阔的胸脯，而他那黑绸的衣领也使他不得不仰高脑袋，如同军人一样的挺着。他穿着一件裁得非常合式的小黑上衣。背心的口袋上挂着一条好看的金链，隐隐约约的露出一只扁平的小表。他手里把玩着勃礼格刚发明的这个所谓的小钥匙。

“这孩子真不坏。”约瑟对自己说，他用画家的资格钦佩玛克斯从他的绅士父亲遗传下来的强旺的神气和活泼的灰眼睛。“我舅舅一定很受抑制，这位美人算是找到了补偿了，他们真是结成了三位一体的家庭了。这是很明显的！”

正在这个时候，巴鲁赤和佛兰苏来了。

“您还没有看过伊苏当塔楼吗？”佛罗尔问约瑟，“还有一个钟头吃饭，如果您愿意利用这时间去溜达溜达的话，我们就登一登本城的奇景吧。”

"赞成。"艺术家说，他一点儿也看不出这桩事的不方便。

当佛罗尔去戴帽、戴手套、围羊毛巾的时候，约瑟看见了图画就突然的站了起来，好像什么魔术家用魔杖触动了他似的。

"啊！您有这许多图画，舅舅！"他说着，一边细赏着使他注意的那一张画。

"是的，"好好先生回答说，"这是德斯高恩他们给我们的，他们在革命时候曾经买到许多教会的房屋和柏利的教堂的遗物。"

约瑟不再听他的话了，他一张一张的鉴赏着。

"真了不得！"他嚷着，"噢！但是这一张是……那个人居然没有毁坏他们！好吧，一张比一张强，好像是在倪高勒家里一样……"

"在仓库里还有七八张大画，因为框架好，所以保留了他们。"吉勒说。

"咱们去看去吧！"艺术家说。玛克桑斯领他到仓库里来。

约瑟兴高彩烈的下楼回来了。玛克斯朝着打水姑娘的耳朵说了一句话，打水姑娘就在十字窗口拉住鲁志好好先生；约瑟听见这句轻声说出而有意让他听见的话：

"你的外甥是一位画家，这些图画对您毫无用处，请您对他厚道一点儿，就拿这些图画送给他吧。"

"你好像是，"靠在佛罗尔臂上走到他的外甥对一张阿尔班画出神的地方来的好好先生说，"你好像是画家……"

"我只是一个歪画工。"约瑟说。

"什么叫做歪画工？"佛罗尔说。

"就是一位初学画的人。"约瑟回答说。

"那么，"约翰—约克说，"如果这几张画对你的职业有一点儿用处的话，我就送给你好了……但是只送画，不送框架。噢！框架是镀金的，它们并且是太奇怪的；我要在那里放些……"

“真的！舅舅，”约瑟快乐的嚷着说，“您可以放些我将要给你送来的同样大小的摹本。”

“但是这却需要您的时间，你得有布料、有颜色，”佛罗尔说，“你得花费金钱……咱们瞧瞧看，鲁志老伯，请您给您外甥每张一百佛郎，那边您有二十七张……我想在仓库里还有十一张大的，您得付双倍的钱……一共四千佛郎……是的，您的舅舅很愿意给您四千佛郎来购买您的摹本，因为他要保留框架！总之，您得有框架，人家说框架是比图画还值钱的；因为里头有金子！……——你说吧，先生，”佛罗尔摇动好好先生的手臂接着说，“是不是呀？……这不算贵，您的外甥拿了您四千佛郎得给您画新的来代替您的旧画……这是，”她朝着他的耳朵说，“一种忠厚的方法来给他送四千佛郎，我觉得他并不是非常富裕的……”

“哎，外甥，我要给您四千佛郎付还您的摹本费……”

“不，不，”老实的约瑟说，“四千佛郎再加上图画，这是太过了；因为您知道，图画是有价值的……”

“但是，请您接受吧，笨人！”佛罗尔对他说，“因为这是您的舅舅……”

“好吧，我就接受吧。”约瑟说着他被刚才所做的事弄得昏头昏脑的，因为他认出了一张柏鲁庄。

所以艺术家就很快乐的出去了，给打水姑娘伸出的他的手臂，这对于玛克桑斯的计划大有用处。无论是佛罗尔也好，是鲁志也好，是玛克斯也好，是伊苏当的任何人也好，大家都不认识图画的价值，就连狡猾的玛克斯也还以为是用小东西来购买佛罗尔的胜利。佛罗尔非常骄傲的在全城的惊愕之下靠在主人的外甥的手臂上散步着，她对他非常的和气。人家都站在门口观看打水姑娘对于主人的家庭的胜利。这过火的事实引起了玛克斯所预计的一个深刻的感觉。所以，当五点钟舅舅和外甥回来的时候，一切的家庭都只讨论玛克斯和佛罗尔跟老鲁志的外甥的完全的契合。而且，奉赠图画和四千佛郎的故事已经在传诵了。法院的一位法官陆士铎和伊苏当市长所出席的宴会是非常丰盛的。九点钟吃饭后点心的时候，坐在佛罗尔和玛克斯之间、舅舅对面的画家已经变成军官的半友了，因为他觉得这军官是世界上最好的孩子。约瑟十一点钟回来，几乎有点醉了。至于好好先生鲁志，他却由古斯基烂醉如泥的带到床上去。他是和到处演戏的优伶一般的吃、沙漠的荒土一般的喝的。

“好了，”和佛罗尔单独留到半夜的玛克斯说，“这不是比较对他们做出发恨的态度还要好吗？布里都母子应当受到好好的招待，应当得到小小的礼物，因为得到了恩惠，他们就只能够称赞我们了；他们一定要静悄悄的走了，让我们安静的留在这里。明天早晨，我和古斯基，我们两人要把一切的图画取了下来，送给画家，让他一醒来就得到这些东西，我们得把框架放在仓库里，我们还得重新改换一下厅中的彩布，铺上一些印有《德律马克寻父记》的幕景的染色纸，好像我在梅伊勒郎先生家里所看到的一样。”

“好，这是更好看的。”佛罗尔叫着说。

第二天，约瑟一直到中午才醒来。他在床上看见一张一张的叠着的图画，不知道这是什么时候给他带来的。正当他重新细察图画，鉴别杰作，研究作风，寻找画家的签名的时候，他的母亲已经被老何仓的推促走去感谢拜访她的哥哥去了，因为他知道这位画家前夜所干的一切的傻事，而替布里都的权益发生忧愁。

“您的对手是太狡猾的人。我一辈子也没有看见这兵士有过这样的举止！战争似乎可以养成年青人的气度。约瑟让人家钳夹！他让打水姑娘拉着手臂散步！无疑的，人家是用酒、用坏图画和四千佛郎来塞住他的嘴。您的画家未免太让玛克桑斯占便宜了。”

老头儿的聪明就教导他的妻子的干女儿去行动，叫她顺着玛克桑斯的计策去阿谀佛罗尔，因而能够和她亲密，找到机会和约翰—约克做一刻钟的谈判。布里都夫人受到哥哥的盛大的欢迎，因为佛罗尔曾教导过他。老头儿躲在床上，他因为前夜的放怀而生了病。最初的时刻不能够讲到严重的问题，玛克斯认为让他们兄妹两个人单独留下是最方便、最大方的。这计算是正确的。可怜的阿佳德觉得她的哥哥这样的病痛，她不愿意取消勃拉西尔夫人对他的看顾。

“并且，我要，”她对老孩子说，“我要认识认识，我得为我哥哥的幸福而感谢她的那个女人。”

当然这些话会使好好先生高兴，他就按着铃叫勃拉西尔夫人来。人们可以想象得到佛罗尔就在附近的地方。两位女对头就互相的行礼致敬。打水姑娘施展着她那最谦卑、最动情的护卫；她发现先生的头太低，就给他重新安放好枕头，好像新婚的妻子一样。所以，这位老孩子的情绪就紧张起来了。

“我们得感谢您，小姐，”阿佳德说，“因为好久以来您对我哥哥都是这样的热心，我们也感谢您守护他的幸福的态度。”

“这是真的，亲爱的阿佳德，”好好先生说，“她使我认识幸福，并且，她是一位赋有许多超卓性质的女人。”

“所以，哥哥，您并没有过分的补偿小姐，不然的话，您也就娶了她了。是的，我是过分虔诚的信徒，我不能够不希望看着您遵从宗教的训诫。没有触犯法律和道德，你们每一个人都可以更安心的生活。哥哥，我是来请求您援助我的一个苦难的；您千万别以为我们是来观察您到底用什么方法安置您的财产。”

“太太，”佛罗尔说，“我们知道令尊大人对您是不公平的。令兄能够告诉您这个，”她凝视着她的牺牲者说，“我们所有的唯一的吵闹都是因为您而生的。我坚持认为先生应当给您一部分您所应得的财产，就是我那可怜的恩人所弄错了的，因为令尊大人是我的恩人（她声泪俱下的说），我永远也忘不了……但是令兄，太太，他却是懂道理的……”

“是的，”好好先生鲁志说，“当我将来写遗嘱的时候，我绝不会忘记你们……”

“哥哥，别谈这些话了；您还不认识我的性格。”

根据这开端，人家可以容易想象出这第一次的会面是如何的进行。鲁志邀请他的妹妹后天来吃晚饭。

在这三天之中，那些游手好闲的骑士捕捉了许多的老鼠、鼷鼠和田鼠，就在一个夜里把他们饥饿的放在谷实之中；一共四百三十六只，其中有好几只怀孕的母老鼠。给法里奥找到这些寓客还不算满意，骑士们又在卡布生教堂的屋顶挖下一个窟窿，放下从十个不同的养鸽场捕到的十来只鸽子。这些动物安安静静的大享他们的佳宴，因为栈房的伙计被一条恶计哄出去离了职守，他自早到晚一直的醉酒，一点儿也不看顾主人的谷粮。

和老何仓的意见相反，布里都夫人相信她的哥哥还没有写下遗嘱；她想要于第一次和他单独谈话的时候就问他对于勃拉西尔小姐的意向，因为佛罗尔和玛克桑斯是用这个总得要上当的饵物来诱惑他的。

虽然骑士们全体都在寻觅一个叫巴黎人逃走的方法，但是他们却只找到一些不可能的疯狂。

一星期之后——巴黎人居留伊苏当的时间已经去了一半了——他们还是没有比第一天进步。

“您的法律代言人并不懂得外省的情形，”老何仓对布里都夫人说，“您所要办的事不但十五天办不完，就是十五个月也办不通；您得跟随您的哥哥，不离开他，给他灌输宗教的思想。您只能够用教士的镰刀来破坏佛罗尔和玛克桑斯的堡垒。这是我的意见，现在是决定的时候了。”

“您对教士们有些特别的观念。”何仓夫人对她的丈夫说。

“噢!”老头儿嚷着，“你们原来就是这样的，你们这些其他的女信徒!”

“上帝不会降福一个亵渎神圣的事业，”布里都夫人说，“让宗教服务同教的人……噢!可是我们可以变成比佛罗尔还有罪过的。”

这段谈话是在吃早饭的时候说出的，佛兰苏和巴鲁赤都用整个的耳朵来倾听。

“亵渎神圣!”老何仓叫了起来，“但是，如果有一两个和我所认识的几个教士有同样的精神的好方丈知道您是如何的困难的话，他一点儿也不会看出把您哥哥的错乱的灵魂唤回到上帝前面来，要他真正的悔改他的错误，叫他送走这个祸水的女人而保证他的命运，告诉他给主教的小修道院捐上几千佛郎的息金，给他的自然承继人留下一些财产等等是什么亵渎神圣的行为。”

这位老吝啬人在家中所得到的被动的服从，是从他的儿辈传到他的孙辈的；据他说，他是为着他们正如为着自己一样的搜集一个丰富的财产。这种服从并不允许巴鲁赤和佛兰苏有任何表示惊愕反对的神色；但是他们却彼此交换了一个含有意义的眼色，好像是说这种意见对于玛克斯的利益有如何的损害。

“太太，事实是，”巴鲁赤说，“如果您要您哥哥的承继的话，唯一的真正的方法是：在必要的时间之内留在伊苏当来利用他……”

“妈妈，”约瑟说，“您应当给德斯罗慈写信报告这一切的事情。至于我呢，我并不想在舅舅已经送给我的东西之外再要求什么东西……”

认识了这三十九张图画的大价值之后，约瑟就小心翼翼的拔除了它们的铁钉，在上面用平常的糊浆黏上了纸，把它们一张一张的重叠着，结结实实的装在一个大箱子里，由邮政送交他所提议要给他写一封征求意见的信的德斯罗慈。这一包宝贵的货物就在隔夜之前送走了。

“您太容易满足了。”何仓先生说。

“但是，我并不难从这些图画里找到十五万佛郎。”

“画家的想法!”何仓先生用某种神气瞧着约瑟说。

“你听，”约瑟对他的母亲说，“我要跟德斯罗慈写信，给他解释这里的情况。如果德斯罗慈劝你留下的话，你就留在这里好啦。至于你的地位，我们总可以找到一个同等的……”

“亲爱的，”何仓夫人离开桌走来对约瑟说，“我不知道您舅舅的图画到底是些什么，但是依据来源说，他们应当是些好画。如果他们只值得四万佛郎，每张一千佛郎的话，您可不必对任何人说起。虽然我的孙子们是谨慎的、有教导的，可是，他们可以无意的说到这发现，全伊苏当的人也就会知道了，千万别让我们的对手怀疑。您真是小孩子的行为！……”

事实上，中午的时候，很多伊苏当的人，尤其是吉勒·玛克桑斯，都知道了这个意见，结果大家都去寻找平日没有注意到的老图画，把乱七八糟的破画都拿了出来。玛克斯懊悔自己推促老头儿把这些图画送给人；听到老何仓的计划之后，他对这两位承继人的怒恨也就随着他所谓的“干了傻事”而增加了。宗教对于一位弱者的影响是唯一让他害怕的事。所以在两位朋友的劝告之下，吉勒·玛克桑斯就决定把鲁志所有的一切的契约变成资本，借用他的财产来最快的存放生息；但是他认为把这两位巴黎人送走是更急切的。然而这些狡童妖妇的才能并不容易解决这问题。在玛克斯的指使之下，佛罗尔借口说先生步行太辛苦，像他这样的年纪应当坐车。这借口其实是要瞒着本地人到布尔慈、维尔桑、沙都罗、发当和一切变卖存款的计划逼着鲁志、佛罗尔和玛克斯走动的地方去。所以，星期末的时候，全伊苏当人都惊愕的听到好好先生鲁志到布尔慈去寻找车辆的消息，然而这种措置却是游手好闲骑士团为着打水姑娘的利益而赞同的。佛罗尔和鲁志买到了一个带有假花玻璃和裂了皮的车帘的马车，这马车已经有二十二岁的年纪，经过九次的战役，从柏尔特兰元帅的一位当上校的朋友死后卖出来的（这位朋友在皇帝的忠实伴侣去世的时候负责替他看管柏利地方的产业）。这辆马车大半漆成绿色，相当像一辆四轮轻车，不过拉柄经过修改，可以让一匹马驾拉。所以这是因为一般的财富低落而使其变成时髦的一种车辆，并且是当时名副其实称为"半富车"的，因为这种车辆最初是叫做"抽气车"的。这半富车的呢布（是当做四轮轻车的呢布出卖的）已被蛀虫吃蚀，他的扁丝带好像残废军人的肩章，铁屑锵锵的作响。但是他却花了人家的四百五十佛郎。玛克斯又从当时布尔慈的驻屯军处买到了一匹肥胖的好母马，经过改良使它拉车的。他又叫人家把车重新漆为深棕色，从拍卖的地方找到相当的马具，全伊苏当城的人士也就不耐烦的等待着老鲁志的华丽马车的来临了！当好好先生第一次使用他的四轮轻车的时候，一切家庭的门口都发出喊声，没有一个十字窗不是点缀着好奇的人。第二次，这位单身汉就一直走到布尔慈去，在那里，为着避免勃拉西尔·佛罗尔所劝告或所命令（如果你要这样说的话）的动作的麻烦起见，他就在一位法律公证人家里给吉勒·玛克桑斯签一张委任状，托他转移委任状中所指明的一切契约。佛罗尔保留她的权利，和先生一起去清算伊苏当和邻近各地的存款。布尔慈的首席法律公证人接见鲁志，鲁志请求他给他找到十四万佛郎，以他的产业为抵押借给他。在伊苏当，人家一点儿也不知道这些举动，因为进行得非常的谨慎、非常的巧妙。骑得一身好马的玛克桑斯能够早上五点钟出去晚上五点钟回来的到布尔慈去，佛罗尔也就不再离开老孩子了。老鲁志一点儿也没有困难的同意佛罗尔所要进行的举动；但是他愿意把他的五万佛郎的息金在勃拉西尔小姐的名下登记使用收益权，在他自己的鲁志名下登记财产虚有权。这位老头儿对于这桩事的内心的斗争的坚毅使玛克斯产生了许多的不安。玛克斯认为他已经瞥见到自然的承继人的观点所感应的思考了。

在这些玛克桑斯想要遮掩全城的眼睛的大事态之中，他忘记了谷粮商人。当法里奥做了许多目的在于抬高食粮价值的动作和旅行之后，他得尽责任来供放谷实。回来的第二天，他看见卡布生教堂的屋顶被一群鸽子遮蔽得一团漆黑，因为他就住在对面。他自己责骂自己忘记巡视屋顶，马上跑到栈房去一看，才知道一半的谷实都已经被吃光了。散乱的成千成万的老鼠粪、鼷鼠粪和田鼠粪又给他揭示这毁坏的第二个原因。教堂是一只大船。当他察视损失的程度，发现下半的谷实都因为玛克斯用白铁管穿过麦堆所灌下的水而发了芽的时候，他就气得脸部发白的跟细麻布一样。鸽子和老鼠可以用动物的本能来解释，但是人类的手工却在这最后的一个恶作剧里表现了出来。法里奥坐在一个祈祷室祭台的一个台阶上，两手抱着脑袋，愣在那里。两个钟头的西班牙式的思考之后，他看见小高德给他送来的食客——松鼠，在安放屋轴的横梁上抖着尾巴在那里逍遥自在。这位西班牙人冷冷的站了起来，给他的栈房伙计显示出一个阿拉伯式的镇静的脸孔。法里奥并不埋怨，他回到自己的家里，雇了几个工人晒干好谷，把潮湿的麦子铺在阳光之下，希望尽量的补救；然后，他就在估计他的五分之三的损失之后忙于放货。但是他的活动已经使麦价提高了，所以，在重新再买回这五分之三之中他又加上了一层的损失；他的损失是在一半以上的。没有其他仇人的西班牙人没有错误的就认为这是吉勒的报复。他证明把他的车子抬到塔楼上面的一定是玛克斯和其他在夜里干恶作剧的骑士们给他所开的玩笑，要毁坏他的玩笑：这是损失一千厄古的问题，几乎是和平以来他所辛苦赚到的全部资本。被报仇的观念所感应，他就施展一个值得大奖的侦探的坚毅和精细。夜里埋伏在伊苏当，他终于获到了证明游手好闲骑士团的不良行为的证据：他看着他们，他数着他们，他侦视他们的约会，他们在葛纳特酒楼的欢宴；然后，他就隐藏了起来，要当他们的一个恶作剧的证人，使人家知道他们的夜行。

虽然玛克桑斯有他的奔跑、有他的忙碌，他却并没有忽略夜里的勾当。第一，他怕他们知道他对老鲁志的财产所施的大计策的秘密；第二，他要随时使他的朋友们勤勉。骑士们正在计划好几年来到处整天传诵的一个恶作剧。他们要在一个夜里给城里和郊镇的一切守卫狗送一些肉团去。法里奥从葛纳特口里听到这消息，她预先喝彩这个恶作剧的成功和这些无罪动物被屠杀的一般的哀悼。然而，这桩事实的执行、这个劫夺各家庭的守卫的惨恶的计划不会产生哪一种的恐怖呢？

“这也许可以让人家忘记法里奥的车！”小高德说。

法里奥已经不需要这句可以证实他的狐疑的话语了；并且，他也已经下了决心了。

住了三星期之后，阿佳德和何仓夫人才认识了老吝啬人的考虑的真理：得有好几年的工夫才能够打破打水姑娘和玛克斯对于她的哥哥所有的影响。阿佳德在约翰—约克的信任方面并没有做到任何的进步，她一直没有能够跟他一个人单独谈话。相反的，勃拉西尔小姐却胜过了承继人，她能够叫阿佳德坐在车中深处，鲁志先生和他的外甥的后面，她的身边。母子二人不耐烦的等待着写给德斯罗慈的机密的信件的回复。在一切的狗都要被毒杀的那一天的前夜，忧虑要在伊苏当失败的约瑟却收到了两封信：一封是大画家施纳写的，施纳的年纪允许他和约瑟有个比他们的老师葛洛还要紧密、还要亲热的友谊。另外一封则是德斯罗慈写的。

这是第一封信，邮票上盖有瓦河岸包芒城的印戳：

亲爱的约瑟，我为塞利西伯爵买了柏礼斯罗别宫的主要的图画。我留下装框、留下装饰的绘画的工作给你，我已经把你有力的介绍给伯爵，介绍给建筑家格林多了；你只要拿一管画笔就直接来好了。价钱可以使你满意。我要和我的妻子一同到意大利去，所以你可以找米斯迪格里去，他会帮助你的。这位年青的怪人颇有一点天才，我已经叫他来听从你的话。他已经和麻雀一样的跳动，想到柏礼斯罗别宫去玩玩。再见，亲爱的约瑟；如果我不在这里，如果我没有给这一次展览会送些东西去的话，你可以代替我！是的，亲爱的约瑟，我确信你的图画是一张杰作，不过会使浪漫派叫唤的杰作罢了，你也得准备一个葫芦瓶里的魔鬼的生活了。总之，正如给一切的格言加上一个双关语的丑角米斯迪格里所说的一样，生命就是拼命。你在伊苏当做些什么呢？再见。

你的朋友，

施纳

这是德斯罗兹的信：

亲爱的约瑟，我觉得何仓先生是位极有道理的老年人，你也给我说明了他的方法的最高的观念：他说得完全对。所以，我的意见，因为你问过我的意见，就是叫你的母亲留在伊苏当何仓夫人家里，给他们付一笔小小的宿膳费，比方说，每年四百佛郎，来弥补主人所给他的食物的费用。依我看，布里都夫人应当放弃何仓先生的劝告。但是你那超卓的母亲在许多没有谨慎而耍政治手腕的人面前是很小心的。你说得对，这位玛克桑斯是个危险的人物：我看他比菲力还厉害。这位坏蛋正在利用他的恶习来获取财产，他不像你哥哥一样的寻求免费的开心，你哥哥的疯狂一点儿也没有用处。你所告诉我的一切使我害怕，因为就是我到伊苏当去也弄不出大结果来。隐在你母亲背后的何仓先生对你们是比我有用处的。至于你，你可以回来，在一桩需要不断的注意、细密的观察、卑屈的注视、小心的说话、和艺术家相反的矫情的姿势的事情之中，你是一点儿用处也没有的。如果人家告诉你们遗嘱并没有写好的话，你们就得相信这遗嘱早已写好了。但是遗嘱可以加以取消，只要你的傻舅舅还活着，他的确容易用悔疚和宗教来感化。你们的财产一定会变成教会和打水姑娘的斗争的结果。总有一天这位女人会失去她对于这位好好先生的力量，宗教也会变成全能的。只要你的舅舅不会生气，不把财产送给人，或是不改变财产的性质，宗教的胜利总是可能的。所以，你得请求何仓先生尽量监视你的舅舅的财富。问题就在于看看到底不动产是不是抵押了去，看看他是如何的，用谁的名义存放这款项。给一位老年人恫吓他的生活，对他说如果他把财产剥给外人的话，一位承继人可以制止这掠夺，这是很容易的。但是你的母亲并不认识世情，并不注重私利，她有宗教的思想，她能够实行这计策吗？……总之，我只能够给你们说明白这情形。到现在为止，你们所做的事都是给人家一个警戒的，也许你们的对手都已经准备清楚了哩！……

“这就是我所谓的好指教。”得到巴黎法律代言人的赏识而觉得骄傲的何仓先生叫着说。

“噢！德斯罗兹是个著名的孩子。”约瑟回答说。

“叫这两位太太来念一念这封信也是不坏的。”老吝啬人接着说。

“信在这儿。”艺术家说着，把信递给老头儿，“至于我呢，我明天就要走，我要给我舅舅辞行去。”

“啊!”何仓先生说，“德斯罗兹先生在信后告诉您，请您烧掉这封信。”

“给我母亲看了之后，就由您替我烧掉好啦。”画家说。

布里都·约瑟穿好衣服，穿过广场，到他舅父家里去。他的舅父刚刚吃完早饭。玛克斯和佛罗尔都在桌上。

“别打扰，舅舅，我来给您辞行。”

“您要走吗?”玛克斯说着，和佛罗尔交换了一个眼色。

“是的，我有图画在塞利西先生的别宫里；我非常急于回去，因为伯爵有相当的势力能够在上议院替我哥哥护卫。”

“好，您就工作去吧。”好好先生鲁志用天真的神气说，约瑟觉得他是大大的变化了。“应当工作！……我很抱歉您要走……”

“噢！我的母亲还要留在这里一些时候。”约瑟接着说。

玛克斯给女管家呶了一下嘴，意思是说：“他们要顺从巴鲁赤所告诉过我的计划。”

“我很高兴来这里，”约瑟说，“因为我荣幸能够认识您，您也增富了我的工作室……”

“是的，”打水姑娘说，“您没有给您舅舅说明图画的价值，人家说它们值得不只十万佛郎，您却迅速的把它们送到巴黎去。可怜的人，您真是一个孩子！……人家刚刚告诉我们有一张布勒的小画，怎么样？大革命之前放在大教堂的歌咏台上的一张布勒的画，只这一张画就值得三万佛郎……”

“这未免太不好了，外甥。”老头儿在约瑟没有看到的玛克斯的暗示之下，这样的说。

"哪，说句老实话，"军人微笑的接着说，"依您的名誉来发誓，您觉得您的图画到底值多少钱呢？真的！您真是从您舅舅手里骗走了不少的东西啦，您有您的权利，一个舅舅是生来预备让人家抢夺的！上天不让我有舅舅；但是，真的！如果我有舅舅的话，我也绝放手不了他。"

"您知道，先生，"佛罗尔对鲁志说，"您的图画值多少钱吗……？——您说多少，约瑟先生？"

"但是，"脸色变成甜萝卜一样红的画家回答说，"图画总值一点东西。"

"人家说您给何仓先生估计值十五万佛郎，"佛罗尔说，"真的吗？"

"真的。"画家说，他还有儿童的诚实。

"您有意思给您外甥十五万佛郎吗？"佛罗尔对好好先生说。

"没有！没有！"被佛罗尔死眼盯住的老头儿回答说。

"还有一个解决这一切问题的办法，"画家说，"就是还给您，舅舅！"

"不，不，你留下它们好啦。"老头儿说。

"我以后再送还给您，舅舅，"被吉勒·玛克桑斯和勃拉西尔·佛罗尔小姐的逼人的沉寂所伤刺的约瑟回答说，"我有我的笔来生产我的财富，我不需要任何人的任何东西，甚至于我的舅舅的东西……我给您致敬，小姐。——我祝您好，先生……"

于是，约瑟就在艺术家能够自己描绘的激愤的状态之下穿过了广场。看见约瑟指手画脚的对自己说话，人家就问他到底有什么事。在巴鲁赤和佛兰苏之前，杨柳一般坦白的画家就叙述他方才所有的经过，这经过在两个钟头之内也就变成全城的谈话材料了，不过大家多少都给他加些滑稽的成分而已。有的人坚持的说画家被玛克斯虐待了，有的人就认为他和勃拉西尔小姐不对劲而被玛克斯驱出门外。

“您的儿子真是孩子气!”何仓对布里都夫人说，“傻子才让人家等到辞行的日子来欺负。两星期之前，当他干傻事在我孙辈面前述说的时候，玛克斯和打水姑娘就已经知道这些图画的价值了，因为我的孙辈最热心告诉大家这消息。您的艺术家应当临时就走。”

“如果这些图画真的值这么多的钱，我儿子也应当还给他们。”阿佳德说。

“如果依他所说真的值得二十万佛郎，”老何仓说，“还给他们就是傻事；因为至少在这桩事里您可以得到这种承继，然而就事情的进行来说，恐怕您什么也得不到！……并且，这恐怕就是令兄所以不再看您的原因……”

在半夜和一点钟之间，游手好闲骑士团开始免费给全城的守狗配给食物。这个值得纪念的出征一直到早晨三点钟才结束。这是这些干恶作剧的人到葛纳特酒楼去吃宵夜的时刻。四点半曙光初出的时候，他们都回到各自的家里去了。当玛克斯转过阿维尼尔街到大街的时候，埋伏在凹处的法里奥就给他当心刺了一刀，抽出刀锋，从维拉特沟渠逃走了，他就在这里用他的手帕拭干他的刺刀。这位西班牙人就到人工河去洗涤他的手帕，静悄悄的回到圣巴提因镇来，从他所留下的半开的窗口攀爬进去，重新睡觉去了，一直等到他的新伙计看见他睡得最熟把他唤醒为止。

倒地的时候，玛克斯发出了一个可怕的喊声，这是谁也不会不懂得的。住在大街底下的陆士铎—布兰庄（前任副议员的远亲，一位审判员的儿子）和小高德就重新跑了上去，口里说着：

“人家杀玛克斯啦！……救命啊!”

但是没有一条狗的吠声，而且因为害怕夜间骑士的狡猾，也没有一个人起来。这两位骑士到来的时候，玛克斯已经晕绝了。

大家得跑去叫醒小高德的父亲。玛克斯认得清楚是法里奥，但是当早上五点钟恢复了知觉，看见许多人包围着，觉得并不是致命伤的时候，他却忽然想利用这刺杀，用一种悲惨的声音叫着说：

“我相信我看见这位可恶的画家的眼睛和他的脸孔！”

从那上面，陆士铎—布兰庄就跑到他的父亲预审推事家里去。玛克斯被葛纳伯、小高德和他们所叫醒的两个人抬回家里去。葛纳特姆姆和高德伯伯逗留于睡在铺在两条木棍上面的褥子里的玛克斯的旁边。高德先生什么也不想，他只想把玛克斯弄到床上去睡。抬动受伤者的人都自然而然的瞧了瞧何仓先生的门，古斯基也就起来，他看见何仓先生的女仆在打扫。在这位好好先生家里，正如在多数外省的家中一样，人家都是很早就开门的。玛克斯所说的唯一的一句话却引起了许多的狐疑，而老高德先生也就嚷着说：

“格里特，布里都·约瑟先生睡着吗？”

“噢！”她说，“他四点半就出去了，他整夜在房子里踱来踱去，我也不知道到底是什么事情。”

这句天真的回答引起了许多可怕的呻吟和叹息，使这位好奇的少女过来看看到底老鲁志家里出了什么事。

“哎，他真特别，您的画家！”人家对她说。

一队人马进去了，让这女仆大吃一惊：她看见玛克斯躺在褥子上面，满衬衣的血迹，垂死的样子。

使约瑟整夜不安的是艺术家们所猜得出的事情：他觉得自己是伊苏当中产阶级的笑柄，人家把他看做一位偷窃外套的惯贼，看做一位他所不愿意当的人物，因为他只愿意当一个诚实的孩子、一个勇敢的画家！啊！他可以送还他的图画，因而能够和燕子一般在巴黎飞舞，因而能够用他舅舅的图画来投击玛克斯的鼻梁。被人家掠夺！被人家看做抢夺者！……这是从何说起的侮辱啊！

所以，清早以来，他就跑到通至迪物里的白杨道里去发泄他的激动。当这位洁白无罪的年青人为着安慰自己而决定不再回到这地方来的时候，玛克斯正在给他预备一个可以使细致的灵魂厌恶的欺侮。老高德诊察伤痕；他知道刀子幸而碰在皮包上，走了迂路，虽然留有可怕的伤痕，却不至于致命，他就动了一切医生（特别是外省的外科医生）所施的手术，装做严重的样子，说是还不能够给玛克斯保证；随后他就给这位狡猾的兵士敷上药，出去了。老高德把断案传给打水姑娘、鲁志·约翰—约克、古斯基和维蒂。打水姑娘满面流泪的回到她的亲爱的玛克斯这边来，古斯基和维蒂告诉聚集在门口的人众说司令官恐怕是不能救治的。

这消息的结果差不多吸引了两百个人众来，挤在圣约翰广场和两条拿勒特街里。

“我还用不着一个月躺在床上，我知道是谁干的事，”玛克斯对打水姑娘说，“但是我们要利用这个机会来排脱巴黎人。我已经说过我相信认得是画家；所以我就装着就要死去，想方法让人家拘捕布里都·约瑟，我们得让他在监狱里吃两天饭。我相信我相当认识他的母亲的性格，我可以担保她一定要马上跟她的画家一同回到巴黎去。那么，我们也不必再害怕人家给我们的傻孩子所放来的教士啦。”

当勃拉西尔·佛罗尔下楼的时候，她觉得群众非常急切的注意着她所要给他们的印象；她显得两眼的泪珠，哭泣的叫人家知道那个有这样脸孔的画家隔天夜里曾经因为偷窃老鲁志的图画而吵了一场大架。

“这个强盗，因为只要瞧一瞧就知道他是强盗。他以为如果玛克斯死去，他的舅舅就会把财产留给他，好像一位兄弟还没有一位外甥亲切似的，”她说，“玛克斯是鲁志大夫的儿子。老头儿没有死之前告诉我的……”

“啊！他想临走的时候这么干一下，他真干得好事，他今天走。”游手好闲骑士团之中的一位说。

“玛克斯在伊苏当并没有任何的仇人。”另外一个说。

“并且玛克斯还认得是他哩。”打水姑娘说。

“他在哪儿，这位不可侵犯的巴黎人？……咱们找他去！”有人嚷着说。

“找他去吗？”有人回答说，“天刚亮他就从何仓先生家里出去了哩。”

一位游手好闲的骑士就跑到梅伊勒郎先生家里来。群众越聚越多，人声越变得越吓人。最兴奋的人一堆一堆的占住了大拿勒特整条的街。其他的人就站在圣约翰教堂的前面。一大群的人众占住了小拿勒特街的尽头维拉特门。人家不能够再在圣约翰广场的上面和底下行走。您也许要说是迎神会的长蛇阵子。所以，陆士铎—布兰庄先生和梅伊勒郎先生、警察局局长、宪兵中尉和他的小队长跟两个宪兵，他们好不容易才挤到圣约翰广场里来，而且是从两列队的人众里穿进来的；人众的叫喊可以（甚至于应当）预先宣告他们有何等的情绪来反对这误加责难的巴黎人，然而这是环境请求他们来反对这巴黎人的。

玛克斯和官员商议之后，梅伊勒郎先生就派遣警察局长和小队长带领一个宪兵去勘查法律词汇中所谓的肇事地点。随后，梅伊勒郎先生和陆士铎—布兰庄先生就由宪兵中尉陪着从鲁志家里走到何仓家里来；这家的花园角上和门前都有两个宪兵看守着。群众总是穿来穿去的。全城的人都在大街上激动。

格里特惊惶失措的赶快跑到主人房子里来，对他说：

“先生，人家要抢您来啦！……全城革命啦！吉勒·玛克桑斯先生被刺啦，他要死啦……人家说是约瑟先生杀了他！”

何仓先生立刻穿好衣服下了楼；但是眼看着激怒的群众，他又突然的回来，关上了门。盘问了格里特之后，他才知道他的客人整夜的躁急，天一亮就出去，不回来了。他恐惧的走到被叫声所唤醒的何仓夫人房子里来，告诉她在圣约翰广场激动全伊苏当人的可怕的消息，不论这消息是真是假。

“他绝对没有罪！”何仓夫人说。

“但是，在人家没有证明他的无罪之前，人家可以进来打抢我们。”脸部发灰的何仓先生说（他在地窖里藏有金子）。

“阿佳德呢？”

“她在酣睡哩！”

“那更好！”何仓夫人说，“我希望她一直睡到这桩事水落石出的时候为止。这一类的打击会杀死这可怜的小姑娘！”

然而阿佳德却醒来了，她好不容易穿好衣服就下楼，因为被她盘问的格里特的吞吞吐吐的回答使她的脑袋和心坎都给弄翻了。她发现何仓夫人脸色惨白、满目带泪的和她的丈夫站在大厅的一个窗口。

“勇敢一点儿，小姑娘！上帝给我们带来苦痛，”老太太说，“人家控告约瑟……”

“控告他什么呢？”

“他绝不会干坏事。”何仓夫人回答说。

听见这句话，看见宪兵中尉、梅伊勒郎先生和陆士铎—布兰庄先生进来，阿佳德就昏绝了。

“哎，”何仓先生对他的妻子和格里特说，“你们扶着布里都夫人吧。在这种环境之下，女人们总是碍事的……你们跟她一块儿退到你们的房子里去吧。——请坐，诸位先生，”老头儿说，“让你们来这儿的误会，我希望不久就会水落石出。”

“误会来的时候，”梅伊勒郎先生说，“群众是这样的激怒，人头是这样的攒动，我很替被告担心……我要把他拘留在法院里，让一般人满足。”

“谁能够怀疑玛克桑斯先生所引起的同情呢?”陆士铎—布兰庄说。

“这时候从罗马镇挤来了差不多一千两百个人，我的一个宪兵告诉我，”宪兵中尉郑重的说，“他们简直和死人一样的喊叫。”

“您的客人到底在哪里呢?”梅伊勒郎先生对何仓先生说。

“他到乡下去散步了，我想……”

“叫格里特来，”预审推事严肃的说，“我希望布里都先生没有离开这房子。您一定知道今天天亮的时候在这几步的地方发生有一个罪案吧?”

当何仓先生去寻找格里特的时候，三位长官就互相的交换一个含有意义的眼色。

“我怎么样也记不起画家的面貌。”中尉对梅伊勒郎先生说。

“女孩子，”推事看见格里特进来就问她说，“人家说您今天早上看见布里都·约瑟先生出去，是不是呀?”

“是的，先生。”她和树叶一般的颤抖的回答说。

“几点钟的时候?”

“我起来的时候；因为他整夜在房子里踱来踱去，我下楼的时候，他正穿好衣服哩。”

“天亮了没有呢?”

“天刚微亮。”

“他的神色激动吗?”

“是的，哟！我觉得他正是这样的。”

“请您派一位宪兵去找我的审判厅书记来，”陆士铎—布兰庄对中尉说，“请他带拘票……”

“啊！请你们别忙，”何仓先生说，“这年青人的激动并不一定就是犯罪，我们也可以用别的事情来解释：他今天到巴黎去，因为吉勒和勃拉西尔·佛罗尔小姐曾怀疑过他的廉洁。”

“是的，就是图画的事情，”梅伊勒郎先生说，“这是昨天一场大吵闹的原因，正如人家所说的，艺术家都是容易生气的。”

“全伊苏当还有谁要杀死玛克桑斯呢?”陆士铎问，“没有，没有吃醋的丈夫，没有任何的人，因为这位孩子从来没有对任何人有过错处。”

“那么，吉勒先生四点半钟到底在伊苏当街里干些什么呢?”何仓先生问。

“请您注意，何仓先生，请您让我们施行我们的职务，”梅伊勒郎回答说，“您不知道一切的事：玛克斯认出是您的画家……”

这时候城角里忽然发出了一阵彩声，顺着大拿勒特越发大声起来，好像雷声的进行一般。

“他在那儿！他在那儿！已经抓住了！……”

这句话清清楚楚的浮现在一个可怕的民众的喧噪的低音上。事实上，可怜的布里都·约瑟是从郎德罗尔磨坊静静的回来吃早饭的。当他走到悲愁广场的时候，一切的人群都同时看见他。侥幸有两个宪兵跑来把他从罗马镇人的手中解脱出来，因为这些人已经不提防的抓住了他的手臂，死命的喊叫。

“就位！就位！”宪兵叫同伍的两位其他的兵士来，让他们一个跟在布里都的前面，一个跟在布里都的后面。

“您知道，先生，”抓住他的人之中的一个对画家说，“现在是我们的皮肉和您的皮肉的问题了。无论有罪也好，没有罪也好，我们都得保护您，免得被吉勒的被刺而产生的暴动的袭击；这民众并不坚持控告您，他们相信您是铁一样的狠心的刺客。吉勒先生是这些人所崇拜的，您瞧，这些人的脸色都好像要当自己的审判官似的。啊！我们看见过他们在一八三〇年如何的给陷于穷地的税吏角斗，您走吧！”

罗马镇的人们已经不提防的抓住了死命叫喊着的约瑟的手臂。

布里都·约瑟变成惨白得和一个临死的人一样，他提起了一切的力量来走路。

“总之，我是无罪的，咱们走吧！”

于是，他也就有他的负背十字架的苦难了，这位艺术家！他接受了许多的叱咤、许多的侮辱、许多的恫吓，在悲愁广场和圣约翰广场之间经历了一个可怕的行程。宪兵不得不拔出剑对着那些给他们投石的激怒的群众。人家几乎伤了宪兵，有的石弹甚至于打中了约瑟的腿、约瑟的肩和他的帽子。

“我们到这里来了！”走进何仓先生的大厅时，一位宪兵说，“不过这可不是那么容易的，我的中尉。”

“现在是遣散人群的问题了，我只觉得有一个方法，诸位先生，”军官对行政长官们说，“就是把布里都先生夹在你们中间带到法院去；我和我的一切宪兵都围绕着你们。站在六千个怒气愤愤的人众面前，我们什么也不能回答……”

“您说得对。”总是为他的藏金发抖的何仓先生说。

“如果这是在伊苏当保护无罪的人的最好的方法的话，”约瑟回答说，“我就要称赞您。我已经几乎被石头打死了……”

“您要看着人家攻击抢夺您的主人的家吗？”中尉说，“我们难道要用刀剑来反抗那些受了激怒而不知道法律程序的煽动的群众吗？”

“噢！我们走吧，诸位先生，我们以后再解释好啦。”完全恢复冷静的约瑟说。

“就位！朋友们！”中尉说，“他是被捕了，我们带他到法院去！”

“尊重法律，朋友们！”梅伊勒郎先生说。

“你们不是更喜欢看见他上断头台吗？”一个宪兵对吓人的一群说。

“是的，是的!”一个好奇的人说，“我们要让他上断头台。”

“我们就要让他上断头台。”女人们重复的说。

在大拿勒特街的尽头，人家互相谈论说：

“人家带他上断头台去，人家已经给他找到刀了！——噢！这坏蛋！——原来这就是巴黎人！——这家伙脸上就带着罪犯的样子!”

虽然约瑟的脑袋满充着热血，他总算从圣约翰广场走到法院去，而保守着他的静镇和他那值得注意的平直。不过，他总相当侥幸的走到陆士铎—布兰庄先生的办公室里来。

“我想，诸位先生，我用不着告诉你们我是无罪的，”他对梅伊勒郎先生、陆士铎—布兰庄先生和审判厅书记说，“我只能够请求您们帮助我证明我的无罪。我一点儿也不知道到底是怎么回事。”

当审判官给约瑟演绎一切对于他的猜测而用玛克斯的宣言来结束的时候，约瑟不免垂头丧气了。

“但是，”他说，“我是五点钟后才离开家里的；我是走大街的，五点半的时候，我看着你们的圣锡尔的教堂的正面。我跟来打晨钟的打钟人谈天，请求他告诉我一些关于这奇怪而没有完工的大建筑物的知识。然后，我就走过了菜市，那里已经有很多的女人。从那里，经过悲愁广场，我就由阿莆桥走到郎德罗尔磨坊去，在那里静静的看了五六分钟的鸭子，磨坊的伙计们一定注意过我。我看见女人们到洗涤场去；她们也应当是在那里的；她们还笑着说我，说我脸孔不好看；我还回答她们说，在矫饰之中有珠宝。从那里，我就由大树径散步到迪物里，还在那里和一位园丁谈天……请你们想法子证明这些事实，不必拘禁我；因为我答应你们要留在这办公室里一直等到你们信服我的无罪为止。”

这一段不加犹豫而自然说出的有意思的话语颇给长官们一些

印象。

“好吧，我们得召唤这一切的人，找到他们，”梅伊勒郎先生说，“但是这并不是一天工夫就办得到的事。所以，为着您的利益起见，请您决定秘密的留在法院里。”

“只要我能够给我母亲写封信，安慰她，这可怜的女人……噢！您们可以念这封信。”

这要求是太合理的，不能不受到同意，约瑟就写了这封短简：

不要任何的忧虑，亲爱的母亲：把我当做牺牲品的错误是容易看得出来的，并且我也已经给他们证明我的无罪的方法了。明天，也许是今天晚上，我就可以恢复自由了。我吻着你而对何仓先生和何仓夫人说我是如何的受到这与我丝毫无干的烦扰的苦恼，因为这是我还不明白的一桩凑巧的事情。

信到的时候，布里都夫人已经被神经的打击而要死去；高德先生所给她一口一口喝进去的药剂没有任何的力量。所以这封信的念读简直就是她的救药。一阵的颤动之后，阿佳德就衰颓了下来，这是这类病痛所有的现象。当高德先生回来瞧他的病人的时候，他发现她在懊悔离开巴黎。

“上帝责罚了我，”她满眼流泪的说，“我不是应当托我的干妈来办这桩事，等着我哥哥的好心给我承继吗?”

“太太，如果您的儿子没有罪的话，玛克斯却是一个下流卑鄙的人，”何仓先生朝着她的耳朵说，“我们在这一类事情之中也不是最内行的；所以，您还是回到巴黎去吧。”

“怎么啦，”何仓夫人对高德先生说，“吉勒先生怎么样了呢?”

“虽然是严重的，但是却不是致命伤。一个月的调养就没有事了。我让他给梅伊勒郎先生写信请求释放您的儿子，太太，”他对病人说，“噢！玛克斯是一个好孩子。我告诉他您是怎么样的焦急，他就想起刺客的服装，让他证明不是您的儿子：刺客所穿的是布边鞋，而您的儿子是穿长靴出门的……”

“啊！但望上帝宽恕他所给我做下的苦痛！”

夜晚的时分，有一个人给吉勒带来一封笔画端整的信，信的内容是这样的：

> 吉勒上尉不应当让一位无罪的人羁留在法律手中。刺杀的人答应此后不再杀害吉勒先生，如果他解放布里都·约瑟先生而不指定犯罪的人的话。

念了这封信而烧了他之后，玛克斯就给梅伊勒郎先生写了一封信，内容正是高德所说的那些话，请求释放约瑟，同时又请梅伊勒郎先生来看他，跟他讨论这事情。当这封信送到梅伊勒郎先生的时候，陆士铎—布兰庄已经从打钟人、贩菜者、洗衣女人、郎德罗尔磨坊的工人和佛拉柏斯罗园丁的陈述中证明了约瑟所有的解释的真实。玛克斯的信完全证明了被告的无罪，梅伊勒郎就亲身把他送到何仓先生家里来。约瑟的母亲是用一种剧烈的温情来欢迎他的，这温情是这位可怜的孩子因为一种值得这些情热的表现的偶然的逆意所得到的，正如拉方登寓言中的丈夫感谢盗贼而得到温情一样。

“噢！”梅伊勒郎先生显得能干的神气说，“从您顾视群众的态度中，我立刻就看出您是无罪的；但是，您知道，虽然我确信您的无罪，然而当人家认识伊苏当的时候，最好保护您的方法就是带着您去，正如我们所做的一样。啊！您的态度真是值得骄傲！”

“我想到别的事情，”艺术家简单的回答，“我认识一位军官，他告诉我在达尔马西一天早上散步回来曾经在同样的情形之下被一群奋激的民众逮捕过……我留心这相似的地方，我是存着绘画一张一七九三年的暴动的观念来顾视这些人头的……最后，我对我自己说：‘你这卑劣的人！你只配当一个卑劣的人，你不在工作室里画图而跑到这里来寻找承继……’”

“如果您允许我给您一个劝告的话，”检察官说，“请您今天晚上十一点钟就坐驿站站长借给您的车到布尔慈去坐邮车回巴黎去。”

“这也就是我的意见。”何仓先生说，他和火烧一样的热烈希望看见他的客人走。

“我的最大的愿望就是离开伊苏当，不过我很抱歉在那里留下我的唯一的朋友。”阿佳德回答说，拿过何仓夫人的手吻着她。“我什么时候可以再看见您呢?”

“啊！我的小姑娘，我们只好在天上再见了！……我们在这世界上，”她朝着阿佳德的耳朵说，“已经受了相当的苦痛，上帝一定会可怜我们。”

一会儿，当梅伊勒郎先生和玛克斯谈了话之后，格里特又使何仓夫人、何仓先生、阿佳德、约瑟和阿豆菲茵大大的惊愕，因为她宣告鲁志先生的拜访。约翰—约克来给他的妹妹告别，请她坐他的四轮轻车到布尔慈去。

“啊！您的图画给我们不少的苦头吃!”阿佳德对他说。

“您就留下好啦，我的妹妹。”好好先生回答说，他还不相信图画的价值。

“乡里，”何仓先生说，“我们的最好的朋友，我们的最靠得住的防护人，就是我们的亲戚，特别是当这些亲戚类似您的妹妹阿佳德和您的外甥约瑟的时候!”

“这是可能的!”昏头昏脑的老头儿回答说。

“得想方法让他用基督徒的方式来结束他的生命。”何仓夫人说。

“啊！约翰一约克，”阿佳德说，“这是什么日子呀！”

“您接受我的车吗?”鲁志问。

“不，哥哥，”布里都夫人回答说，“我谢谢您，祝您身体康健!”

鲁志让他的妹妹和他的外甥吻他，然后给他们说了一声毫无情意的再见之后他就出去了。听了他的外祖父的一句话，巴鲁赤马上就到邮局去。晚上十一点钟，这两位巴黎人就藏在一匹马拉的柳木马车内，离开了伊苏当。阿豆菲茵和何仓夫人眼中流泪。她们是唯一惋惜阿佳德和约瑟的两位女人。

“他们走啦。”何仓·佛兰苏说着，跟打水姑娘一块儿走进玛克斯的房子。

“好啦，这把戏算是闭幕了。”因为发烧而疲惫的玛克斯回答说。

“但是您跟老梅伊勒郎谈了些什么呢?”佛兰苏问他。

“我对他说我差不多是给我的刺客权利在街角上来等待我的，我说，如果人家追究这事情的话，这个人会在被捕之前把我当做狗来杀害。所以，我就请求梅伊勒郎和布兰庄表面上装作努力追索的样子，骨子里却让我的刺客平静无事，至少他们不愿意瞧着我被杀。”

“玛克斯，”佛兰尔说，“我希望您在相当的时候之内的夜里保守平静。”

“总之，我们是从巴黎人手里解脱出来了!”玛克斯叫着说，“打击我的人哪里知道他是给我效了这么样一个大劳呢!”

第二天，除了特别安静而缄默的人同意何仓夫人的意见以外，虽然巴黎人的动身是因为一个可怜的误解，然而全城的人却大为庆祝，认为是外省对于巴黎的胜利。玛克斯的几个朋友对于布里都母子的计算表示相当的苛刻。

“好，这些巴黎人还以为我们是傻子，还以为只要打开他的帽子，承继就会像下雨一样的落给他！”

“他们是来寻找羊毛的，然而却被人家剪了毛回去，因为外甥不是舅舅的气味。”

“并且，请您注意，他们还有巴黎的法律代言人当顾问哩……”

“啊，他们是有计划的吗？”

“可不是吗？计划来当老鲁志的主人；但是这两位巴黎人却没有力量，而法律代言人也没有给柏利人开玩笑……”

“您知道什么叫做可恶的人吗？”

“巴黎人就是叫做可恶的人！”

“打水姑娘看到自己被攻击，她防卫了自己。”

“并且她是做得很漂亮的……”

在全城的人看来，布里都母子是巴黎人，是外乡人；他们宁可选择玛克斯和佛罗尔。

人们可以想象得到阿佳德和约瑟在这个战役之后如何满意的回到马萨林街的小寓所。艺术家又恢复了受到被捕的景况和二十小时的拘禁的扰搅之后的快乐，但是他没有方法消愁他的母亲。阿佳德好不容易从这些情感中恢复过来，因为世卿法院要开始办理军事阴谋的案件。虽然有能干的辩护律师，虽然是在德斯罗慈的参议之下，菲力的行为总引起许多不利于他的性格的狐疑。所以，当约瑟把在伊苏当所遇的事情告诉德斯罗慈之后，米斯迪格里立刻就领着他到塞利西伯爵的别宫去，因而一点儿也听不到关于这打了二十天的官司的事情。

这里我们无需再来解说现代历史所知道的事实。无论他是参加这阴谋的同犯也好，或是告密者的一个也好，菲力反正是被判了五年的监视而不得不于释放的那一天就到芜当去，这是全国警察局局长指定菲力在这五年内所应当拘留的地方。这种责罚就等于给犯人指定一个城市作为监牢的缓刑的拘禁。知道塞利西伯爵受到参议会的命令来审判这案件，又知道他雇用约瑟去装饰他的佛拉柏斯罗别宫，德斯罗慈就请求这个大臣延见他。他发现塞利西伯爵对于他所偶然认识的约瑟非常的要好。德斯罗慈就解释这两位弟兄的经济的情况，说到他们的父亲的功绩和复辟对于他的忘情。

“大人，”法律代言人说，“这些不公平就是永久的激怒和永久的不满的原因！您认识他们的父亲，请您想法子至少能够使这两位孩子能够发财！”

他就简略的描写这家庭在伊苏当的事情的景况，请求全能的内阁协理给全国警察局局长知会，把菲力的拘留处改为伊苏当。最后，他又说到菲力的穷困，坚持主张作战部部长每月必得给前任的中校六十佛郎救济费。

“我可以办到您所请求的一切，因为我觉得这些都是合理的。”国家大臣说。

三天之后，德斯罗慈带着一切的必要许可证到世卿法院的监狱去领出菲力，引他到柏提西街他的家里来。在那里，这位年青的法律代言人就对这位老兵士发了一段不可加以致辩的训话。在这一种的教训之中，法律代言人都是以真正的价值来判断一切的事物，用无稽的名词来估计行为，用最简单的话语来对他们所要训诲的主顾分析而归纳他们的情绪。把皇帝的传令官踏成扁平而责骂他不该做下许多无谓的消耗，不该使他的母亲苦痛，不该使德斯高恩夫人致死之后，他就告诉菲力关于伊苏当的事情的状况，给他深刻的解释这些事情的实况和吉勒·玛克桑斯跟打水姑娘的计划和性格。这位被判罪的政治犯是特别敏捷于了解这种事情的，他对于德斯罗慈这一段演讲，听得比德斯罗慈的前一段谴责更为明白。

“这样一来，”法律代言人说，“您就可以在您所给您那超卓的家庭所做下的错误之中改正了您所能改正的，因为您已经没有办法恢复您所逼死的可怜的女人的生命，但是只有您一个人可以……”

“那么，应当怎么做呢？”菲力问。

“我已经替您弄到允许，让您到伊苏当去居住，不去芜当。”

因为疾病、因为苦痛、因为缺乏而几乎瘦得和恶鬼一样的菲力，他的脸孔就立刻被一道快乐的光辉所照焕了。

“我说，只有您一个人可以恢复您的舅舅的承继，也许其中的一半都早已被这名叫吉勒的豺狼吞下去了，”德斯罗慈接着说，“您知道一切的细节，现在是您应当行动的时候了。我并不给您决定您的计划，我对于这个问题并没有什么意见；并且一切的计划都得临机应变。您的事情很艰难，这位坏蛋很残忍，他因为要向约瑟索回您舅舅所送的图画而用罪状加在您弟弟背上，这残忍可以宣告他是一位什么都干得出的对手。所以，请您小心一点，如果您的脾气不沉静的话，您也应当因为计算而变得沉静些。您千万不要告诉约瑟任何的话，他那艺术家的傲气会叫他反对的，我已经把图画寄回给何仓先生，又给他写信叫他只交给您。这位吉勒·玛克桑斯是勇敢的……”

“那更好，”菲力说，“我正希望他有勇气来让我成功哩，因为没有勇气的人会逃出伊苏当。”

“好吧，请您想到您的母亲，她是您的一个值得崇拜的温存的母亲；也请您想到您那被您当作奶牛看待的弟弟。”

“啊！他告诉过您这些错事吗？”菲力叫了起来。

“算了吧，我不是您家的朋友吗？我不是比他们都更加知道您吗?”

“您知道什么呢?”菲力说。

“我知道您出卖您的朋友……”

“我!”菲力叫了起来,“我!皇帝的传令官?胡说!……我们把世卿、正义、政府等等都放在议院里。国王的臣子只在那里看到炮火!”

“这很好,如果是这样的话,”法律代言人回答说,“但是,您得瞧瞧,布尔崩王朝是不能够推翻的,全欧洲都拥护他,您得想法子和作战部和解……噢!当您富有的时候,您可以干这个。为着让你们,让您和您的弟弟发富起见,您得占住您的舅舅。如果您要好好的办这桩需要能耐、需要谨慎、需要忍耐的事情的话,您也就有的来消磨您这五年的时光了……”

“不,不。”菲力说,“我得立刻办这桩事。这位吉勒会想法子变更我舅舅的财产的性质,把他放在这个女人的名下,一切也就完了。”

“总之,何仓先生是一位好顾问,他看得准,您应当请教他。您已经有您的路票了,人家已经给七点半的奥黎昂邮车留下您的座位,您的行李已经打好了,您就来吃晚饭吧!”

“我只有我所穿在身上的衣服,”菲力说着,打开了他那褴褛不堪的蓝礼服,“我还差三件东西哩,您可以请求我的朋友、菲诺的舅舅吉落都给我送这三件东西来,这就是我的刀、我的剑和我的手枪!”

“您还差很多其他的东西哩,”法律代言人说,他战栗的看着他的主顾,“您可以收到三个月的津贴费来做衣服穿得整整齐齐的。”

“瞧,你在这儿,高德查尔!”菲力认得德斯罗慈的第一个书记是小马利的哥哥,就这样的叫了起来。

“是的，我已经跟德斯罗慈先生两个月了。”

“我希望他要留在这里一直等到得缺的时候为止。”德斯罗慈说。

“小马利怎么样啦?”菲力回忆往事，不禁感慨的问。

“她等着新跳舞厅的开幕。”

“解除我的拘禁并不花费她多少……”菲力说，“总之，随她的便!”

吃了供养他的首席书记的德斯罗慈的一顿单薄的晚饭之后，这两位讼棍就把这位政治犯送上了车，给他说了“一路平安”。

十二月二日追魂节的那一天，布里都·菲力走到伊苏当警察局长面前请求签盖他到达的日子；然后，依据这位长官的意见，他就到阿维尼尔街去住下了。和这一次阴谋有关的一位军官的流刑的消息马上就在伊苏当传布着；这消息是太引起人们的注意了，因为人们知道他就是受过诬告的画家的哥哥。吉勒·玛克桑斯那时候已经完全伤愈了，他已经将老鲁志的财产变成抵押的资金，而把这些资金存放而登记在国债的账中。这位老头儿用地产来抵押而借到了十四万佛郎的消息给人们产生了一个极大的激动，因为在外省一切都是瞒不过人的。为着布里都的利益着想，被这失败所惊愕的何仓就询问了鲁志的法律公证人黑龙先生关于这资金移动的情形。

“如果老鲁志改变了意见的话，鲁志的承继人应当感谢我!”黑龙先生叫了起来，“没有我的话，这位好好先生早已把五万佛郎的息金放在吉勒·玛克桑斯的名下了……我告诉过勃拉西尔小姐不要坚持遗嘱的事情，怕人家控告她侵占，因为各方面的财产的转移需要有许多的证据。为着延缓时间起见，我曾劝告过玛克桑斯和她的情妇想法子使人家忘记违反这位好好先生的习惯的这个突如其来的改变。”

“请您当布里都母子的律师和保护人吧。”何仓先生对黑龙先生说，他并不宽恕吉勒使他发生过只怕家里被抢的忧虑。

不怕有任何损害的吉勒·玛克桑斯和勃拉西尔听到老鲁志的第二个外甥的来临不禁讥笑起来了。他们知道菲力一给他们忧虑的时候，他们就能够叫老鲁志签写一张委托状，把登记证转移给玛克桑斯或是佛罗尔。如果遗嘱废除的话，五万佛郎的息金已经是相当优美的赔偿了，特别是在担当了十四万佛郎的抵押的不动产的责任之后。

到达的第二天，菲力就在十点钟去拜访他的舅舅；他是用他那可怕的衣服来现示的；所以，当这南国的医院出来的病人、当这鲁森堡的囚徒走进大厅的时候，勃拉西尔·佛罗尔看了这令人退避三舍的姿态就不禁心中战栗了起来。吉勒自己也感觉到这智慧和感性的动摇。这种动摇可以警告我们有一个潜存的嫌怨和一个将要来临的危险。如果菲力在他那最后的不幸之中应当有我也说不出的凶恶的姿态的话，他的衣服还可以增高这种表达。他那可怜的蓝色礼服还是因为可悲的理由而军队式的一直钮到领上为止，但是他却太显露出他所要隐蔽的东西了。和一位残废军人的衣服一样的破旧的裤脚表现出一种深刻的穷困。一双长靴留有许多潮湿的痕迹，由半开的靴底溅出泥泞的水浆。中校手中所拿的灰帽子给人家的眼睛贡献出一个异样油腻的帽里。退了漆的鞭棍应当是曾经放在一切巴黎咖啡馆的角落里过的，他那弯曲的棍端应当是曾经放在许多污泥的当中过的。在让人看得见纸板的丝绒的硬领上挺着一个差不多和《赌徒的生涯》的最后一幕的勒麦特尔·佛勒德里克相似的脑袋；在那里，一块一块变绿的古铜的颜色表现出一个还有气力的男人的衰颓。我们可以从那些夜里在赌场中消磨时间的浪人脸上看到这颜色：眼睛有一个黑灰一般的圈痕围绕着，眼睑不是红色而是发红的；还有，额头是以他所现露的一切的毁坏而显得吓人的。菲力好不容易从他的治疗中恢复了他的康健，他的两颊差不多是深陷而有凹凸形的。他露出一个没有头发的脑盖，头后所留下的几撮毛发只连到耳朵的地方。晶亮的眼睛所有的这样纯净的蓝色是和钢铁一样的。

“您好，舅舅，”他用哑了的声音说，“我是您的外甥布里都·菲力。布尔崩王朝就是这么样的待遇一位中校，一位曾在孟特罗战役中给皇帝传令的老兵。如果我的礼服因为这位小姐而变成到处开眼的话，我实在觉得耻辱。总之，这是赌博的规律。我们要开始赌我们的博，但是我们算是赌输了！我奉警察局的命令来住在您的城里，每月还得六十佛郎的高厚的津贴。所以，中产阶级不必害怕我会使消费品涨价。我看出您有一位良善而美丽的伴侣。”

“啊！你是我的外甥吗？”约翰—约克说。

“但是，您请中校先生吃早饭吧。”佛罗尔说。

“不，太太，谢谢，”菲力回答说，“我已经吃过了。并且，我弟弟和我母亲在这城中受到那种待遇之后，我宁可砍断我的手而不问我的舅舅要一片面包或是一参丁的钱……只是，我觉得住在伊苏当而不给他不时不时的致敬是不合适的。并且您很可以，”他说着，给他舅舅伸出他的手，鲁志也就在这手中放着他那发抖的手，“您可以做您所高兴做的一切的事情：我不会再来说些什么，除非布里都的荣誉被保全以外……”

吉勒可以从容的观看中校，因为菲力明明是假意的避免来看他的。虽然玛克斯的血管沸热着，然而他却太需要来仿效大政客的类似懈怠的行为了，他不会和年青人一样的发火；所以，他就保守着沉默而冷静的态度。

“先生，”佛罗尔说，“您舅舅有四万佛郎的息金，您每月只有六十佛郎的生活费，这是不大好的，您舅舅已经很好的看待过吉勒司令官，他的私生的弟弟，就是这一位……”

“是的，菲力，”好好先生说，“我们以后再瞧这个吧……”

在佛罗尔的介绍之下，菲力跟吉勒交换了一个几乎是恐怖的敬礼。

“舅舅，我有图画卖给您；这些图画是在何仓先生家里的；无论哪一天，您要给我面子来认识认识。”

用干燥的腔调说了这最后的一句话之后，布里都·菲力中校就出去了。这个拜访在佛罗尔和吉勒的灵魂中留下了比他们第一眼看到这可怕的老兵的时候所生的战栗还要严重的情绪。菲力用被剥夺的承继人的怒气狠力的拉了门出去之后，佛罗尔和吉勒就躲在门帘后面看着他从他舅舅家里走到何仓家里去。

“真是无赖！”佛罗尔说着，用一瞟眼来询问吉勒。

“是的，不幸得很，在皇家军队里就有几位这个样子的人；我曾在狱船上打死过他们这么七个。”吉勒回答说。

“我很希望您不要找题目跟这一位吵架，玛克斯。”勃拉西尔小姐说。

“噢！这一位，”玛克斯说，“他是一只想吃骨头的癞狗。”他接着对老鲁志说，“如果他舅舅信任我的话，他一定要给他一点儿东西让他走；因为他不让您安闲，鲁志伯伯。”

“他闻着烟草的味道。”老头儿说。

“他也闻着您的钱味，”佛罗尔坚决的说，“我的意见是应当花点钱招待他。”

“我也不做更大的希望。”鲁志回答说。

“先生，”格里特走进何仓全家吃完早饭逗留在那里的房子里说，“这就是您所谈到的布里都先生。”

菲力在大家的好奇所产生的沉静之中谦恭有礼的进来。何仓夫人全身发抖的看着这位使阿佳德悲惨、使德斯高恩夫人死亡的汉子。阿豆菲茵也有一点儿害怕。巴鲁赤和佛兰苏互相交换一道惊愕的眼色。老何仓保守镇静而给布里都夫人的儿子让坐。

“先生，”菲力说，“我来给您介绍我自己；因为我得想法子用法兰西所给我的每月六十佛郎生活在这个地方。”

“这是可能的。”八十高龄的老人回答说。

菲力用很好的态度谈到一些不相关的事情。他说老太太的外甥当新闻记者的陆士铎简直就是一只鹰鸟；当老太太听到陆士铎的姓氏变成出名的时候，她也就给菲力显出她的温和的态度了。然后，他也毫不犹豫的承认他的生活的错误。他用轻和的声音对何仓夫人责骂自己的错处，对她说他曾在狱中大加反省，答应她将来要当一个另外的大丈夫。

在菲力对他说了一句话之后，何仓先生就跟他一块儿出去了。当吝啬人和老兵士走到巴郎大路没有人听得见他们的谈话的时候，中校就对老头儿说：

“先生，如果您相信我的话，我们只要在田野散步的时候或是其他没有人听见的地方来谈论事情和人物。德斯罗慈律师给我解释过小城市的流言的势力。所以，我不愿意您让人家怀疑给我指教，虽然德斯罗慈叫我这样的问过您，我也请求您不要拒绝我。我们有一个聪明的仇人，为着打败他起见，我们千万不要忽略任何的谨慎。并且，如果我不再来看您的话，先请您原谅我。我们之间的一些冷淡的态度可以让我自由行动，不受您的影响的拘束。如果我需要请教您的话，我就于九点半您吃完饭出来的时候到广场来。如果您看见我拿着手杖携带武械的话，这意思就是说我们需要偶然在您所要指定的一个散步的地方会面。”

“这一切都好像一个谨慎而能够成功的人。”老头儿说。

“我一定要成功的，先生。请您告诉我和吉勒·玛克桑斯不一派的回到这里的前时的军人，而且可以联络的。”

“第一个就是禁卫军炮兵队的上尉米额纳，也是诸艺学校的毕业生，四十岁的年纪，生活得很俭朴；他有很好的名誉，他开口反对玛克斯，认为他的行为实在不配当一位真正的军人。”

“好!”中校说。

“这一种精神的军人并不多，”何仓先生接着说，“因为我只在这里看见一位从前的骑兵上尉。”

“这是我的本行，”菲力说，“他也是在禁卫军里吗?”

“是的，”何仓先生接着说，“卡尔班提尔一八一〇年只是禁卫军骑兵队的庶务官；后来，他就进到队伍里当少尉，再升为上尉。”

“也许吉落都认得他。”菲力对自己说。

“这位卡尔班提尔先生在市政府里取了玛克桑斯所不要的位置，他是米额纳司令官的朋友。”

“我有什么法子在这里赚钱过活呢?”

“我想人家正要设立一个赤尔省的互助保险分局，您可以到那里谋一个位置；不过最多每月也只能够拿到五十佛郎……”

“这也就够了。”

一星期之后，菲力有一件埃尔柏夫的蓝呢的新礼服、新裤子、新背心，是用每月还清若干的办法记账买来的，同时也有了他的长靴、鹿皮手套和一顶帽子。他从巴黎由吉落都替他寄来的衣服、兵器和一封吉落都写给曾是他的部下的卡尔班提尔的信。——这封信使菲力得到卡尔班提尔的忠心，卡尔班提尔就把中校介绍给米额纳司令官，说他是一位最有功劳、最有性格的男子。菲力给这两位骑炮两队伍的军官说些关于这一次被审判的阴谋而得到他们的钦佩。这一次的阴谋，正如我们所知道的，是皇家的军队推翻布尔崩王朝的最后一次的企图，因为罗赤尔的外委的案件是属于另外一种主义的阴谋。

因为一八二〇年八月十九日的阴谋的命运和柏尔顿跟加郎的事件的教训，自从一八二二年之后，军人们就只希望等待着事变的来临。这一次的最后的阴谋是随着八月十九日的小事件而来的，也是同样由最优秀的分子发动的。正如八月十九日的事件一样，他也是王家政府所完全不知道的。又是一次被发觉的阴谋家就聪明的想方法来减低他们的庞大的举动，只组织一些兵营之内的小阴谋。这一次的阴谋有许多骑兵、步兵和炮兵队的参加，他们以法兰西的北部为大本营。人家计划一下子就占领国境的要塞。如果成功的话，一八一五年的条约就要用脱离神圣联盟而在军人所定的盟约之下进行的比利时的宣告成立联邦制来给他撕破了。这个快速的变乱可以同时推翻两个王朝。在这个有脑筋的人所筹划而有大人物参与其间的计策之中，人家只给世卿法院叙述一个细节。布里都·菲力同意去遮蔽他的领袖，这些领袖当阴谋被发觉的时候都消散了（这发觉也许是因为人家的出卖，也许的偶然的泄露），他们本来是占据在议院之中的，他们只允许在政府内部成功的时候才出来合作。说明一八三〇年之后自由党的信徒是如何整个的在下级军人所有的庞大的秘密的分支之中施展他们的计划，这是历史的范围，同时也离开我们的题目太远了。这一段话已经够得让人家明白菲力所接受的双重的工作。前任的皇家传令官应当在巴黎指挥一个运动，这运动完全是为掩饰真正的举动而于北方起义的时候来占据政府的内部的。因此，菲力的责任是来打断联通这两个阴谋的桥梁，他只把次要的秘密漏泄出来；所以，他那可怕的褴褛的服装和他的健康的衰弱都是有意拿来遮掩政府的眼睛，让他看不清事态的范围。这个工作很适合于这位没有主张的赌徒的危险的景况。觉得自己是骑在两派的墙头之间，这位狡猾的菲力就伪与政府周旋而使政府不注意党中的重要人物，同时却答应后来要投身在两条道路之中他所认为有利的一条。关于这真正的阴谋的重要和几位审判官的暗合的解脱使卡尔班提尔和米额纳觉得菲力是一位出类拔萃的人物，因为他的忠诚实在是和国约会议时代的大政治家相仿佛的。所以，这位狡猾的波拿巴特派几天之内就变成这两位对他反加重视的军官的朋友了。他不久就由米额纳先生和卡尔班提尔先生的介绍在赤尔省的互助保险局中谋到了老何仓所指示的地位。他负责登记账目，好像一位收税官一样，他填写人名和印好的信件的数字而输送出去，他写保险单，每天只有三小时的工作。米额纳和卡尔班提尔给这位伊苏当的客人介绍到城里的团体里来，他在那里的态度和举止都能够和这两位军官对于这阴谋的领袖所加的高贵的意见相符合，使他得到那些注意不可靠的外表的人的尊敬。菲力对于自己的行为都是经过深长的思考的，他在监狱里头曾经想过疏忽的生活的不方便。所以，他不需要德斯罗慈的训诲就懂得用一种忠厚端正的规律的生活和中产阶级的估计相和解。他很高兴的做了玛克斯式的讥刺，用米额纳的方式来行动，他要玛克桑斯昏睡，要他误解他的性格。他决定要人家以为他是幼稚的、装作大方和不大注意利益的样子，因而去包围他的对手，去防卫他的舅舅的承继；然而他的母亲和他的弟弟的确是那样的利心淡薄、那样的大方、那样的伟大，却让人家诋毁为过于计算，太为简单幼稚。菲力的贪欲被何仓先生所对他细述的舅舅的财产燃烧得炽烈起来了。他和这八十高龄的老人第一次秘密谈话的时候，他们两个人都同意认为菲力不应当唤起玛克斯的不信任；因为只要佛罗尔和玛克斯把他们的牺牲者领到布尔慈去，一切就都完了。一星期之中，中校在米额纳家里吃一顿晚饭，又在卡尔班提尔家里吃一顿，星期四就在何仓先生家里。三星期的居留，不久他就被请到两三个家庭中去，他只有早饭要自己花钱吃。在任何地方他都没有谈到他的舅舅，或是打水姑娘，或是吉勒，除非人家问他关于他的母亲和他的弟弟在这里居住的情形以外。这三位军官是唯一得过勋章的，因为菲力在勋章上还有玫瑰花结，在外省人看来他是特别超卓的。他们三位人都在吃晚饭之前一块儿出去散步，结成了乡下人所谓的“不与人合群”的一党。这种态度、这种保守、这种沉静给伊苏当产生优美的影响。一切和玛克斯结合的人都把菲力看做一位“有勇无谋的武夫”。这是军人们赐给只有粗俗的勇气而没有当司令官的能力的上峰的一句话。

“这是一位很可尊敬的人。”老高德对玛克斯说。

“哼!”吉勒司令官回答说，“他在世卿法院的行为就说明他是一个容易受骗的人或是一个间谍；并且正如您所说的，他是相当的幼稚来接受大恶作剧的人的欺骗。”

谋到了位置之后，因为地方的狭小，菲力想要遮掩一些事情就住在圣巴提因镇旁角的一间房子里；接着这房子的是一个大果园，他可以在那里万分秘密的和卡尔班提尔舞弄武器，因为卡尔班提尔在未进禁卫军之前曾经当过军队的武术教师。这样的重新练习他的故技之后，菲力就从卡尔班提尔处学到一些秘密，可以使他不必害怕最有力量的对手。于是，他就和米额纳跟卡尔班提尔练习开放手枪，说是消遣，其实是要玛克桑斯相信：如果要决斗的话——他对于这武器很有把握。当菲力碰到吉勒的时候，他就等着他的一个敬礼，自己也用放肆的态度举起帽缘来还礼，好像一位中校对兵士一样。吉勒·玛克桑斯并没有显出任何不耐烦或不满意的神色；他从来没有在葛纳特酒楼里泄露过一句关于这个问题的话；人家还在这里吃宵夜，因为自从法里奥的刺杀以来，恶劣的戏谑已经暂时停止了。相当的时间之后，布里都中校对于吉勒队长的轻蔑已经变成一种明显的事实，是一些跟玛克桑斯没有跟巴鲁赤、跟佛兰苏和其他三四个人那样密切关系的游手好闲骑士团所彼此互相谈论的。人家都惊异的看着凶恶而猛烈的玛克斯这样的保守的行径。在伊苏当，没有一个人，甚至于波特尔或是雷拿尔，敢和吉勒谈到这细腻的问题。相当被这两位皇家禁卫军的英雄的不睦所感动的波特尔认为，玛克斯会布置一个恶作剧来陷害中校。依据波特尔的意见，人家可以在玛克斯驱逐中校的弟弟和他的母亲之后等待着新的事故，因为法里奥的事情已经不是一个神秘了。何仓先生并没有忘记对城里老年人说到吉勒的残忍的狡猾。并且，中产阶级的闲话大王梅伊勒郎先生也已经公开说出刺杀吉勒的人的姓名了，这不过是用研究法里奥仇恨玛克斯的原因来对将来的事态加以明白的判断而已。在谈论中校和玛克斯的对立的情景，在猜想这对立所要喷发的事态之中，伊苏当人已经预先承认他们是对头了。关心的研究弟弟被捕的一切的始末和吉勒跟打水姑娘的履历，菲力终于和他的邻居法里奥结成莫逆之交。细细的研究这位西班牙人之后，菲力相信自己能够信托这位聪明人。两个人都觉得他们的仇恨是这样一致的，甚至于法里奥就献身给菲力，告诉他一切他所知道的关于游手好闲骑士团的事情。菲力答应法里奥：如果能够成功对他舅舅施展吉勒所施展的权利的话，他一定要给法里奥赔偿他的损失；他就这样的算是主谋人。所以，玛克桑斯有一个可怕的敌人在他面前；他找到了本地人所谓的“可以一块儿说话”的人了。受到闲话的激动，伊苏当城就预先感觉到这些人物之间的斗争；请您注意，这些人物都是彼此互相轻蔑的。

十一月末的一个早晨，快要到中午的时候，菲力在通到佛拉柏斯罗的大路上会到了何仓先生，而对他说：

“我发现您的两位孙辈巴鲁赤和佛兰苏是吉勒·玛克桑斯的亲密的朋友。这两位坏孩子每天夜里参加举行发生在城里的一切的恶作剧。所以，当我弟弟和我母亲住在您家里的时候，都是他们两个人把你们在家里所说的话整个的搬给玛克桑斯。”

"您有什么证据吗?"

"我听见他们夜里离开一家酒楼时所说的话。您的两位孙辈每个人都得到玛克桑斯的一千厄古。这位困难的人对这两位可怜的孩子说叫他们想方法来发现我们的用意，给他们提醒说您曾找到一个方法来使我的舅舅就范，就是用牧师的教导，他告诉他们只有您一个人可以指导我，因为侥幸得很，他把我看做一个有勇无谋的武夫。"

"怎样，我的孙辈吗?"

"您可以侦伺他们，"菲力接着说，"您可以看见他们早晨两三点钟和玛克桑斯一块儿醉得和香槟酒的瓶塞一般的回到圣约翰广场……"

"原来我的不肖孙就是因为这个道理这样的不喜欢多吃东西!"何仓先生说。

"法里奥告诉我一些他们的夜生活，"菲力接着说，"因为没有他的话，我无论如何也猜想不出来。我的舅舅是在一个可怕的压迫之下，这可以从我这位西班牙人听见玛克斯对您两位孙辈所说的几句话判断出来。我怀疑玛克斯和打水姑娘正在计划要偷走国库大账上的五万佛郎的息金，从他们的鸽子身上拔去这块翅膀之后，他们就要到我也不知道是什么的地方结婚去。知道我舅舅家里到底发生些什么事情是大幸运，但是我不知道怎么办。"

"让我想想。"老头儿说。

菲力和何仓先生看见有几个人来，就彼此分手了。

一生以来，鲁志・约翰一约克从没有外甥第一次拜访之后那样的苦痛过。被惊吓的佛罗尔预料有一种威胁玛克桑斯的危险。厌腻了她的主人，看着他这么久的抵抗她的罪恶的举动而怕他活不了多少的岁月，她就发明一个非常简单的计划，就是让人家用她的名义在国库大账上登记五万佛郎的息金之后就离开本地到巴黎去跟玛克桑斯结婚。然而这位老单身汉却拒绝把这一笔款登记在佛罗尔的名下，不承认她是唯一的承继人，这并不是为着他的承继人着想，也不是为着个人的吝啬，而是为着自己的情感。这位不幸的老头儿清楚知道佛罗尔如何爱恋玛克桑斯，如果她相当富有而去结婚的话，他一定会被抛弃的。当佛罗尔用最柔媚的阿谀而被拒绝的时候，她就施展出她的严厉：她不再跟她的主人说话，她让维蒂伺候他。维蒂看见这位老头儿一天清早哭了一夜把眼睛哭得红红的。一星期以来，老鲁志只一个人吃早饭，上帝知道这是怎么吃法的！所以菲力和何仓谈话的第二天，要第二次去拜访他舅舅的菲力就觉得他是大大的改变了。佛罗尔留在老头儿的身边，给他投去多情的秋波，跟他说了许多温柔的话语，演了这么巧妙的一幕喜剧，甚至于使菲力猜想他的在场所引起的忧虑会促进地位的危险。避免和菲力冲突的吉勒并没有露面。用机智的眼睛细察老鲁志和佛罗尔之后，中校认为有举行一个大举动的必要。

“再见，舅舅。”他说着，用一种表示要走的姿势站了起来。

“噢！别就走，”老头儿叫着说，佛罗尔的假温柔使他精神起色，“跟我们一块儿吃晚饭吧，菲力。”

“是的，如果您愿意跟我出去散步一个钟头的话。”

“先生是虚弱的，”勃拉西尔小姐说，“刚才他不肯坐车出去。”她加上一句，转过头来看着这位好好先生，她的眼睛是呆瞪瞪的，可以制服疯狂的人。

菲力擒住佛罗尔的手臂，逼着她来看他，用她瞪视她的牺牲者的同样的眼色瞪着她。

“您说，小姐，”他问她，“我舅舅是不是凑巧不能够跟我一个人出去散步？”

“可不是嘛，先生！”佛罗尔回答说，她没有法子回答别的话。

“好吧，请您来，舅舅。——咱们走吧，小姐，请您给他手杖和帽子……”

“但是，平常没有我陪着，他是不出门的。——不是吗，先生？”

“是的，菲力，是的，我总是需要她的……”

“最好是坐车去。”佛罗尔说。

“是的，咱们坐车去吧。”老头叫着说，他要使他的两个暴君同意。

“舅舅，您得步行跟我一块儿来，不然的话，我就永远不来您这里了；因为那样的话，全伊苏当就有话说了，他们要说您是在勃拉西尔·佛罗尔小姐的统治之下。——我舅舅爱您，好！”他直眼的瞪着佛罗尔说。“您不爱我的舅舅，这更是不足为怪的事。但是您把这位好好先生弄得苦痛不幸……别走！要想得到承继就得请您打仗——您来不来，舅舅？”

菲力看见在这位可怜的傻子的脸上浮现出苦闷的犹豫，他的眼睛从佛罗尔脸上转到他的外甥脸上来。

“啊！这就是这个样子！”中校接着说，“好吧，再见，舅舅。——至于您，小姐，我吻您的手。”

当他走到门口的时候，他突然的转过头来，再一次的惊愕的看见佛罗尔对于他的舅舅施展一个恫吓的姿势。

“舅舅，”他说，“如果您要来跟我一块儿散步的话，请您在门口等我；我要拜访何仓先生十分钟……如果我们不一块儿出去散步的话，我要负责叫许多的人去散步。”

然后，菲力就穿过圣约翰广场，到何仓家里来。

每一个人都可以想象得到菲力对于何仓先生的解说在这家庭中所要预备的幕景。九点钟的时候，老黑龙先生带着许多文据进来，他在大厅里找到这老头儿违反平常的习惯而叫人燃烧起的火。

不按时刻穿好衣服的何仓夫人就在壁炉角上的一张靠椅上。预先由阿豆菲茵处听到隔夜以来所堆在他们头上的风波的两位孙辈被禁在家里，不许外出。经格里特的召唤，他们就好像是祖辈所施用的机器一样的被抓来了，祖辈的冷酷和愤怒已经对他们叱责了二十四小时了。

“您别给他们排解，”八十高龄的老人对黑龙先生说，“因为您知道这两位可悲的孩子不配得人家的宽恕。”

“噢！祖父！”佛兰苏说。

“不许说！”严肃的老人说。“我知道你们的夜生活，你们和吉勒·玛克桑斯的关系；但是你们不能够再于早晨一点钟到葛纳特酒楼去找他去，因为你们两个人只能够为着到你们所应到的地方去，而离开这里。啊！你们曾经毁过法里奥吗？啊！你们好几次几乎到法庭去受审判吗？……不许说话，”他看见巴鲁赤张开嘴就这样的说，“你们两个都拿到玛克桑斯的钱，六年以来他都给你们钱，让你们放荡。请你们每一个人都听我这保护人的账目报告，然后我们可以再谈。你们可以从这些叙述中看出你们是不是可以跟我开玩笑，跟全家开玩笑，跟我的家法开玩笑，把我家里的秘密漏泄给外人，报告给一位吉勒·玛克桑斯先生这里所说的话……为着一千厄古，你们就变成了侦探；要是一万厄古的话，你们一定就要杀人吗？……但是你们不是几乎杀死了布里都夫人吗？因为吉勒先生清楚杀他的是法里奥而把这刺杀归罪于我的客人布里都·约瑟。如果这位该死的人做下这大罪的话，这是因为他听见你们说阿佳德夫人要住在这里。你们是我的孙辈，你们怎么当了这一种人的侦探！你们怎么当了抢匪！……你们难道不知道，你们的头领开始干这勾当的时候，早已于一八〇六年杀死过一个可怜的少年吗？我不愿意我家里出些刺客或强盗，你们就拿着你们的行李到外面去吧！”

两位年青人变成惨白而不动，好像石膏的塑像似的。

“您去吧，黑龙先生。”吝啬人对法律公证人说。

老头儿宣读了保护人的账目；保尔尼赤家两位孩子的财产是七万佛郎，这就是他们的母亲的嫁妆的数目；但是何仓先生曾经供给过女儿不少的钱，在债权人的名义之下他可以占有他的外孙、两位保尔尼赤的财产的一部分。巴鲁赤所分的一半是两万佛郎，当面偿清了。

“你算是富翁了，”老头儿说，“拿你的财产独自一个人去吧！我，我可以自主把我的财产和何仓夫人的财产送给我所要送的人，送给我们的可爱的阿豆菲茵，何仓夫人这时候是和我同意的。是的，我们要让她嫁给一位法兰西的世卿，如果我们愿意的话，因为她可以占有我们的一切的资金。”

“一笔很大的财产！”黑龙先生说。

“吉勒·玛克桑斯先生会补偿你的。”何仓夫人说。

“您就为着这种无赖之徒而捡着您的二十苏钱币吧！”何仓先生叫着说。

“请您宽恕！”巴鲁赤恳求的说。

“‘宽恕而再干！’”老头儿讥讽的学着儿童的声音说。“如果我宽恕您的话，您就走去通知玛克桑斯先生你们所遇到的一切的事情，让他小心防备……不，绝不，我的小先生们。您能做得出什么，我也做得出。这不是根据一天的行为或是一月的行为来判断你们的，而是根据你们的好几年的行为！……我有强壮的脚，好的眼睛，康健的身体。我希望还能够活到相当的时候来看您到底走上哪一条路。——至于您，何仓·佛兰苏，您还得还我的钱，您拿不到款项，”老头儿瞧着他的孙子说，“——黑龙先生，请您读一读他的账目吧，这是清楚的……非常清楚的。”

账目就在万分寂寞的空气里读了出来。

“我每年给您六百佛郎，请您到波瓦提尔去念您的法科，”法律公证人念完的时候，老头儿说，“我以后再给您预备一个好生活；现在您得预备当律师赚钱过活。——啊！我的坏孩子，你们骗了我六年了！你们得知道我只要一个钟头就够得擒获你们：我有七里长的长靴。”

当老黑龙先生带着签好的文据出去的时候，格里特进来报告布里都·菲力中校的来临。何仓夫人把她的两位孙辈带到她的房子里去让他们认错（这是老何仓所说的话），来知道这一幕景对于他们所产生的是什么效果。

菲力和老头儿一块儿走到一个窗口，轻声的谈话。

“我很想过您的事情，”何仓先生指着鲁志的房子说，“我刚刚跟黑龙先生谈过。五万佛郎的登记证只能够由执证人或一个代管人来售卖；自从您住在这里以后，您的舅舅没有在任何的律师事务所签过委托状；因为他没有离开过伊苏当，他也不能够在别的地方签字。如果他在这里签写委托状的话，我们马上就会知道；如果他在外边签写的话，我们也能够同样的知道，因为他得登记，而正直的黑龙先生也有方法知道。如果这位好好先生离开伊苏当的话，您得跟着他去，您得知道他到哪儿去；我们可以找出方法打听他所干的事。”

“委托状还没有写，”菲力说，“人家要他写，但是我希望能够阻止他写；而他也绝——不——能——够——写！”老兵士看见他的舅舅站在门口，就指给何仓先生嚷着说，他又给何仓先生简略的解释他的访问所产生的这样小而这样大的事故。“玛克桑斯怕我，但是他没有法子避开我。米额纳告诉我一切皇帝的故旧袍泽每年都要在伊苏当庆祝皇帝的加冕纪念；好，两天之后，玛克桑斯和我，我们就可以碰面了。”

“如果他十二月一日早晨得到委托状的话，他就要坐邮车到巴黎去，让纪念日好好的……”

“好！现在得把我的舅舅关在房子里，我有一道可以使傻子发呆的眼色。”菲力说着，用一道残暴的眼色使何仓先生发抖。

“如果他们让他跟您去散步的话，玛克桑斯一定已经找到一个胜利的方法了。”老吝啬人看到这一点说。

“噢！法里奥在看守着，”菲力辩答说，“而且他并不是唯一看守的人。这位西班牙人给我在发当附近找到一个我从前的兵士，是我曾经给他帮过忙的。布尔德·边查明听从西班牙人的命令，不过人家不知道罢了，西班牙人也把他的马让给边查明骑。”

“如果您杀死这个引我孙辈做坏事的怪物的话，您就真是做了一桩大好事。”

“今天，因为我，全伊苏当的人都知道六年以来玛克桑斯先生夜里所干的勾当。”菲力回答说，“而说闲话的人，依据您的说法，也要对他喧哗。从精神方面说，他已经失败了！”

菲力走出舅舅家里之后，佛罗尔就跑进玛克桑斯的房子来，告诉他这大胆的外甥刚才访问舅舅的始末。

“怎么办呢？”她说。

“到了最后的方法，让我跟这位大死人决斗之前，”玛克桑斯回答说，“我们得用一个大举动来给他清算。让我们的傻瓜跟他的外甥一块儿出去吧！”

“但是这暴徒会一直往前走的，”佛罗尔嚷着说，“他会告诉他这些事情的真相。”

“请你听我说，”玛克桑斯用尖锐的声音说，“你以为我没有在门后听他们的说话而想到我们的地位吗？你跟老鲁志要一匹马和一辆椅子式的马车去，我们立刻要用！一切的东西都得在五分钟之内预备好。把你所有的东西都放在里边，你可以带维蒂到发当去，好像要久居那里一样的住下，你可以带走他写字台里所有的两万佛郎。如果我领这位好好先生到发当去的话，你只可以在得到他所签写的委托状之后才回到这里来。当你们再回来的时候，我，我就要跑到巴黎去。当约翰一约克散步回来找不到你的时候，他一定要丢了灵魂一般的追着你去……那时候，好，我就可以负责跟他说……”

正在计划这阴谋的时候，菲力带着他的舅舅，手拉手的跟他走到巴郎大路去散步。

“这两位大政客算是打了架了。”老何仓的眼睛随着挽住舅舅的中校，对自己说，“我很好奇来看这个关系九万佛郎息金的纷争的结果。”

“亲爱的舅舅，”菲力对老鲁志说，他的造句还可以表现出他和巴黎的关联，“您爱这位少女，您是太有道理的，她是太甜美了！她不疼您，把您弄得和仆人一样，这还不算什么，她还希望看见您埋在地下六尺深，因而能够和她所崇拜的玛克桑斯结婚哩……”

“是的，我知道这个，菲力，但是我还是爱她。”

“好吧，用我母亲的情分，我母亲确是您的妹妹，”菲力接着说，“我发誓要给您把您的打水姑娘弄成和手套一样的柔软，使她恢复这位实在不配得在皇家禁卫军中当差的坏孩子没有来破坏您的家庭之前的本来的样子……”

“噢！如果你能够做到这一步的话……”老头儿说。

“这很简单，”菲力回答着，打断了他舅舅的话，“我会和杀一只狗一样的给您杀死玛克桑斯……但是……有一个条件。”老兵士说。

“什么条件呢？”老鲁志用蠢笨的神色瞧着他的外甥说。

“不要在十二月三日之前签写委托状，请您拖延到那个时候。这两位坏蛋要得到您的允许来售卖您的五万佛郎的息金，他们的目的完全是要到巴黎去结婚，而在那里用您的百万财产来办喜事……”

“我真怕这个。”鲁志回答说。

“好吧，无论人家怎么对付您，都请您延期到下星期来签写委托状。”

“是的。当佛罗尔跟我说话的时候，她总摇动我的灵魂，使我失去理性。瞧，当她用某种态度跟我说话的时候，她的蓝眼睛就好像是天堂一般，我也就不能自主了，特别是当她对我严厉的几天。”

“好吧，如果她给您花言巧语的话，您无妨答应她写委托状，但是必得于签字的前一夜预先通知我，这在我也就够了。玛克桑斯不能够当您的代管人，除非他杀死了我。如果我杀了他的话，请您让我在您家里代替他的地位，我就可以替您用手指和眼睛来使唤这位女孩子。是的，佛罗尔会爱您的，我在上帝的怒气之下发誓！不然的话，如果您不满意她，我就可以鞭打她。”

“噢！我绝不要受到这种苦痛。打佛罗尔，这会使我心痛。”

“但是，这是管治女人和马匹的唯一的方法。一个男子汉就是用这个方法让人家害怕，让人家喜欢和尊敬的。这就是我要在您的耳管里对您说的话。——你们好，二位先生，”他对米额纳和卡尔班提尔说，“我让我舅舅散步，你们瞧，我还要教导他哩；因为我们是生在孩子们不得不教育先辈的时代。”

大家互相的致敬。

“你们看见一个不幸的情感在我亲爱的舅舅身上所生的效果，”中校接着说，“人家要抢他的财产，把他像泥巴一样的扔在那里；你们知道我所说的是谁。这位好好先生并不是不知道他们的阴谋，好几天的工夫他都没有力气来吃甘美的早饭。”

菲力解释清楚他的舅舅的地位。

“二位先生，”他结束着说，“你们清楚没有第二个解放我舅舅的方法：必得布里都中校杀死吉勒司令官，或是吉勒司令官杀死布里都中校。后天我们要庆祝皇上的加冕纪念；我希望你们能够安排我在酒席上面的座位，使我可以坐在吉勒司令官的对面。我希望你们能够赏我一个面子，当我的决斗证人。”

“我们要举您当主席，坐在您的两边。副主席玛克桑斯就可以坐在您的对面了。”米额纳说。

“噢！这坏蛋一定有波特尔司令官和雷拿尔上尉帮他，”卡尔班提尔说，“不管人家在城里如何批评这些夜间的冒险行为，这两位勇敢的人总已经是他的帮手，他们一定忠心于他……”

“您看得出，舅舅，”菲力说，“这是如何煎熬的事情；所以，请您别在十二月三日之前签写您的委托状，因为第二天您就可以变成自由的、快乐的，被佛罗尔爱恋，而不必有您的侍臣。”

“你不认识他，外甥，”被惊吓的老头儿说，“玛克桑斯曾在决斗中杀死过九个人。”

“是的，可是这并不是关于偷走十万佛郎的息金的问题。”菲力回答说。

“良心上的不安可以毁坏他的武术。”米额纳好像说格言一般的神气说。

“几天之内，”菲力接着说，“他的丧事过了之后，您和打水姑娘，你们就可以和两颗橘花一般甜蜜的心一样的一块儿生活；因为她会和虫子一般的圈绞着，她会和小狗一般的吠着，她会和泪人一般的哭着；但是……让她流她的眼水吧！”

两位军人支持菲力的论证，努力鼓励老鲁志，他们跟老鲁志差不多散步了两个钟头。最后，菲力就带回他的舅父，给他说了这最后的一句话：

“没有我千万别决定任何的主意。我认识女人的性格，我曾为一位女人而损失了比佛罗尔所绝不能使您损失的数目还要多的钱……所以，她算是教我下半世应当怎么对付女人了。女人都是顽皮的孩子，她们是比男子低级的动物，我们得让她们害怕，因为男子的最坏的景况就是让这些粗暴的女人管束！"

好好先生回家的时候差不多下午两点钟了。古斯基哭着来开门，至少是在玛克斯的命令之下装做哭泣的样子。

"什么事呀？"约翰一约克问。

"啊！先生，太太跟维蒂一块儿走啦！"

"走……走啦？"老头儿嗓子扼吭的说。

这打击是太剧烈了，鲁志不免跌坐在楼梯的一个层级上。一会儿之后，他又站了起来，瞧了瞧大厅和厨房，登楼走到自己的寓所来，到一切的房子里去，又回到大厅里来，扑在一张靠椅上，嚎啕大哭起来了。

"她在哪儿？"他唏嘘的叫，"她在哪儿？玛克斯在哪儿？"

"我不知道，"古斯基回答说，"司令官一句话也没有告诉我就出去了。"

吉勒是一位非常能干的政客，他认为有到城里去逍遥的必要。把老头儿一个人忧愁的丢在家里可以使他感觉到被抛弃的凄凉，因而可以使他容易听从玛克斯的主意。但是，为着防止菲力来帮助他的舅舅拔出苦境，玛克斯就叫古斯基不要给任何人开门。佛罗尔走了，老头儿既没有马勒也没有马辔，所以这局面就变成非常危险的。当玛克斯在城里打绕的时候，隔夜忙于给他拉手的人很多的都避开了他。人家对他已经有一般的反动了。

游手好闲骑士团的恶作剧占据了一切的人的口舌。布里都·约瑟被捕的故事现在是水落石出了，使人家对于玛克斯失去尊敬；他的生活和他的工作只于一天之中收到他的代价了。吉勒碰到正来找他的波特尔司令官，他看见波特尔非常生气的样子。

“你怎么啦，波特尔？”

“亲爱的，皇家禁卫军在全城里放纵了！……无知的民众厌烦你，这使我心痛极了。”

“他们怨恨什么？”玛克斯回答说。

“怨恨你在夜里给他们弄的把戏。”

“好像人家都不能够稍微消遣消遣似的！”

“这还不算什么。”波特尔说。

波特尔是属于那一类可以对市长说“呃！如果人家烧了您的城市的话，人家会赔偿您的”的军官。所以他对于游手好闲骑士团的恶作剧简直不生感动。

“这有什么呢？”吉勒说。

“禁卫军反对禁卫军！这是我所以痛心的地方。鼓动一切中产阶级来反对你的就是布里都。禁卫军反对禁卫军！……不，这太不成话了！你不能够退缩，玛克斯，您得和布里都对阵。瞧，我真想跟这位大混蛋挑战，把他打死；因为这么一来中产阶级们就再也看不到禁卫军反对禁卫军的怪事了。打仗去，没有话说：两位禁卫军的英雄吵起来！打起仗来，无知的民众没有什么可以嘲笑他们的。不，这大混蛋哪里会在禁卫军入过伍。禁卫军的人不能够有这一种行为，在中产阶级之前反对另外一个禁卫军的人！啊！禁卫军受到人家的厌恶了，特别在伊苏当！禁卫军在这里曾受过人家的尊敬！”

“算了吧，波特尔，别焦急，”玛克桑斯说，“纵使你看不见我出席纪念会的欢宴……”

“你后天不到拉古瓦家里去吗？”波特尔打断他的朋友的话，嚷着说，“难道你要变成一个没出息的人，让人家看你有躲避布里都的神气吗？不，绝不！禁卫军的步兵绝不能够在禁卫军的骑兵之前退缩。请你用别的方法安排你的事情，你得到那儿去！”

“可是一个得把他送到阴府去的人，”玛克斯说，“好吧，我想我能够到那儿去，同时也能够办好我的事。——因为，”他心里自己说，“这委托状不应当用我的名字。正如黑龙先生所说的，这太有盗窃的痕迹了。”

这位被布里都·菲力所设置的罗网而感觉为难的狮子就在两排的牙齿之间发抖起来；他躲避着他所遇见的一切的人的眼光，经过维拉特大路，回到家里来，一边对自己谈论。

“打仗之前，我得有这息金，”他对自己说，“如果我死的话，至少这一张登记证不会落在菲力手中。我要让他写在佛罗尔的名下。根据我的训令，这位孩子可以一直到巴黎去，如果她愿意的话，还可以嫁给一位免职的帝国元帅的儿子。我可以叫他把委托状写在巴鲁赤的名下，他只能够在我的命令之下转移登记证。”

我们得公平的批评玛克斯，他从来没有这样的表面上冷静而血脉和思想又这样的沸腾过。所以，人们也从来没有看见过可以当将军的性质是这样高度的结合在一个军人的身上。如果他不是因为被擒而停止了他的事业的话，无疑的，皇上会在这孩子身上找到一个大事业所需要的人物。走进这间又是喜剧又是悲剧的牺牲品们总在哭泣的大厅的时候，玛克斯就问这悲哀的原因：他装作惊愕，什么也不知道的样子，故意惊异的听到佛罗尔的动身；他询问古斯基关于这个不可解释的旅行的目的。

“太太这样告诉我，”古斯基说，“她叫我告诉先生，她拿走写字台里所有的两万佛郎，她想先生一定不会不答应她这一笔她这二十二年来所应得的工钱。”

“她的工钱？”鲁志说。

“是的，”古斯基接着说，“她临行的时候对维蒂说：‘啊！我绝不再回来。’（因为可怜的维蒂跟先生非常的亲切，她劝谏太太）太太又说：‘不，不，他对我一点儿情义也没有，他让他的外甥把我当做最下等的最下等的人来看待！’她哭了……满眼的热泪。”

“呃！我真管不得菲力，”玛克斯所观察的老头儿叫了起来说，“佛罗尔在哪儿？有什么方法可以知道她在哪儿？”

“您听菲力的话，菲力会帮您的忙。”玛克桑斯冷冷的回答。

“菲力！”老头儿说，“他对这可怜的女孩子有什么办法？……只有你，好玛克斯，只有你会找到佛罗尔的，你可以给我带她回来……”

“我不愿意和布里都先生站在对立的地步。”玛克斯说。

“真的！”鲁志嚷着说，“如果是这事情累你的话，他答应我要杀死你。”

“啊！”吉勒笑着叫了起来，“我们以后再瞧吧。”

“朋友，”老头儿说，“请你给我找佛罗尔去，告诉她我要做她所要我做的一切的事……”

“人家总会看见她在城里什么地方走过，”玛克桑斯对古斯基说，“给我们端饭吃，把一切的东西都搬到桌上来，再出去一处一处的打听，希望在吃饭后点心的时候能够告诉我们勃拉西尔小姐是从哪一条路走去的。”

这道命令暂时平静了这位简直和丢了保姆的小孩子一样悲鸣的可怜虫。这时候，鲁志所怀恨而认为是他的一切不幸的原因的玛克桑斯在他看来却又简直是一位天使了。鲁志对于佛罗尔的情感非常的类似婴儿的情感。六点钟的时候，到外面去好好散了一场步的波兰人就回来说打水姑娘走了到发当去的路。

“很明显的，太太是回到她的本乡去了。”古斯基说。

“您晚上要到发当去吗？”玛克斯对老头儿说，“路是不好走的，但是古斯基知道带路，您今天晚上八点钟跟她和解比明天早上好。”

“咱们去吧！”鲁志嚷着说。

“你轻轻的预备好马，为着鲁志先生的名誉起见，不要让城里人知道这些傻事。给我装好我的马鞍，我要先走。”他朝着古斯基的耳朵说。

何仓先生已经让布里都·菲力知道勃拉西尔小姐的出奔，菲力马上离开米额纳先生家里的桌子跑到圣约翰广场来；因为他完全猜中这些巧妙的战略的目的。当菲力走来要进舅舅家门的时候，古斯基从第二层楼的一个十字窗上回答他说鲁志先生不愿意接见任何的客人。

“法里奥，”菲力对正在大拿勒特街上散步的西班牙人说，“你叫边查明骑上马；我非常迫切要知道我舅舅和玛克桑斯要变什么花样。”

“人家把马驾在车上。”监视鲁志房子的法里奥说。

“如果他们到发当去的话，”菲力回答说，“请你给我找到第二匹马，再跟边查明回到米额纳先生家里来。”

“您想怎么办呢?”走出家门看见菲力和法里奥在广场上的何仓先生说。

“一位将军的才干，亲爱的何仓先生，不但是在于观察清楚敌人的行动，同时也在于从他的行动里猜出他的意向，随着没有预先料到的敌人的行径而临时应变。您瞧，如果我舅舅和玛克桑斯一块儿坐车出门的话，他们就是到发当去；玛克桑斯答应他替他跟假意逃匿的佛罗尔和解！因为这种战术是维尔吉尔将军的战术。如果是这样的话，我也不知道要怎么办了；但是我还有一夜的时间，因为我舅舅不会在晚上十点钟签写委托状，法律公证人都睡去了。如果，正如第二匹马的排场所告诉我的，玛克斯在我舅舅之前先去给佛罗尔一些指令的话（这似乎是必要的，而且是很像的），这坏蛋就算是失败了！您可以看看我们这些其他的老兵士，我们是用什么方法来翻本这承继的把戏……并且，因为这最后的决战需要一个帮手，我要回到米额纳家里去跟卡尔班提尔先生商量一下。”

跟何仓先生握了手之后，菲力就走下小拿勒特街，到米额纳司令官家里去。十分钟之后，何仓先生看见玛克桑斯骑马快步的出去，他这样有力的激起他那老年人的好奇心，他就逗留站立在大厅的窗口，等着没有让他等的老太太的声音。约翰一约克的焦躁使他在二十分钟之后就跟着玛克桑斯去。古斯基步行的走着，至少在城里是这样的；无疑的，这是他的真正的主人的命令。

“如果他们到巴黎去的话，一切都完了。”何仓先生对自己说。

这时候，罗马镇的一个小孩子来到何仓的家里；他给巴鲁赤带来一封信。自从早晨以来，被窘迫的那两位老头儿的孙辈就被关在他们的祖辈的家里。想到他们的将来，他们就知道他们是如何需要宽待他们的祖宗。巴鲁赤不能够不知道何仓外祖父对于他的祖父母保尔尼赤的影响；何仓先生不会不把保尔尼赤家的一切的资金都拿来给阿豆菲茵，如果他的行为允许他们在早上所威吓他的大婚姻之中拿回他们的希望的话。比佛兰苏还要富的巴鲁赤有更多的东西可以损失；所以，他要绝对的屈服，只以付还所欠玛克斯的债务为条件。至于佛兰苏呢，他的将来是握在祖父的手中；他只能从祖父身上希望到财产，因为根据保护人的账目，他是变成他的祖父的债务人了。所以，这两位年青人就正式的宣告他们的服从，他们的懊悔是因为他们的利益的受害而激动出来的，何仓夫人也给他们保证他们所短玛克桑斯的债务。

“你们做了不少的傻事，”她对他们说，“你们得用一个贤惠的举动将功补罪，然后何仓先生就会气平了。”

所以，当佛兰苏从巴鲁赤的肩上读到这封信的时候，他就朝着巴鲁赤的耳朵说：

“问问老人家的意见。”

“拿着去吧。”巴鲁赤说着，给老头儿递过信。

“给我念一念，我没有眼镜。”

亲爱的朋友，

我希望在我眼前的环境之中，你不要迟疑给我帮一个忙，替我当鲁志先生的代理人。所以，请你明天九点钟到发当来。我一定要送你到巴黎去；但是，别焦急，我要给你路费，马上跟你会齐去，因为我差不多确信十二月三日要离开伊苏当。再见；我相信你的友谊，也请你相信你的朋友的友谊。

玛克桑斯

“赞美上帝！”何仓先生说，“这个傻子的承继却正好是被这两位魔鬼的利爪救起来了！”

“但望您的话成为事实，”何仓夫人说，“我也感谢上帝，无疑的，上帝已经应许我的祈祷了。恶人的胜利总是暂时的。”

“您可以到发当去，您可以接受鲁志先生的委托状，”老头儿对巴鲁赤说，“问题是把五万佛郎的息金放在勃拉西尔小姐的名下。您可以到巴黎去；但是您得在中途停留在奥黎昂，在那里等我的信。您千万不要让任何人知道您住在哪儿，您应当住在班尼尔镇的一间最后的旅馆里，这是车夫们所住的客栈……”

“啊，好！”佛兰苏说着，大拿勒特街中的一辆车声使他紧速的跑到窗口去，“这是新闻：老鲁志和布里都·菲力先生又一块儿坐着四轮轻车回来了，边查明和卡尔班提尔先生骑着马跟着他们来！”

“我到那边去。”何仓先生叫了起来，他的好奇心克服了其他的一切情绪。

何仓先生发现老鲁志在房子里写着他的外甥所口授的一封信：

小姐，

得到这封信时，如果您还不回到我这里来，您的行为就证明您对我的负恩，我也就要废除我所写过的那张于您有利的遗嘱，把财产赐给我的外甥菲力了。您懂得自从吉勒先生和您一块儿在发当之后，他不能够再当我的同席者了。我托卡尔班提尔上尉先生给您带这一封信去，我希望您听从他的劝告，因为他要和我自己一样的跟您说话，我这

您的亲爱的

鲁志·约—约

“卡尔班提尔上尉和我，我们在路上碰见我的舅舅，他正在做一桩傻事，要到发当去寻找勃拉西尔小姐和吉勒司令官，”菲力极度讥刺的对何仓先生说，“我给我舅舅解释，让他懂得他是低着头跑去跳进一个陷坑的：当他签写了这位女子所要求的委托状去自由变卖五万佛郎息金的登记之后，他不是就要被她抛弃了吗？写了这封信，他不是可以看见今天晚上这位私逃的女子又要回到这屋下吗？……我答应如果我舅舅让我代替吉勒先生的地位的话（因为我觉得他不止是在这里改变了），我就可以使勃拉西尔小姐变成灯心草一般的柔软。我有道理吗？……然而我舅舅还在悲伤哩！”

“我的邻居，”何仓先生说，“您决定了一个可以使您家中太平的最好的办法。如果您相信我的话，您应当取消您的遗嘱，您也可以让佛罗尔恢复她初到您家里时的本来面目。”

“不，因为她不会宽恕我将要给她吃的苦头，”老头儿哭着说，“她不会再爱我了。”

“她会爱您，她会变成快活的，我给您担保。”菲力说。

“但是请您睁开您的眼睛吧!”何仓先生对鲁志说，“人家要抢您的东西，把您扔了哩……”

“啊! 如果我有确实的证据的话!”傻子叫了起来。

“拿去瞧吧，这是玛克桑斯给我外孙保尔尼赤写的一封信，”老何仓说，“您念一念吧!”

“太不成话了!”卡尔班提尔听见鲁志带泪所念的信，就这样的说。

“这够明白了吗，舅舅?”菲力说，“哎，为着利益起见，请您留住这位女子，您一定会被她崇拜的……正如您所应当有的：一半绢丝，一半棉线。”

“她太爱玛克桑斯，她总要离开我。”老头儿显得惊吓的样子说。

“但是舅舅，玛克桑斯和我，我们后天就不会在伊苏当路上留下我们的足迹了……”

“好，您去吧，卡尔班提尔先生，”好好先生接着说，“如果您答应我她一定会回来，您就去吧! 您是一位老实人，请您告诉她您所认为可以用我的名义对她说的话……”

“卡尔班提尔上尉要在她的耳边说我要从巴黎叫一个年青而美貌的女子来，”布里都·菲力说，“这个女流氓就会五体投地的回来。”

上尉出去了，自己驾着四轮轻马车；边查明骑着马跟着他去；因为人家已经找不到古斯基了。然后受到这两位军官要打官司要使他损失地位的威吓，波兰人却逃了出去，骑着一匹租来的马，到发当去告诉玛克桑斯和佛罗尔他们的对手所干的把戏。完成了使命之后，不愿意跟打水姑娘一块儿回来的卡尔班提尔必得骑边查明的马。

知道古斯基的脱逃，菲力就对边查明说：

“自今晚起，你可以在这里代替波兰人的地位了。所以，请你想方法偷偷的爬上马车的后面，不让佛罗尔知道，希望能够和她同时到达这里来。——事情就是这样办的，何仓老伯！”中校说，“后天的宴会一定是很快乐的。”

“您要住在这里吗？”老吝啬人说。

“我刚对法里奥说，叫他把我的东西都送到这里来。我要睡在门朝梯头的那间吉勒住过的房子，我的舅舅答应我。”

“这到底要发生什么事情呢？”恐惧的好好先生说。

“四个钟头之后，勃拉西尔·佛罗尔小姐就要回到这里来，和羔羊一样柔和的来。”何仓先生回答说。

“但望如此！”好好先生拭着眼泪说。

“现在七点钟了，”菲力说，“您的心中的王后十一点半左右就要到这里来。您不会再看到吉勒；您不是要和教皇一样的幸福吗？——如果您愿意我得胜的话，”他加上一句，朝着何仓先生的耳朵说，“就请您和我们一块儿留在这里，一直等到这位母猴到来的时候为止，您可以帮我的忙使这位好好先生坚持他的决心；然后，我们两个人，我们可以让打水姑娘懂得她的真正的利益。”

何仓先生认为菲力的要求是正当的，他就陪着菲力；但是他们有许多要办的事，因为老鲁志老是和儿童一样的涕泣，这悲伤只能够在菲力所再三说出的这句话之前停止的：

“舅舅，如果佛罗尔回来的话，她一定会对您温柔，您也就可以懂得我的道理了。您会受到她的爱惜，您可以保守您的息金，此后您可以在我的劝告之下行动，一切都会像在天堂一样。”

十一点半，当人家听见大拿勒特街中的马车的响声的时候，问题是在于知道到底这车带着人回来或是空着回来。鲁志的脸孔显出极度焦躁的表情，但是当这马车转弯要进来的时候，他却因为看见两位女人在那里，就过分的快乐而颓唐了。

“古斯基，”菲力给佛罗尔伸过手扶她下车的时候说，“你辞歇了。”

“古斯基，”菲力给佛罗尔伸过手扶她下车的时候说，“您不必再伺候鲁志先生了，您今天晚上不必在这里睡觉，打您的铺盖卷去吧；这位边查明代替您了。”

“所以，您就算是主人了吗？”佛罗尔讥刺的说。

“在您的允许之下。”菲力回答着，把佛罗尔的手握在自己的手中，好像放在压榨机之内似的。“来吧！我们得和打水一样的打一打我们的心，我们两个人。”

菲力带着这位愣呆的女人走了几步，到圣约翰广场来。

“我的美人儿，后天吉勒会被我这一只手臂请到阴间里去，”老兵士伸出右手说，“不然的话，就是他的手臂把我打死了。如果我死的话，您就可以变成我的可怜的傻舅舅的女主人了：好！如果我还留在我的骨架上的话，就请您正直的走，用第一号的幸福来伺候他。不然的话，我却在巴黎认识有不少的打水姑娘，而且没有错，都比您漂亮，因为她们都只有十七岁；她们会使我舅舅非常的快乐，而且会顾虑到我的利益。从今天晚上起，就请您好好的伺候他，因为如果明天早上他不是跟一只金丝雀一般的快乐的话，我只给您说一句话，请您听清楚！杀死一个男人而不犯法的只有一个办法，就是跟他决斗；但是我却认识三个摆脱女人的方法。话说到此为止，我的母鹿！”

听这一段话的时候，佛罗尔战栗得和一位发烧的人一样。

“杀死玛克斯？”她在月亮的微光下瞧着菲力说。

“算了吧，瞧，我的舅舅来啦……”

事实上，无论何仓先生能够对他说些什么，老鲁志却管不了这些，他就到街中来，拉着佛罗尔的手走了，好像一位吝啬人拿着他的宝库一样；他回到自己的家里，带她到房子来，关在里头。

“今天是圣郎柏尔节，谁离开这里谁就失败。”边查明对波兰人说。

“我主人要关闭你们一切的人的嘴。”古斯基回答说，他去找他的玛克斯去，玛克斯住在驿站旅馆。

第二天九点到十一点之间，女人们都在她们的门口谈论着。全城的人没有别的话说，只在讨论隔夜鲁志家所发生的奇异的革命。这些谈话的大略而且是到处一样的。

“明天在加冕纪念会的宴席上玛克斯和布里都中校要发生什么事情呢?”

菲力对维蒂说两句话：“请你接收六百佛郎养老金，不然的话就驱逐你出去!”这两句话使她暂时在菲力和佛罗尔这两个大势力之间保守中立的地位。

知道玛克斯的生命的危险，佛罗尔对于老鲁志显露得比初来的几天还要可爱的样子。可叹得很！在爱情之中，有兴味的欺骗比真理还要受人欢迎，这就是许多的男人都为能干的骗人的女人而蒙受极大的牺牲的缘故。打水姑娘只于吃早饭的时刻被鲁志拉着手臂一块儿下楼的时候才出现。她看见代替玛克斯的是一位带有深蓝眼睛和冷酷脸色的可怕的老兵士，不禁流出眼泪。

“您怎么啦，小姐?”他给舅舅请安之后，就这样的说。

“她有，外甥，她受不了您要和吉勒司令官决斗的思想……”

“我没有任何的欲望要杀死这位吉勒，”菲力回答说，“他只离开伊苏当，带一些船货上船到美洲去好啦，我要第一个劝告您给他钱去购买最好的货物，祝他顺风！他可以发财，这比夜里在伊苏当干一百个恶作剧、在您家里当魔王而且是好得多的。”

“好啊，这不很宽仁吗，这个?”鲁志瞧着佛罗尔说。

“到美……洲……去!”她唏嘘的回答。

“在纽约跑腿比在法兰西久困在绸布的礼服里好……这样一来，您可以告诉我说他是正直的：他能够杀死我!”中校说。

“您让我跟他说几句话吗?”佛罗尔用谦卑而屈服的音调恳求

菲力。

“当然的，他很可以到这里来找他的东西；不过我这时期要跟我舅舅在一起，因为我不离开这位好好先生。”菲力回答说。

“维蒂，”佛罗尔嚷叫着，“跑到驿站旅馆去，我的女儿，告诉司令官我请求他……”

“来拿他所有的东西。”菲力切断佛罗尔的话说。

“是的，是的，维蒂。这是叫他来看我的最老实的借口，我要跟他说话……”

恐惧抑制了这位女儿心中的仇恨，她这位一直到现在为止都被逢迎的女人，在她碰到这么一个强暴无情的男子的时候，她的战栗未免太剧烈了，她甚至于在菲力面前退缩，就好像可怜的鲁志在她的面前退缩一样。她局促不安的等着维蒂的回来；但是维蒂却带来玛克斯的正式的拒绝。玛克斯请求勃拉西尔小姐把他的东西送到驿站旅馆去。

“您允许我给他带这些东西去吗？”她对鲁志·约翰—约克说。

“是的，但是你要回来吗？”老头儿说。

“如果中午小姐还不回来的话，就请您于下午一点钟给我签写委托状来售卖您的息金，”菲力瞧着佛罗尔说，“——您就跟维蒂一块儿去救救面子吧，小姐。从此之后，得注意我舅舅的名誉。”

佛罗尔从玛克桑斯处得不到任何的结果。在全城的眼睛之前让人取去胸甲的失望的司令官却太骄傲了；他不能够在菲力面前逃走。打水姑娘反对这个道理，提议和她的朋友一同逃到美洲去；但是不愿意只得到佛罗尔而没有得到鲁志的财产、不愿意给这位女人揭开心底的吉勒却坚持说要杀死菲力。

“我们做了一桩大傻事，”他说，“我们应当三个人都到巴黎去过冬；但是我们怎么想到这大死鬼来了之后事情就转变到这个田地呢？事情的演变是白驹过隙一般的快速。我以为这位中校是没有两个主意的有勇无谋的武夫，这是我的错误。因为我最初没有做下一个兔钩，现在，如果我在中校之前退缩的话，我就未免太没有出息了。他使我失去了全城的舆论，我只能够用他的死来恢复我的名誉。”

“你带四万佛郎到美洲去吧，我知道用方法摆脱这位野蛮人，我再去找你去，这是更聪明的办法……”

“受到闲话的催促，人家要怎么想我呢?”他叫了起来，“不，绝不。并且，我已经打死过九个人。我看这孩子也不见得多强：他是军官学校出身而进入军队的，他一直打仗到一八一五年，后来他到美洲去旅行；所以，这位暴徒从来就没有到过武器室，然而我在刀术方面却是无敌的！刀是我的武器，我可以装做宽仁的样子叫他来刀战，因为我可以想方法故意让他侮辱我，再打击他。这的确是更好的。请你放心：后天我们就可以变成主人了。”

所以，要顾全名誉的傻劲在玛克斯身中比健全的政治家的风度还要强烈。一点钟回到家里的时候，佛罗尔就把自己关在房子里痛痛快快的哭他一场。在这整个的一天里，闲话在伊苏当全城传布着，人家都认为菲力和玛克桑斯的决斗是无可避免的。

“啊！何仓先生，”米额纳在巴郎大路上碰见跟卡尔班提尔一块儿散步的老头儿就这样的说，“我们很不放心，因为吉勒在任何武术方面都很有根底。”

“不要紧，”外省的老外交家回答说，“菲力这桩事做得真漂亮……我没有想到这位没有拘束的大个子会这么快的成功。这两位勇敢的人物就好像刮风一般的互相周旋……”

“噢！”卡尔班提尔说，“菲力是一个深刻的人，他在世卿法院里所有的行为简直是外交的杰作。”

“哎，雷拿尔上尉，”一个中产阶级说，“人家说豺狼不相食，但是玛克斯好像要跟布里都中校格斗似的。在老禁卫军的英雄之间互相格斗，这一定是很严重的。”

“你们旁观的人，你们笑这个！因为这位可怜的孩子夜里逍游取乐，你们希望他这样，”波特尔司令官说，“但是吉勒是一位不能够逗留在伊苏当城市的一个穴窖里而不干一两件事情的人！”

“总之，诸位先生，”第四个人说，“玛克斯和中校都在演变他们的戏法。中校难道不应当给他的弟弟约瑟报复吗？请您回想一下玛克斯是如何对待这位可怜的孩子的。”

“哼！一位艺术家。”雷拿尔说。

“但是，这是老鲁志的承继的问题。人家说，当中校安居在他舅舅家里的时候，吉勒先生正要侵占五万佛郎的息金哩。”

“吉勒，偷人家的息金？……当心，别到别的地方说这个，甘尼维先生，”波特尔叫了起来，“不然的话，我们就要让您干脆的吞下舌头！”

一切的中产阶级家庭都给可尊敬的布里都中校祝祷。

第二天四点钟的时候，伊苏当和近郊的旧军官都在菜市广场一间名叫拉古瓦的饭馆门前散步，等着布里都·菲力。庆祝加冕纪念日的宴席规定于当日五点钟举行，因为这是军用的时刻。一群一群的人众都在谈论玛克桑斯和他如何被人驱出老鲁志家门的故事，因为平常的下级兵士计划在广场的一位酒商家里举行一个聚会。在军官之中，只有雷拿尔和波特尔两个人给他们的朋友辩护。

“我们难道应当干涉这两位承继人彼此之间所发生的事情吗？”雷拿尔说。

“玛克斯在女人们面前是柔弱的。”不顾廉耻的波特尔说。

“不久就会拔剑相斗了，”一位在巴尔坦高地垦植一块湿地的老少尉说，“如果吉勒·玛克桑斯先生干了傻事到好好先生鲁志家里去居住，又让人家跟仆人一般的驱逐出来，而不追问道理的话，他就未免太泄气了。”

“当然喽，”米额纳干脆的回答，“不成功的无礼行为就是犯罪。”

来会齐拿破仑旧兵士的玛克斯却受到一个相当有含义的寂寞的欢迎。波特尔和雷拿尔每一个人都拉着他们的朋友的一只手臂，跟他走了几步，谈了一会儿话。这时候，人家看见菲力穿着制服远远的来，他沉着的持着他的手杖，和玛克斯注意他的两位最后的朋友的说话正成对照。菲力接受米额纳、卡尔班提尔和几个其他的人的握手礼。这种欢迎和刚才人家所给玛克桑斯的大不相同，使这位可怜的孩子的退缩的思想、谨慎的念头消散无遗了，这些思念是佛罗尔的恳求，特别是她的柔情使他产生的。

“我们要打仗，”他对雷拿尔上尉说，“而且要打死仗！所以，请您再也不要跟我说什么话，让我好好的干我的把戏。”

在这最后的一句急烈的话语之后，三位波拿巴特派就回来参加军官们的一群。玛克斯先给布里都·菲力致敬，菲力还了一礼，和他交换了一道冰冷的眼色。

“咱们去吧，诸位先生，咱们上桌吧！”波特尔司令官说。

“我们给现在住在英雄的天堂里的小短发人的不能毁灭的光荣干杯！”雷拿尔叫着说。

觉到桌上的空气比较没有那么的碍人，每一个人都懂得精兵小上尉的用意。大家都赶快跑到拉古瓦饭馆的下层长厅里来，这长厅的窗户正朝着市场。每一个客人都立刻上了桌，正如菲力所请求的一样，两个对手就在这桌上面对面的坐着。好几位城里的年青人，特别是前时的游手好闲骑士团，都相当的不放心宴席间所要发生的事态，他们溜来溜去，谈论着菲力所给吉勒·玛克桑斯排布的危险的局面。人家都叹惜这个冲突，认为这决斗是不可避免的。一直等到吃饭后点心的时候为止都没有事，两位体育家显然都在席间表面的快活之下保守着一种类似不安的注意力。在等待着双方所考究的争斗的时候，菲力的镇静是非常可钦佩的，玛克斯也显得非常的快活；但是在认识的人看来，他们每一个人都在耍着他们的把戏。

吃完饭后点心之后，菲力说：

“斟满你们的酒杯吧，朋友们。我请求让我庆祝第一巡酒。”

“他说‘朋友们’，别斟你的酒杯。”雷拿尔朝着玛克斯的耳朵说。

玛克斯把酒倒了。

“庆祝皇军万岁！”菲力真正兴奋的叫着。

“庆祝皇军万岁！”众口一声的狂呼。

这时候，人家看见在长厅的门限上出现有十一个平常的兵士，其中有边查明和古斯基，都在喊“庆祝皇军万岁！”

“请进来，孩子们！人家要干杯庆祝他的健康。”波特尔司令官说。

老兵士们进来了，大家都站在军官们的后面。

“你看清楚他并没有死！”古斯基对一位悲痛皇上的临终的老外委说。

“我请大家举杯庆祝第二巡酒。”米额纳司令官说。

大家斯斯文文的吃了几盘点心。米额纳站了起来。

“给那些企图恢复他的儿子的人敬一杯！”他说。

除了吉勒·玛克桑斯以外，一切的人都举起杯来给布里都·菲力致敬。

“轮到我了。”玛克斯站起来说。

“是玛克斯！是玛克斯！”外边的人说。

深刻的寂寞统治了全厅和广场，因为玛克斯的性格让人相信他要挑战。

“但望明年此日我们大家都能够活着！”

然后，他就嘲弄的给菲力致敬。

“一步紧似一步了。”古斯基对他的邻人说。

“巴黎的警察不让您举行这一类的宴会。”波特尔司令官对菲力说。

“你这魔鬼，你为什么跟布里都中校说到警察呢？”吉勒·玛克桑斯傲慢的说。

“波特尔司令官并没有恶意，他！……”

空气变成这样的沉寂，人们甚至于可以听见苍蝇的飞翔。

“警察也怕我，”菲力接着说，“所以，就把我送到让我荣幸可以找到老英雄的国度伊苏当来。但是我们得承认，这里并没有什么大玩意。在一个不讨厌细事的人看来，我是相当缺乏东西的。总之，我要给这些小姐们节省一点儿钱，因为我不是一种可以用羽毛被褥来生息的人，大音乐厅的小马利也给我花费了太多的钱。”

“您是不是为我而说了这些话呢，亲爱的中校？”玛克斯问着，给菲力投去一道闪电一般的目光。

“如果您认为是这样的话，就算是这样的吧，吉勒司令官。”菲力回答说。

“中校，我的两位朋友，这位雷拿尔和这位波特尔，明天要跟……”

“跟米额纳和卡尔班提尔领会。”菲力打断吉勒的话，指着他的两位邻坐回答说。

“现在，”玛克斯说，“继续我们的祝杯吧。”

两位对手都没有离开平日的谈话的态度；只有让人家倾听的寂寞是严肃的。

“啊，这个！你们其他的人，”菲力说着，给平常的小兵投去一道眼色，“别让中产阶级知道我们的事情……别说任何关于这里所发生的事情的一句话。这应当只让老禁卫军知道。”

“他们一定会严守秘密，中校，”雷拿尔说，“我负责。”

“皇太子万岁！祝他能够统治法兰西！”波特尔叫了起来。

“庆祝英吉利人的死亡！”卡尔班提尔叫着说。

这祝杯太成功了。

“庆祝罗维·胡德生受耻侮！”雷拿尔上尉说。

点心吃得津津有味，酒喝得非常的猛。两位对头和他们的证人都使这有关一笔庞大财产和他们的勇敢的决斗显得特别的光荣，和平常的争吵没有任何共同的地方。两位英吉利绅士的行为也不会比玛克斯和菲力来得漂亮。所以，广场上所聚集的年青人和中产阶级的等待是落空的。一切的客人都保持有真正的军人态度，保守着这吃点心的时刻所发生的枝节的秘密。十点钟的时候，两位对头知道约定的武器是大刀。会战的地点是卡布生教堂的背后，时间是早上八点钟。以旧日军医正的资格出席宴会的高德也被请来关照。无论结果如何，证人决定决斗只能举行十分钟。晚上十一点，在中校的大惊愕之下，当菲力睡觉的时候，何仓先生带了他的妻子到中校房里来。

“我们知道所发生的事情，”老太太满眼流泪的说，“我恳求您明天早上必须先祈祷，再出去……请您提高您的灵魂，和上帝相接合。”

“是的，太太。”菲力回答着，老何仓在他妻子的背后给他做了一个暗示。

“这还不算完，”阿佳德的干妈说，“我代表您那可怜的母亲，我把我最宝贵的东西让给您，拿着去吧！”

她就给菲力递过包在一块绣有金边的黑丝绒里面的一个牙齿，这块丝绒是她亲手缝上两条绿带的；给他看了之后，她又把这牙齿放在一只香囊里。

“这是柏利救星圣女苏郎慈的遗骸；我在大革命的时候替他保守起来的，明天早上请您把它挂在您的胸口。”

“这能够抵御大刀的刺砍吗?”菲力问。

“是的。”老妇人回答说。

“我不愿意在我身上选用这个火药囊而不用铠甲!”阿佳德的儿子叫了起来。

“他说什么?”何仓夫人问她的丈夫。

“他说这不是儿戏。”老何仓回答说。

“哎，你们不要再谈这个了，”老妇人说，“我要替您祈祷。”

“但是，太太，一个祈祷和一针缝刺，这不会伤害人。”中校说着，朝着何仓先生的心坎上做了一个刺戮的模样。

老妇人要在菲力额头上接吻。然后下楼的时候，她就把她所有的十个厄古拿给边查明，叫他把这遗骸缝在他的主人的裤袋里。边查明所做的并不是因为他相信这个牙齿的神效（他说他的主人还有一个更好的，可以抵抗吉勒的牙齿），而是因为他得完成这么大的代价所要求于他的工作。何仓夫人在信托圣女苏郎慈之中退出去了。

第二天，十二月三日，上午八点钟，两位证人和波兰人陪着玛克斯在阴沉的天气里走到了围绕旧时卡布生教堂的背后来。他们在那里碰到菲力和他的证人跟边查明。波特尔和米额纳在地上量了二十四尺。在这距离的两端，这两位兵士就用铲子挖了两条界线。畏怯的时候，两位对手都不能够退出他们的界线；每一个人都是站在线上，等到证人说声“动手!”就可以自由向前进。

“我们穿裤子吗?”菲力冷冷的对吉勒说。

“赞成，中校。”玛克桑斯用好斗的人的有把握的态度回答说。

两位对手只留着裤子，他们的肌肉在薄纱的衬衫之下露出玫瑰的颜色。两个人都有一把指挥刀，同样的重，差不多三磅，同样的长，正好三尺。大家排好阵势，刀尖插在地上，等着命令。两方面都是很镇静的；虽然天气冷，肌肉都不寒栗，好像铜铸成的一般。高德、四位证人和这两位兵士都有一种无名的感觉。

“这是骄傲的暴徒！”

这声感叹是从波特尔司令官口中发出来的。

当“动手！”的命令下了的时候，玛克桑斯看见在游手好闲骑士团们给教堂的屋顶为着放进鸽子而挖的穴孔之中有法里奥的凶恶的脸孔在看着他们。这两只满充着热火、仇恨和敌气的眼睛使玛克斯发昏。中校一直的朝着他的对手，留心等着抓住有利的机会。杀人艺术的专家知道在两个对手之中最能干的一个能够站在“高路”上。这是一句用来描写有崇高的态度的话。这种姿势能够让人看到敌方的来势，可以证明他是一个第一等的决斗家。自觉不如的情绪侵进了玛克斯的心中，使他的力量混乱，这种混乱可以使一个要把戏的人当他觉得没有平常那样顺利的时候在主人或是幸福的人面前失去斗志。

“啊！这个凶家伙，”玛克斯心里说，“他是最强的，我完了！”

玛克斯用舞棍的人所有的敏捷轮舞着他的指挥刀；他想使菲力发慌，来迎接他的刀子，因而使他解除武器；但是他在第一个失败之中就看出中校的手腕和铁一般的坚硬、钢一般的柔顺。玛克桑斯得想别的办法，他得思索，这个可怜的孩子！菲力却用比他的指挥刀还要光亮的眼睛瞪着玛克斯，他用一个在大厅中装有护心甲的教师的镇静来招架玛克斯的攻击。

在这两位强壮的斗士之间所发生的，正是发生在民间可怕的击剑人之间的相似的现象。胜利依赖对方的一个不适当的举动，一个计算的忽略，闪电一般快的本能的误错。在旁观者觉得很短而斗士觉得很长的时间之内，争斗是存在于心身两方面的注意力之中，假装的外表的迟慢和谨慎似乎可以使人以为两个斗士都不愿意争斗似的。快速和决定的争斗之前的一刹那，在内行人看来是最可怕的。因为玛克斯的一个不巧的招架，中校使他的指挥刀脱了手。

“请您捡起来吧!”他停止了争斗说，“我不要杀死解除武器的敌人。”

这是最残酷的一句话。这种大方的态度显示出他的优点，在旁观人看来是最正确的计算。结果，当玛克斯再继续争斗的时候，他已经失去了他的冷静而还得在这表面上护卫对方而实际上可以威吓他的崇高的态度之中受到一个打击；于是，他就想用一个大胆的动作来弥补这失败的耻辱，他不再想谨慎提防了，他用两只手握紧他的刀，暴怒的扑着中校，想要一下子杀死他。如果菲力的额头和脸上的一部分受了伤的话，他却一转刀，招架玛克斯的大劈，斜砍了玛克斯的头。这一来一往的狂劈就在第九分钟的时候结束了这决斗。法里奥下来欣赏他那丧命的敌人的抽搐，因为在玛克斯这么样强壮的人身上，他的肌肉是吓人的颤动着的。大家把菲力扶到他的舅舅家里来。

于是，一个在好机会中可以建立大事业的人，一个被天性定为坏孩子而给他勇气、镇静和保尔家·凯撒一般的政治感觉的人物就这样的死去了。但是教育却没有给他灌输一切的事业所必要的高贵的观念和行为。人家并不惋惜他，因为他是负恩的，然而比不上他的价值的对手也就利用这个缺点使他失去人望。他的结果在全伊苏当的极端满意之下停止了游手好闲骑士团的活动。所以，菲力并不因为这决斗而忧愁，这决斗并且被人认为是神圣的报复，他的经过就在众口一声的称赞之下传诵于全地域。

“他们应当两个人互相杀死，”梅伊勒郎先生说，“那样的话，就是给政府铲除一个大障碍了。”

“请您捡起来吧！”菲力停止了争斗说，“我不要杀死解除武器的敌人。”

勃拉西尔·佛罗尔的地位是非常困难的，玛克斯的死使她堕入一个极大的危迫。她的神经错乱了，再加上三天来的剧变所给她的危险的燃烧；如果她还健康的话，她一定会逃出这所房子，杀害玛克斯的凶手就是在这房里她的卧室上面的一间寓所里躺卧在玛克斯的被单中。三个月的时间她都在生死之间过日子，受到高德先生的看护。高德也同样的看护菲力。

菲力能够执笔之后，就写了下面两封信：

致法律代言人德斯罗慈先生书

我已经杀死了两个禽兽之中的最毒的一个，这并不是没有使我的头部受到刀伤，但是这坏蛋总算是侥幸的死去了。这里还留下一条毒蛇，我正在想法子和她和解，因为我的舅舅是和她相依为命的。我怕这位过于美丽的打水姑娘逃走，因为我的舅舅会跟着她去的；但是她在严重时期所受到的感动却把她钉在床上。如果上帝要保护我的话，但望他在她悔过的时候召她回去。在等待的时候，谢谢何仓先生（这位老先生身体倒很健康），我有一个叫做高德的医生，一位认为舅舅的承继应当放在外甥手中而不应当落在坏女人手里的伪君子。何仓先生对于一位叫做费赤的有相当的影响。费赤有一位富有的女儿，高德想娶她当儿媳妇，好像人家让他瞥见的那张因为疗治我的头伤而报酬他的一千佛郎的票据并不是他的忠心的大目的似的。这位旧日第三军军医正高德先生并且是被我的两位勇敢的军官朋友米额纳和卡尔班提尔幽禁起来的，因为他用假意对待他的病人。

“——到底有一个上帝，我的孩子，您瞧！”他一边诊脉一边对他的病人说，“您是一个大不幸的原因，您得悔过。上帝的手指指在这里（一切让上帝指着的都是不应当的），宗教是宗教；请您屈服，请您退避，这可以先让您安闲，他差不多可以和我的药材一样的疗治您。特别请您留在这里，护卫您的主人，总之，忘记一切，宽恕一切，这是基督教的教律。”

这位高德答应我让打水姑娘躺在床上三个月。也许这位女人会在不知不觉之中习惯于我们在同一屋檐之下的生活。我已经使女厨倾向于我的利益，这位可恶的老妇人已经对她的女主人说玛克斯曾使她的生活变成苦痛的。她说她曾听见这位已故的主人说，当这位好好先生死了的时候，如果他不得不娶佛罗尔的话，他也并不让这位女人来妨碍他的野心。这位女厨甚至于婉转的对她的女主人说玛克斯会破坏她的。所以，一切都很顺利。在老何仓的劝告之下，我的舅舅已经撕破了他的遗嘱。

马勒王多姆街佛罗兰丁小姐转交吉落都先生

老朋友，

请你告诉我这位小老鼠塞萨琳是不是有了主，请你想方法让她预备好等我一请她就到伊苏当来。这位快活的女郎可以辗转的来。问题是得装做老实的模样，取消一切台房的习气；因为她得以一位光荣战死的军官的女儿的资格到这地方来的。所以，她得有领取津贴费的人的风尚和服装，和最上等的德性：这是规则。如果我需要塞萨琳，如果她成功的话，我舅舅死的时候她就可以得到五万佛郎；如果她已经有主的话，请你把我的事情解释给佛罗兰丁听，请你们两个人给我找一个可以扮演这幕戏的女角色。在我和吞食我的承继的人的决斗之中我伤了我的头角，然而他却瞑目了。等我将来再告诉你这一个争斗。啊！老兄，我们将来可以看到快活的日子，我们也可以一块儿玩，不然的话，“别人”也不会是“别人”了。如果你要给我送五百个弹药筒来的话，我一定要坏了我们。再见，我的老滑头。请你用你的雪茄烧毁我的信。不用说这位军官的女儿应当从沙都罗来，她得装做请求援助的神气。但是我还希望不必利用这个危险的手段。请你给我问好小马利和我的朋友们。

从何仓夫人的信中得到这消息，阿佳德就赶到伊苏当来，受到她的哥哥的接待，叫她住在菲力以前所住的房子。这位因为她那不肖的儿子而重显她的母爱的可怜的母亲听到全城的中产阶级对于中校的称赞不免快乐了好几天。

“总之，我的小姑娘，”到来的那一天何仓夫人就对她说，“青春时期应当让他过去。帝国时代的军人的轻浮不能够是父母所监视的儿子们的轻佻。啊！如果您知道这位悲惨的玛克斯夜里在这儿所干的事！……谢谢您的儿子，伊苏当又可以呼吸而睡在和平的空气之中了。菲力太晚有理性，但是理性毕竟来了；正如他对我们所说的，三个月鲁森堡的狱中生活使他的脑袋昏重；总之，他在这里的行动太使何仓先生高兴了，他在这里颇得众望。如果您的儿子能够留在这里一些时候，离开巴黎的诱惑相当的时期，他终究是会使您满意的。”

听了这些安慰的话，阿佳德让她的干妈看见她的眼睛满充着喜欢的泪珠。

菲力在他母亲前面是一个善良的信徒，他需要她。这位精细的政客只有在成为勃拉西尔小姐的厌恶的对象的情形之下才来请求塞萨琳的援助。认识佛罗尔是玛克桑斯所制造的可敬佩的工具，明白他的舅舅所有的习惯，他也要利用她，而不利用巴黎的女人了，因为她可以被这位好好先生娶为妻子。正如福赤告诉路易十八睡在拿破仑的被单中而不颁布《宪章》一样，菲力也希望睡在吉勒的被单里；但是他同时也不愿意伤害他在柏利所得到的名誉。继续在打水姑娘身边当玛克斯，这在这个女人和在他自己两方面都是很丑恶的。他可以依据滥用私人的法律不必污玷名誉而生活在他的舅舅家里，花费舅舅的金钱；但是他只能够在佛罗尔恢复名誉之后得到她。在许多因为要占据承继而引起的困难之中，他就想出了一个极可钦佩的计划，就是要让打水姑娘当他的舅母。所以，他就在这隐蔽的计划之下叫他母亲去看这位女人，给她表示同情，把她当做嫂嫂看待。

“我承认，亲爱的母亲，”他说着，装出伪善的神气，瞧着陪伴阿佳德的何仓夫妇，“我舅舅的生活方式是不大方便的，只要使他的生活规则化，给勃拉西尔小姐得到全城的尊重就够了。让她变成鲁志夫人而不再当老单身汉的情妇不是更好的吗？由婚姻的契约而得到规定的权益，不是比剥夺承继权来威吓一个家庭更简单吗？如果您，如果何仓先生，如果什么善良的牧师要讨论这桩事的话，人家一定会停止那些可以使老实人悲痛的恶评。而且勃拉西尔小姐看见自己被您当做嫂嫂、被我当做舅母来欢迎，一定是会快乐的。”

第二天，佛罗尔的床前就被阿佳德和何仓夫人围绕着，她们对病人和鲁志揭示菲力的伟大的情绪。伊苏当全城都在谈论，认为中校是一个超等的男子、有德性的人物，特别因为他对佛罗尔的行为。一个月的时间，打水姑娘整天的听着于病人的精神有影响的医生老高德，受宗教精神所感动的何仓夫人，这样温和、这样敬虔的阿佳德给她指出和鲁志结婚的一切的好处。当她受到变成庄严而忠诚的中产阶级鲁志夫人的观念的引诱而极端希望恢复健康来举行结婚典礼的时候，人家不难使她懂得不能够把菲力摒出门外而走进鲁志家老庭。

“并且，”有一天老高德对她说，“您不是因为他而得到这笔大财产吗？玛克斯绝不会让您跟老鲁志结婚。还有，”他朝着她的耳朵说，“如果您有了孩子，您不就是替玛克斯报仇吗？因为布里都母子就不能够得到承继。”

一八二三年二月，这个惨痛的事故之后的两个月，受一切围绕她的人的劝告和鲁志的恳求，病人就延见菲力了。菲力的伤痕使她哭泣，然而他对她的柔和而几乎是多情的态度却平静了她。依据菲力的愿望，人家就留他一个人和他的未来的舅母在一起。

“亲爱的孩子，”兵士对她说，“我压根儿就提议您和我舅舅的婚姻；如果您同意的话，您一恢复健康就可以举行婚礼了……”

“人家告诉过我这个。”她回答说。

“环境迫着我给您一些苦痛，现在我得尽量给您做些好事，这是很自然的。财产、地位和家庭，这比您所损失的更有价值。我舅舅是行将就木的人，您不会多少时候当这孩子的妻子，因为我听见他的朋友们说他并没有给您留下一个好命运。瞧吧，亲爱的小姑娘，我们应当互相了解；我们可以大家都幸福。您可以当我的舅母，只当舅母，不当别的。您一定忧虑我舅舅写遗嘱时不会忘记我，您可以看出我在您的婚约中如何的办理……您放心，您无妨想想这个，我们以后可以再谈这个。您知道，最有思想的人，全城的人都劝您停止您这种不合法的地位，并且没有人愿意您用这样的地位来接见我。人家懂得在生命之中利益是在情感之前的。结婚那一天您可以变成从来没有过的美丽。您的身体违和使您脸色发白，使您变成特别好看的。如果我舅舅不发疯的爱您的话，我发誓，”他说着站了起来，吻着她的手，“您就可以变成布里都中校的妻子。”

菲力离开房子，他在佛罗尔的灵魂中给她留下这最后的一句话，来唤醒逢迎这位女郎的空泛的报仇的念头；她差不多是快乐的看着这个可怕的人物跪在她的脚下。菲力重演着李查尔三世使王后变成寡妇时所演的一幕小剧。这一幕戏的意义可以指明隐蔽在情绪之下的计算是最先进入心坎而驱散心中最真切的哀悼的。这可以表现：在私人生活之中人性是如何的允许天才工作的最高的技术；他的法宝就是利益，利益就是金钱的神明。

一八二三年四月初，鲁志·约翰—约克的大厅呈现出因为庆祝勃拉西尔·佛罗尔小姐和老单身汉签订婚约而设备的宴席的盛况，这而且是没有人惊愕的。客人是黑龙先生、四位证人、米额纳、卡尔班提尔、何仓、高德、市长和教堂的教士，还有布里都·阿佳德、何仓夫人和她的朋友保尔尼赤夫人，就是在伊苏当有权威的两位老太太。所以，未来的夫人就非常敏锐的感觉到这些贵妇人所给菲力的让步，她们认为应当保护这位悔改的女郎。佛罗尔是迷人的、美丽的。两星期来教导打水姑娘的教士第二天得给她举行第一次领圣体的仪式。这段姻缘是布尔慈的《赤尔报》和沙都罗的《安德尔报》的宗教评论的对象：

伊苏当通信：宗教运动在柏利是有进步的。教会的一切朋友和本城的忠实的人众昨天都亲眼看到一个典礼。在这个典礼之中，本地一位最重要的地主就结束了非常无耻而恢复我国最无宗教力量的时代的局面。这是本城教士的光明的努力的结果，我们希望这结果有仿效的人而停止最悲惨的革命时代所订立的不法的婚姻。

在我们所讨论的事实之中有一个值得注意的地方，这事情是一位由世卿法院的判决而送到本城的前任中校所激发的，何况这婚姻还使他损失他的舅舅的承继权哩。这种不以私人利益为前提的态度在现今世界中是很少有的，所以，值得舆论的赞许。

根据婚约，鲁志承认给佛罗尔十万佛郎的嫁资，他又给她保证一笔三万佛郎的预定养老金。吃了丰富的喜酒之后，阿佳德就以最快乐的母亲的资格回到巴黎去了，她告诉约瑟和德斯罗慈她所谓的好消息。

“您的儿子是个非常深刻的人，他不会放手这笔承继，”法律代言人听了之后就回答她说，“所以，您和这位可怜的约瑟，你们是得不到您哥哥的财产的一个子儿的。”

“所以，您就跟约瑟一样，总是对他加以不公平的批评吗?”母亲说，“他在世卿法院的行为是一个伟大政治家的行径，他保了许多人的头！……菲力的错误是因为他有大才能而赋闲；但是他已经认识行为的错误对于一位要发达的人有多大的害处；并且，我确信他有野心：我并不是唯一看到他有前途的人，何仓先生十分相信菲力有好结果。”

“噢！如果他要应用他的邪智去发财的话，他是可以发财的，因为他什么都会做，而且这种孩子是走得快的。”德斯罗慈说。

“为什么他不会用诚实的方法来实现他的目的呢?”布里都夫人问。

“您以后可以看得出来!”德斯罗慈说，“不管他幸福不幸福，菲力总是马萨林街的一个居民，杀害德斯高恩夫人的凶手，偷窃家中钱物的盗贼；但是您放心，他将来一定会在一切的人前显得非常的老实!”

举行婚礼的第二天，早饭之后，这一对新婚夫妇都起来下楼，佛罗尔到梳妆室来，老鲁志到更衣室去，菲力就挽着鲁志夫人的手臂。

“舅母，”他领她到窗口，对她说，“现在您是家里人了。因为我，一切的法律公证人都变了态度了。啊，这个！并没有恶作剧。我希望我们会坦白的相处。我知道您所能够干的把戏，您受我的保护要比受保姆的保护还要强。所以，没有让我挽着您的手臂，您是绝不会出去的，您也绝不会离开我。至于家里所能够发生的事情，我可以负责支持，我发誓，好像蜘蛛在蜘蛛网的中间一样。这是一封可以给您证明当您在床上手足不能转动的时候，我可以给您一个钱也没有的扔在门外的信。您念吧！”

他就把这封信递给惊呆了的佛罗尔：

亲爱的孩子，刚在音乐厅登台而和小马利、杜莉椰三个人合跳新舞的佛罗兰丁还是不断的想到您。就是终于放松了陆士铎而爱上了拿坦的佛罗林也这样的想您。这两位女滑头已经替您找到一个世界上最甜蜜的女人了，她是一位十七岁的少女，和英国女郎一样的美丽，有干恶作剧的英国女贵妇的一般的神色，和德斯罗慈一样的狡猾，和高德查尔一样的忠实；小马利已经给她训练好，祷祝您的好运。世界上没有任何的女人可以抵抗这位藏有魔鬼在内的小天使：她懂得耍一切的把戏，笼络您的舅舅，使他发狂的爱她，她有可怜的高萝丽的天神一般的气度，她知道哭泣，她有一个可以从硬心的人拉出一千佛郎的声音，这位快活的女人比我们的酒量还要大哩。她是一个宝贵的臣子。她得到小马利许多的恩典，而要回报她。吞没了两位英国人、一位俄国人、一位罗马王子的财产之后，爱斯特尔小姐却陷进了非常困苦的环境中；你可以给她一万佛郎，她也就满意了。她刚刚笑着说：“瞧，我从来没有浪费过中产阶级的钱，这可以让我动手了！”她是菲诺、毕克西乌、吕博尔和我们一帮人所认识的。啊！如果在法兰西有财富的话，她一定会成为近代的最大的妓女。我的记述使拿坦、毕克西乌、菲诺闻出气味，他们都是可以在马尔赛的真正的父亲杜德利爵士因为受了聪明的坤伶佛罗林的戏装的昏迷而给她预备的一间人们所能看到的最伟大的寓所里和上面所说的爱埃特尔干些傻事的。杜莉椰总是和勒多礼公爵在一起，小马利总是和莫夫利额士公爵在一起；所以她们两个人，她们可以在国王万寿的节日想方法取消你的监视令。请你想方法在明年圣路易节日之前把舅舅埋葬在玫瑰花下，带着你的承继回来，你可以利用这承继和爱斯特尔跟你的老朋友们吃一点儿东西，你的朋友们就集团的签了名字来唤醒你的记忆。

拿坦，佛罗林，毕克西乌，菲诺，小马利，
佛罗兰丁，吉落都，杜莉椰

在鲁志夫人手中颤动的信表现出她的灵魂和她的身体的恐惧。舅母不敢看视她的外甥，她的外甥却用可怕的眼色盯住她。

“我相信您，”他说，“您可以看得出来；但是我要回去。我让您当我的舅母，就是要将来娶您。您在我舅舅身边是比爱斯特尔有价值的。一年之后，我们应当在巴黎，在这唯一让美丽生存的国度里。您可以在那里玩得比这里好，因为那里是经常的节庆。我，我要回到军队里去，我要变成将军，您也要变成一位贵夫人。这是您的前途，请您努力……但是我要我们的结合的保证。请您在一个月之内在排脱您和他的看顾财产的借口之下想方法让我舅舅给我一张一般的委托状。一个月之后，我要一个特别的委托状，让我移转他的登记。登记证改了我的名字之后，我们大家就有同样的利益来结婚了。舅母，这一切都是清楚明白的。在我们之间没有含糊的必要。我可以在我舅母守寡一年之后娶她，然而我却不能够娶一个没有名誉的女郎。”

他没有等回答就离开了他的地方。一刻钟之后，当维蒂进来收撤杯盘的时候，她看见她的女主人脸色发白而带潮湿，虽然这是干燥的季节。佛罗尔感到一个堕在深渊的女人的感觉，她只在她的前途看到黑暗，她像在远处本能的看到使她害怕的怪物一样。她感到地下的潮湿的冰冷。她本能的害怕这个人，然而却有一个声音告诉她，他是配得当她的主人的。她不能够反抗她的命运。勃拉西尔·佛罗尔合礼的在老鲁志家里占有一个寓所；但是鲁志夫人却必得属于她的丈夫，所以，她就看出自己是这样的损失了当情妇女佣的自由了。在她所处的可怕的环境之中，她希望能够生一个孩子；但是在这最后的五年之中她已经把约翰—约克弄成一个最软弱的老人了。这婚姻在这可怜的男子身上就有路易十二的第二次婚姻的效果。并且，在一个像菲力这样一无所事的人的监视之下，因为他不离开他的地方，一切的报复都变成不可能的。边查明是一位纯洁而忠心的侦探。维蒂在菲力之前发抖。佛罗尔自觉孤单，没有援助！最后，她又怕死；不知道菲力要如何的杀死她，她揣测怀孕的嫌疑会变成她的死亡的判决书：这声音的腔调，这位要把戏的人的隐蔽的眼色，这位用最礼貌的残忍对待她的兵士的一切的行动，这一切的一切都使她战栗。至于这位全伊苏当所公认的英雄、这位凶猛的中校所要求她的委托状，他是什么时候要什么时候就得拿到的；因为佛罗尔在这个人的统治之下，正是像法兰西在拿破仑的统治之下一样。正如一只蝴蝶的足黏在一支溶化的蜡烛的油中一样，鲁志快速的消灭了他那最后的气力。

在这苦痛之前，外甥却和一八一四年在法兰西帝国的骚动之下的外交家们一样的冷静。

不相信拿破仑二世的菲力就给作战部写了这下面的一封信，是由小马利托莫夫利额士公爵转交的：

部长大人：

拿破仑不存在了。给他发过效忠誓言之后，我要一直忠心于他；现在，我已经可以自由给国王陛下效劳了。如果蒙您大人给国王解释我的行为的话，国王一定会想到这行为是合乎荣誉的规律的，至少是合乎国王的规律的。国王认为他的传令官拉布将军对于他的旧主人的哭泣是自然的，他一定会宽恕我：拿破仑是我的恩人。

所以，恳求大人考虑我对他请求起用我的军衔，保证我的整个的降服。大人，这已经够得告诉您国王一定会在我身上找到一个忠实的臣子。

敬恳接纳我对您所表示的敬意，我这荣幸当大人的子民的

非常卑屈而谦虚的

布里都·菲力

于伊苏当受警察监视之。前任帝国禁卫军骑兵队队长，十字勋级团军官。

此信之外又有一封请求居住巴黎料理家务的请求书，另由梅伊勒郎先生附加市长、县长、伊苏当警察局长等人的信，他们都极端称赞菲力，都用评论菲力的舅舅的婚事的文章来做根据。

两星期之后，展览会的时候，菲力接到允许的回信和一封作战部的回文，说是依据上谕，特别宽恩恢复他中校的头衔，编入国军。

菲力和他的舅母跟老鲁志一同到巴黎来。三天之后，他就领着他的舅舅到国库局去签订登记证的转移；这登记证就变成他的产业了。这位临死的人和打水姑娘都被他们的外甥浸陷在满充着

不会疲倦的坤伶、新闻记者、艺术家和坏女人的危险的社会之中。菲力已经在这社会中消磨过他的青春，老鲁志也在这里找到许多的“打水姑娘”，而让他死在她们的身上。吉落都负责给老鲁志寻找法兰西的一个元帅所表彰的（据人家这样说）一种合适的死法。萝萝蒂是音乐厅的一个最美丽的舞女，她是这个老头儿的可爱的凶手。鲁志在佛罗兰丁所设备的一顿盛馔的宵夜之后死去；所以，这是很难决定到底是这一顿宵夜或是萝萝蒂小姐完成了这位老柏利人的死亡。萝萝蒂归咎这个死亡是一片酱肥肝的作祟；因为斯特拉斯堡的工作是不能回答的，人家总认为这位好好先生因为消化不良而死去。鲁志夫人觉得自己在这自由不拘的人群中是很得其所哉的，但是菲力却让小马利当她的保姆，小马利不让人家对这位寡妇做下任何无礼的举动。鲁志夫人的孝期点缀有不少的风流韵事。

一八二三年十月，菲力带着他的舅母的委托状又到伊苏当来了。他是来解决他的舅舅的承继的。这动作非常的快速，因为他于一八二四年三月就带了一百六十万佛郎到巴黎来了。这数目是他已故的舅舅的财产原有或变卖出来的，还没有计算从来没有离开老何仓家中的宝贵的图画。菲力把他的资金存放在年青的保尔尼赤·巴鲁赤所在的蒙慈诺父子银行里，因为老何仓曾给他一些关于这银行的信用的相当满意的解说。这银行收了这一百六十万佛郎，每年给他百分之六的利息，条件是在收回存款之前三个月必得预先通知。

有一天，菲力请求他的母亲参加他的婚礼；这婚礼是由吉落都、菲诺、拿坦和毕克西乌当证人的。根据婚约，有一百万佛郎持寄财产的寡妇、鲁志夫人如果没有孩子而死去的话，就得将她的财产赠给她的未来的丈夫。这一次的婚礼并没有发请帖，也没有庆祝，也没有作响，因为菲力有他的计划：他把他的妻子安置在圣乔治街中一所萝萝蒂卖给他的带家具的寓所里；这寓所是年青布里都夫人所觉得甘美的，然而新郎却很少涉足其间。菲力瞒着一切的人，在没有人知道这地区的价值的时刻花了二十五万佛郎买了克里齐街的一所大房子，房价是以他的岁收五万厄古来付的，再用两年的时间付清其余的。他花了一笔大款布置内部和家具，因为他在那里保存了两年的岁收。价值三十万佛郎的修理过的优美的图画就在那里发出奇异的光彩。

查礼十世的登基给楚刘公爵的家族比以前更好的宠幸。公爵的长子勒多利公爵常常在杜莉椰家里看到菲力。在查礼朝中，布尔崩的长房自以为是安稳的坐在宝座之上，而听从了古维恩—圣锡尔元帅以前的谏言招致帝国时代的军人。无疑的，告密了一八二〇年至一八二二年的阴谋的菲力就被任为莫夫利额士公爵军队的中校。这位风流的伟大的王公认为自己有保护这位被他抢去小马利的男子的责任。歌舞团对于这一次的任命并不是没有关系的。并且，在查礼十世的秘密阁议的慎重之下，人家还决定使太子染有一些自由主义的色彩。所以，一半变成侍从莫夫利额士公爵的贵族的菲力不但是介绍给太子，同时也介绍给太子贵妃，他们对于以忠心出名的军人和粗暴的性格都并不是不喜欢的。菲力认识清楚太子的作用，他就利用这冒牌的自由主义的第一幕戏，使自己被任命为一位非常受宠的元帅的传令官。一八二七年正月，在当时莫夫利额士公爵所指挥的王家护卫军中当中校的菲力就请求封爵的恩幸。在复辟的时候，封爵已经变成服务护卫军的平民的准权利了。刚买到布郎堡土地的菲力中校就请求建立伯爵衔头的贵族财产的国恩。他利用在高等社会中的联络而得到这个恩宠，这社会是以华丽的马车、仆从和贵族的制服来排场的。当护卫军最精锐的骑兵队中校菲力看见自己是以布郎堡伯爵的名字留在《王家年鉴》上之后，他常常到炮兵中将苏兰慈伯爵家里去串门，去逢迎最年青的少女苏兰慈·阿美利小姐。不知足而受到一切权贵的情妇的支援，菲力请求王恩任命他当太子的传令官，他甚至于有胆量对太子贵妃说："但望曾经在许多战场受过伤而熟识大战争的人不至于在机会到来的时候不为殿下所应用。"会装出一切逢迎的腔调的菲力是在这最高的社会中演了他所应演的角色了，正如他从前在伊苏当懂得学米额纳的样子。他并且还有一大队的随从，他设置丰满的宴会，不允许可以损害他的前途的任何旧日的朋友到他的公寓来。所以，他对于他的酒肉朋友是冷面无情的。他干脆的拒绝毕克西乌，不肯替希望被佛罗兰丁摈弃而要重入队伍的吉落都说些好话。

"他是一个没有品行的人!"菲力说。

"啊！这就是他对我的回话，"吉落都嚷着说，"我这位曾经把他从他舅舅手中排脱出来的人!"

"我们可以再给他一个激刺。"毕克西乌说。

菲力希望娶苏兰慈·阿美利小姐，希望当将军，指挥王家护卫的一联队。他请求许多的事情，为着平静他起见，人家就任命他为勋级团爵士和圣路易爵士。一天晚上，雨中步行回来的阿佳德和约瑟看见菲力穿着制服，打扮着勋章的绶带，安坐在饰有黄缎的轿式马车的一角（车上的徽章飘荡在伯爵冠之下），到埃莉茜—布尔崩去赴宴；他给他的母亲和弟弟夸示，用保护人的态度给他们行礼。

"他就这么走了，他就这么走了，这个家伙!"约瑟对他的母亲说，"然而，他应当得给我们送别的东西来，不应当给我们一脸的泥。"

"他有了这么样优美而崇高的地位，我们不应当怪他忘记我们，"布里都夫人说，"他是这么样快速的高升，他有许多的人情得报效，他有许多的牺牲得进行，他尽可以想到我们而不来看我们。"

“亲爱的，”一天晚上，莫夫利额士公爵对布郎堡伯爵说，“我担保您的请求大部分都要被接纳；只是要娶苏兰慈·阿美利小姐，您得先有一个自由的身份。您怎么对付您的妻子呢？”

“我的妻子吗？……”菲力用后来李麦特·福礼德烈克在他的最可怕的角色中所想象的姿势、眼色和音调说，“哟！我很抱歉不能够保全她。她还活不了一星期。啊！亲爱的公爵，您不知道什么叫做门户不对的婚姻！她是一位当过厨子，有厨子的气味而玷污我的名誉的女人，因为我的确是很可怜的。但是我荣幸可以给太子贵妃解释这个问题。那时候，是因为要拯救由我舅舅写给这位女人的遗嘱而要损失的一百万家财。侥幸得很，我妻子是嗜酒的；她死了，我就可以变成存放在蒙慈诺若父子银行的一百万的主人；五年之后，我还可以有三万佛郎和价值四万佛郎息金的贵族封爵财产。如果，正如大家所想的，苏兰慈先生升为元帅的话，我就可以用布郎堡伯爵的资格预备好当将军和法兰西的世卿。这就是太子的传令官的前途。”

一八二三年的沙龙展览会之后，国王的第一个画家，那时候的一位超卓的人物，曾让约瑟的母亲得到商场附近的一间彩票售卖所。后来，阿佳德能够非常快乐的转移到一间赛纳街的彩票售卖所而不必还付补足费。约瑟就在这间房子里布置他的工作室。这位寡妇，现在已经轮到她来雇用一位管理人而不花费她的儿子的任何金钱了。一八二八年的时候，虽然布里都夫人已经因为约瑟的光荣而当了一间最繁盛的彩票售卖所的所长，她还不相信这个过分被否认的光荣，正如一切真正的光荣一样。这位老是纵情的大画家有极大的需要；他赚不到相当多的钱来维持他在社会中的关系和他在年青学派中的地位所使他不得不有的奢华，虽然他受到文社的朋友、笃慈小姐的支撑，但是他却得不到中产阶级的欢心。这中产阶级是现今的金钱的来源，然而却从来不肯打开荷包救济天才，而约瑟也看到古典派、研究院和这两个势力所引起的批评在反对他。并且，当人家谈到约瑟的时候，布郎堡伯爵也总是装做惊愕的样子。这位勇敢的艺术家虽然有葛洛和热拉尔的支援（就是他们使他给一八二七年的沙龙展览会送去他的苦业），却没有多少的定件。如果内务部和王室不大容易购买他的图画的话，商人和富有的外国人也更不大麻烦这个了。并且，正如大家所知道的，约瑟略为太注重于幻想，结果，他的作品不大规则化，因此他的敌人也就利用这个来否认他的天才了。

“伟大的图画生了病了。”给拒绝伟大作品的中产阶级画劣画的他的朋友葛拉苏·彼得对他说。

“你得绘画一幅整个的大教堂，”施纳重复的对他说，“你可以用一个大工程来减低批评。”

这些使阿佳德惊惧的话语证实了她最初对于约瑟和菲力的批判。事实给这位仍是带有乡下气的女人充实她的理由：她所偏爱的菲力难道不是家庭的伟人吗？她认为这孩子的初期的错误是天才的光焰。约瑟的出名是她所感觉不到的，因为她看得太多这些图画的雏形，她不能够崇拜他们的完成；她觉得约瑟自一八一六年至一八二八年之间并没有多大的进步。可怜的约瑟欠了人家的钱，他在债务的重压下退缩了，他选择了不能生产的职业。总之，阿佳德想不出为什么人家给约瑟勋章。菲力变成伯爵，菲力相当有毅力，不去赌钱。当他被请去参加太子贵妃的节日的时候，这位在检阅和仪仗之中行走的漂亮的中校就穿着华丽的服装，背着两条红色的绶带，跟着大队游行着，实现了阿佳德的母性的梦想。一个举行公共典礼的日子，菲力拭去了在学校堤岸上所演过的悲惨的可怕的景象，在他的母亲面前，在同一的地方，在太子的前头，挺着帽冠，穿着发亮的金色的毛短衣，雄赳赳的走着！她骄傲有这么样一个儿子，她不久会因为他而生活宽裕，她忘记了她所靠以生活的彩票售卖所是来自约瑟的。有一天，阿佳德看见她的可怜的艺术家因为短欠颜料商的总数而大为愁苦，除了咒诅艺术之外，她就想替他从债务中解放出来。这位靠彩票售卖所赚钱来维持家计的可怜的女人从来避免向约瑟要一个钱。她也是没有钱的；但是她打算依赖菲力的好心和他的钱包。三年以来她都一天一天的希望着她的儿子的归省；她希望他给她带来一笔大款而预先享受把他赠给和德斯罗慈一样没有改变对于菲力的意见的约瑟的快乐。

她就瞒住约瑟给菲力写了下面的一封信：

致布郎堡伯爵先生书

亲爱的菲力，五年了，你没有给你母亲表示过任何的关心！这是不好的。你应当记得一些过去的事情，只为你的好弟弟而回忆往事。现在，约瑟是有急需的，而你却在豪富之中逍遥；他工作着，而你却在宴会之中飞跃。你一个人单独的占据了我哥哥的财产。总之，根据小保尔尼赤的话，你有二十万佛郎的息金。好吧，请你来看看约瑟！你来的时候，请你在死人头骨里放下二十张一千佛郎的钞票：你欠我们这些钱，菲力；不过，你的弟弟总想得感谢你，还没有算到你母亲所得到的快乐。

布里都·阿佳德

两天之后，当阿佳德和约瑟在工作室里吃早饭的时候，女仆带来了下面这封可怕的信：

亲爱的母亲，人家不能够和苏兰慈·阿美利小姐结婚而给她带去胡桃壳，尤其是在布郎堡伯爵的名字之下有

您的儿子的名字，

布里都·菲力

她差不多是昏绝的走到工作室的沙发椅上，松掉了这封信。落在地上的轻微的信声和阿佳德那柔弱而可怕的叹息惊动了正在狂绘画稿而暂时忘记了他的母亲的约瑟；他把他的头倾出画布之外看看到底是什么事情。看见他的母亲躺卧着，画家就放下他的画架和画笔，去和死尸一样的扶起了她。他抱着阿佳德，把她放在她的寓所的床上，派了女仆去寻找他的朋友毕安仓。约瑟能够询问他的母亲的时候，她就承认她所给菲力写的信和她所收到的菲力的复信。艺术家就去捡起了这封破碎可怜的母亲的柔心而折倒了母亲的偏爱所建立的华丽的大厦的残暴的信。约瑟又回到他的母亲的床边，他的聪慧使他缄口不言。在这位可怜的女人的临终而不是病痛的三星期之中，他一句话也没有谈到他的哥哥。事实上，每天以真正朋友的忠心来看护病人的毕安仓自从第一天起就告诉约瑟病况的真相。

“这个年纪，”他对他说，“这个环境，只能够尽量的使她的死比较的没有那样的惨痛罢了。”

并且，阿佳德也感觉到上帝的召唤，她在第二天就请求二十二年来当她的忏悔师的老罗路方丈来给她做宗教上的护卫。当她和他一个人在一起的时候，当她把一切的悲哀都倾倒在这颗心之中的时候，她马上就把她曾对干妈所说而常说的几句话重复的对他说了。

“我有什么事情让上帝不喜欢我呢？我不是以全副的灵魂来爱他吗？我不是在得救的路上走吗？我有什么罪过呢？如果我犯了一个我所不知道的罪过的话，我还有时间悔改吗？”

“不，”老人温和的说，“可叹得很！您的生命似乎是纯洁的，您的灵魂似乎是无玷的；但是，可怜的苦命人，上帝的眼睛是比他的臣宰的眼睛深入的！将来我可以看得清楚一点，因为您也使我自己迷误了。”

听到这个一向只给她说些和平而甜蜜的话语的嘴唇所发出的这最后几句话之后，阿佳德就在床上起来，睁着两个充满着恐怖和不安的眼睛。

“您说！您说！”她叫了起来。

“您放心，”老教士接着说，“眼看着您受罚的方式，人家可以预见到上帝的宽赦。上帝在这世间上只是对于他的选民严厉。那些干坏事而得到偶然好处的人是不幸的，他们可以丰满的等到天果成熟的时候因为小小的错误而受到极惨重的回报和责罚。您的生命，我的姑娘，只是一个悠长的罪过。您堕进了您自己所挖掘的深坑里，因为我们只缺乏您所使我们软弱的一边。您偏爱一个怪物，您认为他是您的光荣，而您却误解真正是您的光荣的那个儿子！您太不公平了，您甚至于没有看出这么样明显的对照：您依靠约瑟生活，然而您的另外一个儿子却经常的抢夺您。爱您而没有得到您的同等的情爱的穷儿子，他每日给您带来面包；然而您的富儿子，他却从来没有想到您而只祝愿您的死亡。”

“噢！为着那个！”她说。

“是的，”教士接着说，“您的景况妨碍他的骄傲的希望……从做母亲方面说，这就是您的罪过！从做女人方面说，您的苦痛、您的忧愁，表示您可以享受救主的和平的快乐。您的儿子约瑟是太伟大的，他的情爱从没有因为您的偏私而减少；您得好好的爱他！在这最后的日子里，请您把您整个的心送给他；最后，请您为他祈祷；我呢，我要替您祈祷。”

被这强力的手臂所提醒，这位母亲的眼睛就反省的看着她的生活的历史。受到这道光线的照耀，她看到自己无意中所做下的错误，而痛哭流涕了。老教士大大的受了这个完全因为无知而做下罪过的女人的悔改的感动，他就走了出来，只怕让她看见他的怜悯。忏悔师去了之后差不多两个钟头的光景，约瑟回到他母亲的房子里来。他是到一位朋友处去借钱来还清最必要的债务的。相信阿佳德是在昏睡，他就蹑着脚尖走了进来。所以，他能够坐在靠椅上而没有让病人看见。

一阵被“他宽恕我吗”这句话所间断的唏嘘使约瑟突然的站了起来，他的背上不禁流出冷汗，因为他相信他的母亲是在死前的昏迷的袭击之下。

“您怎么啦，妈妈？”他对她说，惊愕的看着她那哭得红肿的眼睛和病人的疲劳的脸色。

“阿！约瑟！你宽恕我吗，孩子？”她叫着说。

“为什么？”艺术家说。

“我没有尽我所应尽的爱你……”

“这是一个罪迹！”他叫了起来，“您没有爱过我吗？……七年以来，我们不是一块儿过日子的吗？七年以来，您不是替我料理家事吗？我不是每天看见您吗？我难道没有听见您的声音吗？您难道不是我的穷苦生活的温和而宽大的伴侣吗？您不懂得图画吗？……呃！但是，这没有什么关系！我昨天还跟葛拉苏说：‘在我的奋斗中，能够安慰我的，就是我有一位好母亲；她有艺术家的女人所应有的一切的性格，她看顾一切，她察视我的物质需要而没有使我有任何的困难……’”

“不，约瑟，不，你爱我，你！但是我却并没有用情爱来报答你的情爱。啊！我真想活！……给我你的手……”

阿佳德握住儿子的手，吻着他，把他抱在怀中，长时间的默视着他，给他显出一直留给菲力的情爱所光焕的目光。感悟这表达的画家是太受这变化的打击了，他看得太清楚他的母亲把心坎开放给他了，他就把她抱在臂中，紧紧的抱了一些时候，好像一个狂人一般的对她说：

“噢，我的妈妈！我的妈妈！”

“啊！我觉得我是被宽恕了！”她说，“上帝应当证实一位儿子对于母亲的宽恕！”

“您得冷静，别忧愁；这是我所说的话：我觉得这一刻的被爱是等于整个过去的被爱。”约瑟说着，把母亲重新安放在枕头之上。

在这位神圣的女人于生死之间奋力挣扎的这两个星期之中，她对约瑟所有的眼色、灵魂的动作和姿势都是母爱的表现，好像在每一次心绪的吐露时都有整个的生命……母亲只想到儿子，她并不计算其他的任何的东西；并且因为情爱的支撑，她已经感觉不到她的苦痛了。她所说的话都是像孩子们所说的那样的天真。阿尔太斯、克里斯特恩·米赤儿、李达儿·福尔庄斯、葛拉苏·彼得、毕安仓都来陪着约瑟，常常在病人房子里低声的讨论。

在他一方面，约瑟对于他的母亲是太好了；他没有离开病房，他一心疼爱阿佳德，他用同样的情爱来回报母亲的情爱。这是这位大画家的朋友所永远没有忘记的一幕美丽的景象。这些承认真正天才和伟大性格的人，在约瑟和他的母亲看来，实在是他们所应当代表的人物：和他一块儿祈祷、一块儿哭泣的天使，但这并不是口中说出祈祷，给他回应哭泣，而是由思想和动作和他合为一体的。在情感和天才两方面都有伟大的艺术，约瑟从他母亲的几道眼色里猜透了一个埋在心中的欲望，有一天他就对阿尔太斯说：

“她太爱这个强盗菲力了，她希望在死去之前能够见他一面。”

毕克西乌常在菲力所常去的花花世界中鬼混；约瑟就请求他转劝这位发迹的无耻的人物发出恻隐之心，来演一幕柔和的喜剧，让这位可怜的母亲包裹在绣有幻想的殓尸布里。以一个观察家和一个玩世的嘲笑家的资格，毕克西乌再也不想要求比这更好的使命。

中校在铺有大马色黄绸的卧室接见他；当他把阿佳德的景况解释给布郎堡伯爵听的时候，中校却哈哈大笑起来了。

“呃！你要我到那儿去干什么呢？”他嚷着说，“这位好太太所能给我做的唯一的效劳就是尽可能的早些死去，因为她对于我和苏兰慈小姐的婚事是有妨碍的。我和家庭越少关系，我的地位也就越好。你懂得我要把我的布里都的姓氏掩埋在拉志斯神父墓园的一切墓碑之下！……我的弟弟大白天的说着我的真正的姓氏，他简直是杀了我！你太聪明，你知道我的情形，你！我们瞧瞧！如果你变成议员，你有一个了不得的辩才，人家就会和楚夫冷一样的怕你，你也就可以被封为毕克西乌伯爵和艺术学校的校长了；到了那个时候，如果你的外祖母德斯高恩夫人还活着的话，你还满意看见这位和圣黎昂夫人一样的老太太在你的旁边吗？你要让她拉着你的手臂在杜伊勒利花园去散步吗？你要介绍她到你所要进去的贵族的家庭去吗？一定的！你要祝愿到黄泉去看她那包在铅衬衫里的尸体。好，跟我一块儿吃早饭吧，咱们谈别的事吧。我是一位暴发户，亲爱的，我知道。我不愿意让人家看见我的底子！……我的儿子，他一定比我还要幸福，他一定会变成一位大贵族。他这家伙只希望我死，我也等着死，不然的话，他也不是我的儿子了。”

他按了铃，一位仆人走了进来；他就对仆人说：

“我的朋友要跟我一块儿吃饭，请你给我们伺候一顿好早点。”

“上等社会看不见你在你母亲的房里，”毕克西乌接着说，“装几个钟头爱这可怜的女人的样子对你有什么损失呢？”

“唔！”菲力闪着眼睛说，“你是替他们做说客来的。我是一个有自知之明的老骆驼。我的母亲要于最后的一息之间骗我的钱给约瑟！……谢谢。”

当毕克西乌告诉约瑟这一幕戏的时候，可怜的画家就一直发冷到灵魂的深处。

“菲力知道我病了吗?”阿佳德就在毕克西乌报告他的使命的那天晚上悲哀的说。

约瑟出去了，眼泪窒息他的呼吸。在她忏悔者的床头的罗路方丈拉着她的手，紧紧的握住，回答她说：

“不幸得很，孩子，您从来就只有一个儿子!”

听了这句她所懂得的话，阿佳德的病就转重了，开始了她的弥留。二十个小时之后，她就与世长辞了。

死前昏迷的时候，她吐出了这句话：

“菲力到底是依靠谁呢?”

约瑟一个人单独安葬他的母亲。菲力因为军事上的事务到奥黎昂去，他是被约瑟在他们的母亲呼吸最后一息的时候给他写的这一封信驱出巴黎的：

怪物，我可怜的母亲因为你的信所给她的刺激而死去了；请你挂上孝，但是请你装病；我不愿意杀死她的凶手在我的身边，在她的灵柩之前。

布里都·约瑟

再也没有勇气绘画的画家，虽然他的深刻的苦痛也许需要机械的工作来消除，然而却是被他的朋友们所包围的，因为他们都同意，绝不要让他一个人单独的生活。所以，尽一个嘲弄家所能做到的爱敬约瑟的毕克西乌，就在安葬之后两星期参加了会合在工作室里的朋友们的集团。这时候，女仆忽然进来了，给约瑟交来这封据她说是由一位在门房等待回信的老太婆送来的信：

先生，

我不敢称您为兄弟，然而我得给您写信；这只是因为我所带上的姓氏……

约瑟翻转纸页，瞧了瞧最后的反面底下的签字。“布郎堡·佛罗尔伯爵夫人”几个字使他战栗，因为他预先觉到他的哥哥所发明的一些丑事。

“这位强盗要给自己的人为难！”他说，“他算是一个光荣的男子！他把一大串贝介围在颈上！他给宫廷罪受而受不到罪刑！这位罪人就自称为‘伯爵先生。’”

“像他这样的人多着哩。”毕克西乌说。

“这样之后，这位打水姑娘却值得轮到自己让人打到水中去了，”约瑟接着说，“她是值不得咒诅的，她几乎要和杀鸡一样的斫断我的脖子，而没有说一声：‘他是无罪的。’”

当约瑟扔下这封信的时候，毕克西乌又轻捷的重新捡了起来，高声朗读：

无论她有多少的错处，难道让布郎堡伯爵夫人死在贫民医院里是适当的事吗？如果这是我的命运的话，如果这是伯爵和您的意欲的话，她就要完成这命运；但是，那样的话，您这毕安仓大夫的朋友，我就请您设法叫他让我进贫民医院。给您带这封信去的人，先生，她已经是连着到克里齐街布郎堡公馆去了十一天了，然而却不能从我丈夫处得到任何的援助。我的环境不允许我请求一位法律代言人用法律的手续求得应当让我平安死去的工具。并且，我知道，没有东西可以救我的。所以，如果您不愿意帮忙您那可怜的嫂嫂的话，请您给我必要的金钱让我找到自杀的工具；因为我知道，您的哥哥要我死，他一向希望我死。虽然他曾告诉我他有杀死女人的三个稳当的方法，我却不够聪明来猜测他要用哪一个方法来杀我。

如果您好心要援助我，要判断我的穷苦的话，我是住在胡赛街靠仓特林街那一边的六层楼上。如果我明天不能够付清拖欠的房租的话，我就得离开这房子！然而哪儿去呢，先生？……我能够自称为

您的嫂嫂，

布朗堡·佛罗尔伯爵夫人吗？

“真是充满丑态的深坑!”约瑟说，“那下面到底是什么回事呢?”

“我们先叫这位老太婆来吧，这应当是这故事的一篇好序文。”毕克西乌说。

一会儿之后，出现了毕克西乌所谓的“走路的破布”的一位女人。这事实上是一堆互相重叠的麻布和老袍衫，因为季节的关系而染上无数的泥泞；这些布堆是盖在厚脚的粗腿上面的，这一双脚则是用缝补的袜子和漏水的破鞋包上的。在这一堆破布之上竖立着一只查利所给他的扫地女工装饰的脑袋，围着一条一直破到褶痕里边去的可怕的颈巾。

“您的名字?”当毕克西乌细察这位依扶一把共和国第二年的雨伞的老太婆的时候，约瑟说。

“古吕志夫人，来给您效劳的。我是有地租的，少爷，”她对跟她奸笑的毕克西乌说，“如果我可怜的女儿不是出了岔，太爱一个男子的话，我也不至于弄到这个地步。她跳水死了，我敢冒昧的说，我这可怜的伊大！我是干了傻事买彩票的，这是，亲爱的先生，我七十七岁的年纪还得每天赚十苏（带饭吃），来看顾病人

的原因……”

“只有的吃，没的穿!”毕克西乌说，“我外祖母还有衣服穿，她！她也买彩票来养活他的小孙子。”

“但是，我这十苏钱，还得拿来付房租……”

“您看护的这位贵妇人，她有什么事情?”

“她没有什么事情，先生……有钱，就没事，因为她得了一种可以使医生发抖的病……她短了我六十天的工钱，所以，我还继续看护她。她的丈夫是一位伯爵，因为她是伯爵夫人；她丈夫一定会在她死的时候还我的账；目前，我把我所有的一切都借给她了……我现在是什么也没有了：我已经把我的一切东西都送到当铺里去了……她短了我四十佛郎十二苏，还得加上三十佛郎的看护费；因为她要用煤毒来自杀，我就告诉她：‘这是不好的。’……我甚至于告诉看门老太太，叫她当我不在的时候来看视她，因为她能够从十字窗口跳下去的。”

“但是她到底生了什么病呢?”约瑟说。

“啊！先生，修女们的医生来了，关于病况，”古吕志夫人怕羞的神气说，“他说得把她送到救济院去……病是太重了。”

“我们到那边去吧”毕克西乌说。

“拿去吧，”约瑟说，“这是十个佛郎。”

探手到那著名的死人头骨里去取了他所有的钱之后，画家就走下马萨林街，坐了一辆雇来的马车，到毕安仓家里去。他发现毕安仓非常快乐的在家里。至于毕克西乌，他就跑到布西街找他们的朋友德斯罗慈去。四位朋友一个钟头之后都在胡赛街会面。

“这位名叫布里都·菲力的马上魔王，”走上楼梯的时候，毕克西乌对他的三位朋友说，“他太调皮的要他的把戏来摆脱他的妻子。你们知道我们的朋友陆士铎每月很高兴从菲力手里拿到一张一千佛郎的钞票，他却支持布里都夫人到佛罗林、小马利、杜莉椰和发尔—诺贝尔夫人的社会里来。当菲力看见他的打水姑娘习惯于打扮花钱欢乐的时候，他就不再给她钱，让她自己去弄钱……你们懂得这是怎么做的吗？十八个月之后，菲力就这样的使他的妻子堕落，一季一季的越堕落越深；最后，利用了一位漂亮的年青下级军官，他居然使她染上了喝酒的嗜好。跟着他的高升，他的妻子却堕落了，伯爵夫人现在是陷在深泥里了。这位生在乡间的女郎，她的生活是艰苦的，我不知道菲力要用什么方法来摆脱她。我很好奇来研究这幕小小的悲剧，因为我要替我的朋友报仇。哎哟！我的朋友们，”毕克西乌用一种让他的三位朋友疑惑到底是说笑话或是说正经话的腔调说，“要毁坏一个人，只要让他染上一个恶习就够了。雨果曾经说过：‘她太喜欢跳舞了，这就是杀死她的原动力！’就是这个道理！我外祖母喜欢买彩票，菲力就用彩票杀死她！老鲁志喜欢说笑话，萝萝蒂就这样的杀死他！布里都夫人，这可怜的女人，他喜欢菲力，她就为他而死！……恶习！恶习！我的朋友们……你们知道什么是恶习吗？这就是死亡的保奴！”

“所以，你一定会因为说笑话而死的！”德斯罗慈笑着对毕克西乌说。

自第六层楼，这几位年青的人就登上了一些巴黎的房子用以爬上屋顶楼的梯子一样的直梯。虽然约瑟曾经看见过佛罗尔那样的美丽，然而他也等着一个可怕的对照，他不能够想象出艺术家眼睛所要看到的丑陋的景象。在一间没有糊纸的屋顶楼的尖角里，在一张铺有一个兽毛装成的薄褥子的帆布床上，三位年青人看见一位发青得和溺在水中两天的女人一样、瘦得和临死的痨病病人一样的妇人。这个发臭的尸体的秃头上是有一块带有小方点的卢昂布。深陷的眼眶是发红的，她的眼睑像是鸡蛋的薄皮。至于这个当时这样迷人的躯壳，现在却只剩下卑贱的骨骼了。看见了这些来客，佛罗尔就在胸脯上盖了一块破旧的纱布，这纱布应当是一块小窗帘，他的边缘因为穿幕铁棒而生了红锈。这几位年青人只看见两张椅子，一个上面有插在马铃薯里面的一个烛台的衣橱，石板地上的散乱的盘子，在没有火的壁炉旁边的一个土灶，这就算是全部的家具了。毕克西乌注意到一本残余的信笺簿，是从杂货铺买来写那封这两位女人所再三思考过的信件用的。“厌腻无味”只能是一个没有极级形容词而用来描绘这穷困的景象所产生的印象的正面的字眼。当这位垂死的女人看见约瑟的时候，两颗粗大的泪珠就流下了她的面颊。

“她还能流眼泪哩!”毕克西乌说，“这是一幕有点滑稽的景象：眼泪从门牌戏中流了出来！这给我们解释摩西的神迹。”

“她是相当枯干的了!”约瑟说。

“被悔疚的火焰烧干了。”佛罗尔说。“我叫不到牧师，我什么也没有，甚至于没有基督的苦像来看上帝的影像！……啊！先生，”她举起两只雕木一般的手臂嚷着说，“我有罪过，但是上帝从来没有责罚过像我这样有罪的人！……菲力杀死了劝我干些可怕的事情的玛克斯，他也杀死我。上帝利用他当笞杖！……您得小心的行动，因为我们大家都有我们的菲力。”

“让我一个人留下跟她在一起，”毕安仓说，“我要看看到底这病是不是还有救治的方法。”

“如果人家治愈了她，布里都·菲力是要发疯的破坏他的。”德斯罗慈说，“我要去给他证明他的妻子的景况；他并没有把她当做通奸的淫妇来判罪，她应当享受当妻子的一切的权利；他要弄到打官司的笑话。我们第一要先把伯爵夫人移到圣登尼斯街杜布瓦大夫的疗养院去：她可以在那里得到奢侈的看护。然后，我就去传唤伯爵，叫他恢复夫妇的家庭。”

“好，德斯罗慈!”毕克西乌嚷着，“发明一些可以使人苦恼的好事真是痛快!”

十分钟之后，毕安仓下楼对他的两位朋友说：

“我跑到德斯布兰那里去，他能够用手术来救治这位女人的命。啊！得好好的看护她，因为酒毒在这位女人身中给她生了一种让人相信是没有救药的病症。”

“滑稽的医生，你去！只有一种病吗?”毕克西乌问。

然而毕安仓已经走到院子里，因为他要赶快告诉德斯布兰这消息。两个钟头之后，可怜的嫂嫂和约瑟就被人家带到杜布瓦大夫所创办的合法的救济院来，这救济院后来被巴黎市政府收买去。

三星期之后，《医药评论》登载了一篇文章，叙述近代外科医术对于一个简称为 F. B 的病人所下的最大胆的手术。病人死去了，多半的原因是贫穷所给她养成的虚弱，而不是手术的结果。布郎堡伯爵中校马上就戴孝去拜会苏兰慈伯爵，告诉他这个悲痛的损失。上流阶级的人家都在耳语着苏兰慈伯爵要把女儿嫁给一位将要任命为传令官和王家护卫军联队中校的大暴发户。

马尔赛告诉拉斯迪额这消息，拉斯迪额就在冈拿尔岩饭的宵夜上谈到这问题，毕克西乌也在座。

“这做不到!”聪明的艺术家对自己说。

如果在菲力所蔑视的朋友之中有几个像吉落都一样不能够报复的话，他却做了一桩笨事来伤刺毕克西乌。毕克西乌是到处受人欢迎的，因为他聪明，他而且是不肯宽恕的。在冈拿尔岩饭馆高朋满座的时候，菲力曾经在那些吃宵夜的严肃的人之前对请求允许到布郎堡公馆来的毕克西乌说：

“你先当部长再到我家里来吧!”

“我是不是得当新教徒到你家里去呢?”毕克西乌诙谐的回答说。

但是他却对自己心里说：

“如果你是一个哥里亚特的话，我却有我的投石带，我也并没有缺乏石头。”

第二天，这位欺罔者就在他的一位演戏的朋友家里打扮，用服装的力量改装得和一位带有绿色眼镜的还俗的牧师一样，然后就租了一辆车，驶向苏兰慈公馆来。被菲力当做小丑看待的毕克西乌也想给他开一个玩笑。毕克西乌坚请要跟苏兰慈伯爵谈论一桩严重的事情，伯爵接见了他，毕克西乌就装做一个负有重要秘密使命的长者。他用矫作的声调叙述毕安仓所告诉他的伯爵夫人的暴死的故事、阿佳德的去世的故事、布郎堡伯爵所吹嘘的老鲁志的丧命的故事、德斯高恩夫人的气死的故事、菲力借用报馆的钱库的故事和菲力穷困的时候所有的丑恶的行动。

“伯爵先生，在您没有调查清楚之前，千万不要把您的千金就嫁给他；您可以问问他的老朋友毕克西乌、吉落都上尉等等。”

三个月之后，中校布郎堡伯爵在他的公馆里邀请迪叶、儒僧庄、拉斯迪额、特赖伊·马克西姆和马尔赛吃宵夜。主人毫无疑虑的接收客人们对于他和苏兰慈家的决裂的半安慰的话语。

“你可以找到更好的。”马克西姆对他说。

“得有多少财产才可以娶得茜兰地刘的小姐呢?”菲力问马尔赛。

“嫁给您！……至少得有一千万，人家才把六个小姐中最丑的一位嫁给您。”马尔赛傲慢的回答。

“哼!”拉斯迪额说，“有二十万佛郎的息金，您就可以娶兰齐小姐，侯爵的女儿；她是丑的，她已经三十岁了，而且一个苏的嫁妆也没有：这应当对您合适吧。”

“我两年之后一定有一千万。”布里都·菲力回答说。

“我们今天是一八二九年正月十六日!”迪叶微笑的嚷着，“我工作了十年还得不到这数目，我!”

“我们将来得彼此贡献意见，您可以看得出来我是如何懂得弄钱的。”布里都回答说。

“您一共有多少财产？”儒僧庄问。

“把我的国债卖掉，除了我所不能够而不愿意冒险的土地和公馆之外，因为他们都是包括在我的贵族财产之中的，我很可以积成三百万……”

儒僧庄和迪叶彼此互相送了一个眼色；然后，在这精细的一眼之后，迪叶就对菲力说：

“亲爱的伯爵，我们大家可以一块儿工作，如果您愿意的话。”

马尔赛惊愕迪叶给儒僧庄扬来的眼色，这眼色的意思是说：“这几百万是属于我们的！”事实上，这两位银行界的要人知道政治的内幕而能够操纵交易所，当表面上好像有利于菲力而其实是于他们有利的时候，能够看准给菲力一个打击。这情形到来了。一八三〇年七月，迪叶和儒僧庄已经让布郎堡伯爵赚了五十万佛郎，伯爵也就不狐疑他们，认为他们是忠实而有见地的。因为复辟的恩宠而发迹的菲力特别上了他对平民的轻蔑的当，他相信政令的成功，想方法提高物价，然而儒僧庄和迪叶却相信革命，用落价的方法来抵抗他。这两位同谋人同意布郎堡伯爵的意见，装做赞同他的信念的样子——预备来赢得他的几百万。菲力是以能够从胜利之中得到四百万的胜利的资格来打仗的。他的忠心非常值得注意，他就受到命令跟莫利夫额士公爵一同到圣克鲁去开阁议。这种恩宠救了菲力；因为七月二十八日他要负责去肃清马路上的巷战，无疑的他曾受到指挥一师轰击队的老朋友吉落都所给他送来的几颗弹丸。

一个月之后，布里都中校在他的大财产之中只留下他的公馆、他的土地、他的图画和他的家具了。他说，他还干了一桩傻事，就是以为可以拥立王室的长房，他忠心于这一房一直到一八三四年为止。看见吉落都当了上校，可以令人了解的妒忌又使菲力重新服务军界，不幸得很，他于一八三五年得到了指挥阿尔及尔军队的职务。他在阿尔及尔最危险的职务中当了三年的差事，希望能够得到将军的肩章；但是一个蓄有恶意的势力，吉落都将军的势力使他不能高升一步。他变成粗暴的，过甚的责骂军役生活的严苛；所以，虽然有他在穆拉的勇敢，他却受到人家的厌恶。在凶恶的一八三九的年初，在优势的敌人之前撤退而给阿拉伯人做一个撤收的反击的时候，他奋身抵御敌人，后面只跟着堕在阿拉伯人重围之中的一营人马。战斗是血腥的、可怕的，一人对一人；法兰西的骑兵只有少数人逃免于难。看着他们的中校被包围，在远处的兵士并不认为救脱他是有用的牺牲。他们听见这些话：“你们的中校！我！帝国的中校!”接着是可怕的悲鸣，但是他们却和大队相会合。菲力的死是很悲惨的，因为当他被阿拉伯的长刀几乎切成肉酱的倒毙时，人家就砍断了他的头。

这时候，在塞利西伯爵的保护之下，约瑟娶了一位老百万富农的女儿为妻，他承继了布郎堡公馆和土地。这是独占这笔大遗产的他的哥哥所没有预想到的。画家最快乐的就是能够得到那些优美的图画。约瑟的岳父是一种粗野的何仓式的人物，他每日采集金钱，所以约瑟也已经占有六万佛郎的息金了。虽然他画有许多伟大的图像而给艺术家们尽了不少的义务，然而他还没有被选为研究院的评议员。根据封爵的条例，他也就变成布郎堡伯爵了，这使他常常在工作室里许多的朋友之中哈哈的笑了起来。

“‘好伯爵有好衣服。’”他的朋友罗拉·黎昂就对他说。虽然罗拉是一位著名的山水画家，但是他却没有消除他那喜欢引用格言的习惯，他曾对约瑟因为谦逊而得到好运的问题回答过约瑟一句话：

“噢！‘想吃东西的人嘴上却长出不能吃东西的毛病来了！’”